KB115408

최성윤 교수와 함께 읽는

허생전 / 양반전

서연비람은 조선 시대 왕궁 내, 강론의 자리였던 서연(書筵)에서 강관(講官)이 왕세자에게 가르치던 경전의 요지를 수집하여 기록한 책(비람備覽)을 말합니다. 서연비람 출판사는 민주주의 국가의 주인인 시민들 역시 지속 가능한 과거와 현재, 미래의 이치를 깨우치고 체현해야 한다는 믿음으로 엄선한 도서를 발간합니다.

서연비람 고전 문학 전집 5

최성윤 교수와 함께 읽는 허생전/양반전

초판 1쇄 2019년 1월 20일
3판 1쇄 2023년 7월 31일
지은이 박지원
옮긴이 최성윤
펴낸이 윤진성
펴낸곳 서연비람
등록 2016년 6월 29일 제 2016-000147호
주소 서울특별시 강남구 남부순환로 2909, 201-2호
전자주소 birambooks@daum.net

ⓒ 서연비람 2018, Printed in Korea.

ISBN 979-11-89171-57-5 04810
ISBN 979-11-89171-06-3 (세트)

값 12,000원

「이 도서의 국립중앙도서관 출판예정도서목록(CIP)은 서지정보유통지원시스템 홈페이지(http://seoji.nl.go.kr)와 국가자료종합목록시스템(http://www.nl.go.kr/kolisnet)에서 이용하실 수 있습니다. (CIP제어번호 : CIP2018041940)

서연비람 고전 문학 전집

5

최성윤 교수와 함께 읽는

허생전 / 양반전

박지원 | 최성윤 옮김

서연비람

차례

책머리에   9

『허생전/양반전』을 읽기 전에   12

허생전   17

  옥갑야화 하나, 배은망덕한 역관의 최후   19

  옥갑야화 둘, 역관의 은혜에 보답한 여인   26

  옥갑야화 셋, 옛 주인의 손자를 거둔 임씨   32

  옥갑야화 넷, 역관 변승업이 재산을 흩어 버린 이유   35

  옥갑야화 다섯, 허생전   37

  옥갑야화 여섯, 조 감사가 만난 중들   69

  허생전을 쓰고 나서   75

작품 해설 「허생전」 꼼꼼히 읽기   82

호질   114

  우연히 읽게 된 재미있는 이야기   117

  선비라는 고기   122

과부의 방을 찾아간 선비   128

범의 꾸중   133

뒷이야기   143

작품 해설 「호질」 꼼꼼히 읽기   150

양반전   171

양반 사고팔기   173

양반이 이런 거라면   180

작품 해설 「양반전」 꼼꼼히 읽기   188

이름 없는 사람들을 기리는 이야기   201

광문자전   203

예덕선생전   218

민옹전   231

김신선전   252

마장전   264

열녀함양박씨전   276

해설 박지원과 그의 작품 세계에 대하여   289

책머리에

　연암 박지원의 한문 단편들 중 가장 널리 알려진 아홉 편을 묶어 낸다. 「허생전」, 「호질」, 「양반전」 세 편의 이야기는 모르는 사람이 거의 없을 정도로 익숙한 것들인데다, 「광문자전」, 「예덕선생전」, 「민옹전」, 「김신선전」, 「마장전」, 「열녀함양박씨전」 등 나머지 여섯 편의 이야기도 최근 여러 선집에 수록되어 많은 사람들에게 읽히고 있다.

　박지원의 이야기가 가지는 기본적인 재미와 더불어 독특한 비판 정신, 풍자의 묘가 어우러진 이 작품들은 현대의 독자들에게도 성찰적 읽기의 기회를 제공하고 있다. 그의 현실 인식과 문제의식은 상당 부분 현대의 실정에도 유효하며, 따라서 그의 작품은 현대 사회의 부조리나 모순을 타개할 만한 대안을 모색하는 과정에서 고전으로서의 역할을 충분히 수행하고 있기 때문이다.

　연암 박지원은 그의 별세 후에 『연암집』이라는 수십 권 분량의 광대한 문집을 남겼다. 그중 한 부분인 『열하일기』에 「허생전」과 「호질」이 수록되어 있다. 「광문자전」, 「예덕선생전」, 「민옹전」, 「

김신선전」, 「마장전」은 『방경각외전』에, 「열녀함양박씨전」은 『연상각선본』에 수록되어 있다.

이 작품들 중 「허생전」과 「호질」, 「양반전」을 따로 앞에 묶은 것은 나머지 작품들과 성격을 달리하고 있기 때문이다. 뒤의 여섯 작품이 실존 인물의 전기 혹은 실기의 성격을 짙게 드러내고 있다면, 앞의 세 작품은 허구적 창작 요소가 강하게 나타나고 있다.

「허생전」, 「호질」, 「양반전」은 양반 사회와 그 사회의 기득권층인 양반을 전면에 내세워 그들을 은근히 비꼬거나 통렬하게 질타하는 작품이다. 그에 비하면 나머지 여섯 작품의 주인공들은 사회의 주류나 기득권층과는 거리가 먼 인물로 설정되어 있는데, 연암의 눈은 오히려 그들에게서 긍정적인 성격을 이끌어 내고 세상에 선보이려 하는 것이다.

두 가지 부류의 작품을 차례차례 읽고 서로의 거울처럼 비추어 이해하는 것이 좋겠다고 여겼다. 또한 연암 박지원의 백성들을 향한 겸손한 자세와 사랑을 느끼는 계기로 삼을 수 있으리라 판단했다. 그리하여 되도록 배제보다는 포섭의 태도로 작품을 선정하였으며, 책의 앞뒤에 구분하여 배치한 것이다.

박지원의 작품들은 한문으로 창작된 것들이어서 한글로 번역해 놓은 텍스트의 경우 문장의 성격과 느낌이 각각 다를 수밖에 없다. 기존의 선집들이 가진 번역 문장의 한계를 모두 극복할 수는 없는 노릇이지만, 이야기의 원형을 훼손함이 없이 현대어로 쉽게 풀어쓰기 위해 노력했다.

할 수 있는 한 문장들이 길어지지 않도록 유의하였으며, 하나의 문장 안에 여러 의미 단위들이 집약되어 글 읽기를 방해하지 않도록 신경을 썼다. 종결어미를 활용함에 있어 경어체를 적극적으로 쓴 것은 '서술자와 독자의 관계'가 아닌 '화자와 청자의 관계'에 따른 소통의 구조를 의도한 것이다. 딱딱한 옛날 문장을 읽는 것이 아니라 재미난 옛날이야기를 듣는 것처럼 박지원의 작품들에 친근하게 다가갈 수 있기를 바란다.

『허생전/양반전』을 읽기 전에

서연   교수님, 오늘 수업 시간에 「허생전」을 읽고 함께 이야기 했어요.

교수님   그래, 재미있었니?

서연   허생이라는 사람은 참 괴짜 같아요. 공부를 많이 하고도 과거 시험 볼 생각을 안 하고, 돈을 많이 벌어 놓고도 먹고 사는 데 쓰기는커녕 다 버리고, 벼슬을 준다고 해도 듣지 않고……, 한마디로 고집불통이에요.

교수님   그렇구나. 공부하는 재주도 있고, 돈 버는 재주도 있는 걸 보면 나하고는 딴판인데, 마누라 고생시키는 건 비슷한 것 같기도 하고…….

서연   교수님도 공부는 좀 하셨잖아요?

교수님   학생들한테는 늘 그렇게 말한단다.

서연   그런데 「허생전」을 지은 박지원은 실학파 학자라면서요? 중국 문물을 보고 와서 『열하일기』라는 책을 쓴 사람 말이에요. 그런데 소설도 쓴 거네요?

교수님   「허생전」이 바로 『열하일기』에 수록된 단편이란다. 연암 박지원 선생님은 「허생전」 말고도 열 편이 넘는 한문 단편을 쓰신 분이지.

서연 저도 「양반전」이나 「호질」은 들어 봤어요.

교수님 그래, 아무래도 그 세 편이 가장 유명하니까. 그런데 그 이외에도 여러 한문 단편들을 쓰셨는데, 내가 읽고 감동을 받은 작품들도 여럿 있어.

예컨대 「열녀함양박씨전」 같은 작품은 절개를 지킨 여인을 무조건 칭송하는 식의 다른 '열녀전'들과 느낌이 전혀 다르단다. 그 작품에는 사회의 모범이 되어야 하는 양반들이 갖추어야 할 덕목과 평범한 서민들이 지녀야 할 덕목은 구분되어야 한다는 연암 선생의 생각이 들어 있단다.

말하자면 기득권층은 가진 것이 많은 만큼 의로워야 할 사회적 책무를 갖는 것이 당연하지만, 똑같은 기준을 형편이 어려운 서민들에게 강요해서는 안 된다는 의식이라고 할 수 있지. 그것이 이른바 연암의 독특한 인본주의 정신과 통한다고 생각해.

서연 그런데 오히려 양반들이 서민들보다도 더 의롭지 않은 행동을 한다는 것이군요.

교수님 그렇지. 네가 알고 있다는 그 「호질」의 북곽 선생이 바로 위선적인 양반의 모습을 극적으로 묘사한 캐릭터라고 할 수 있지.

서연   아, 그 똥구덩이에 빠진 양반 말이지요? 호랑이도 더러워서 건드리지 않은…….

교수님 그래, 너도 똥 소리만 들으면 좋아하던 초등학생 때 읽었다고 했지?

서연   교수님도 참. 그걸 다 기억하세요? 그런데 「호질」에도 열녀 이야기가 나왔던 것 같은데…….

교수님 그래, '동리자'라는 과부가 열녀라고 소문이 났었지. 그런데 북곽 선생과 바람을 피우려다 사달이 난 이야기가 「호질」에 끼어들어 있지. 그건 아마도 당시의 유학자들이 신념처럼 지니고 있던 인의예지 등의 덕목이나 여인들에게 강조되었던 정절의 덕목이 얼마나 추상적이고 헛된 말잔치에 불과한지 꼬집으려는 것이 아닐까? 동리자라는 여인 자체를 비판하거나 풍자하려는 의도라고는 단정할 수 없을 것 같구나.

서연   교수님 이야기를 듣다 보니 박지원의 이야기에 등장하는 인물들 중에 나름 괜찮은 것 같기도 하고 그런데 욕을 먹어도 싼 것 같은, 애매한 사람들이 꽤 되는 것 같아요. 가령 「허생전」의 허생도 긍정적인 인물인지 부정적인 인물인지 잘 모르겠어요.

교수님 그래, 허생이 공부를 열심히 했던 건 훌륭한 사람이 되려고 했던 것일 텐데 말이야. 그 공부의 목적과 훌륭한 사람이라는 목표가 구체적으로 어떤 것인지는 네가 생각해 보아야 하겠지. 다만 그는 공부로도 실패한 사람이고, 아무튼 떠밀리듯 세상에 나가 작심하고 했던 실험에서도 결국 실패한 사람이 아닐까? 자신의 뜻을 펴 보려다가 아무것도 해내지 못하고 결국은 세상에서 잊히기를 선택한 걸 보면 말이야.

서연 허생의 실패가 그 사람의 능력 부족 때문은 아니었잖아요?

교수님 네 말이 맞는 것 같구나. 만약 그렇다면 그건 개인의 문제가 아니라 당대 사회의 문제라고 작가가 생각한 결과일 테지.

서연 그런데요, 허생의 부인은 대체 어떻게 된 것일까요?

교수님 그러게 말이다. 작품의 후반부에는 아예 모습도 보이지 않으니…….

서연 따지고 보면 제일 불쌍한 사람이네요. 남편을 잘못 만났거나 시대를 잘못 타고났거나…….

교수님 작가를 잘못 만났거나……. 그렇게 까맣게 잊어버리다니 말이야. 허생이 세상 경험을 마치고 집으로 돌아왔을 때 분명히 그 집에 있었을 텐데. 매년 남편 없어진 날 제사도 지냈다지 않아? 남편이 돌아와서 반갑게 맞이하기는 했는지, 남편이 돌아오기 직전에 체념하고 떠난 것은 아닌지, 작가는 도무지 설명해 주지 않는구나.

만약 그 집에 계속 살고 있었다면 변씨가 살림을 돌보아 주었으니 예전보다는 좀 나았을까? 하지만 그 작은 단칸방 초가에 변씨도 다녀가고 이완 대장도 다녀가고 했으니 자리를 늘 피해 주느라고 참 귀찮았겠네.

서연 이완 대장이 다시 허생을 찾았을 때 집이 텅 비어 있었다 잖아요?

교수님 그도 그렇구나. 이번에는 허생이 부인을 데리고 간 것일까? 아니면 이완 대장이 찾던 사람이 허생이니까 그가 없어졌다는 걸 집이 텅 비었다고 표현한 걸까? 아무튼 작가에게든 등장인물에게든 투명인간 취급을 당한 셈이구나. 「허생전」뿐만 아니라 고전소설 중에는 짧은 분량에 이야기들을 담아내다 보니 독자가 알아서 상상하고 빈자리를 채워야 하는 작품이 많단다. 그렇게 해 보는 것이 고전소설 읽는 재미이기도 하고 말이다. 박지원의 작품들을 하나하나 읽고 그 뒷이야기를 덧붙여 보거나 사이사이의 맥락들을 촘촘히 보충해 보는 것도 재미있겠다. 그럼 어느 작품부터 시작해 볼까?

허생전

옥갑야화[1] 하나,
배은망덕한 역관의 최후

북경에서 돌아오는 길에 옥갑에 이르렀습니다. 나[2]는 여러 비장[3]들과 침상을 나란히 하고 밤이 깊도록 이런저런 이야기를 나누었습니다.

그러다가 북경의 풍속 이야기가 나왔습니다. 옛날에는 북경 인심이 부드럽고 넉넉하여 우리 역관[4]들이 부탁하면 만 냥쯤 되는 큰돈이라도 선뜻 빌려 주었다고 합니다.

---

1 「옥갑야화」는 박지원이 지은 총 26권의 『열하일기』 가운데 제10권의 제목이다. 이본에 따라서는 '진덕재야화'로 표기되어 있기도 하다. 옥갑은 박지원이 밤을 보낸 마을 이름인데, 어디에 위치해 있는지는 그다지 정확하지는 않다. 정황상 박지원이 북경을 떠나 돌아오던 길에 묵었던 지역으로 추정된다. 「옥갑야화」는 박지원이 옥갑이라는 지역에서 여러 비장들과 밤새 나눈 이야기를 옮겨 적은 것이다. 이날 밤의 주된 이야기는 여러 부류의 역관들이 어떻게 부를 얻었고, 어떻게 다스렸는지에 대한 것들이다. 얼핏 보면 허생의 이야기가 나오기 전의 이야기들은 따로따로 떨어져 독립적인 것같이 보이지만 실은 모두 허생의 이야기를 이끌어 내는 도입부로서의 기능을 가진다.

2 연암 박지원. '허생 이야기'를 비롯한 「옥갑야화」 전체는 1인칭 시점으로 서술되었으며 서술자는 작가인 박지원을 가리킨다.

3 **비장(裨將)** : 조선 시대, 감사(監司), 유수(留守), 병사(兵使), 수사(水使), 사신(使臣)을 따라다니며 일을 돕던 무관

4 **역관(譯官)** : 조선 시대 번역, 통역 등 외국어와 관련된 업무를 담당한 관리로서 중인의 대표적인 기술관이었음.

그러나 요즘에는 저들이 우리 조선 사람들을 속여 먹는 일이 빈번해졌답니다. 그런데 사실 이렇게 된 데에는 우리의 잘못이 크다고 하더군요. 모두 우리 쪽에서 그렇게 만든 것이나 다름없다나요?

한 비장이 먼저 자신이 알고 있는 이야기를 하나 끄집어내어 술술 풀어놓기 시작합니다.

삼십 년 전쯤에 있었던 일이라네요. 빈털터리나 다름없이 북경에 갔던 한 역관이 있었답니다. 그는 조선으로 귀국할 무렵이 되자 단골 가게 주인을 찾아갔습니다. 그런데 작별 인사를 하면서 몹시 서럽게 눈물을 흘렸다지요. 단골 가게 주인은 이상하게 생각하여 왜 그러느냐고 까닭을 물었습니다. 역관은 가슴을 치는 시늉을 해 가며 하소연을 늘어놓았습니다.

"압록강을 건널 적에 남이 부탁한 은을 몰래 숨겨 갖고 오다가 그만 들켰지 뭡니까. 그 바람에 제 몫까지 관청에 모조리 빼앗기고 말았습니다. 이제 빈손으로 돌아가면 무얼 먹고살지 막막하기 짝이 없습니다. 차라리 돌아가지 않고 여기서 죽는 게 낫겠습니다."

역관은 갑자기 품속에서 칼을 뽑아 들고 자살을 하려고 했습니다.

상점 주인은 깜짝 놀라서 급히 그를 끌어안으며 칼을 빼앗고 물었습니다.

"빼앗긴 은이 얼마나 되기에 목숨을 끊으려고 그러오?"

"삼천 냥이랍니다."

주인은 역관을 위로하며 말했습니다.

"대장부가 그래서야 쓰겠소? 몸이 없어질까 걱정이지, 어찌 돈 없어지는 것을 걱정한단 말이오? 만약 그대가 여기서 죽는다면 집에서 눈 빠지게 기다리는 처자식은 어떡하라고 그러시오? 자, 그러지 말고 내가 만 냥을 빌려 줄 테니 잘 늘려 보시오. 다섯 해동안이면 만 냥은 벌 수 있을 거요. 그러면 그때 가서 본전만 갚으시오."

역관은 수없이 허리를 굽혀 절을 하며 주인에게 고맙다는 말을 했습니다. 그리고는 얻은 돈 만 냥으로 이것저것 물품을 사서 조선으로 돌아갔습니다. 사람들이 이런 사정을 알 턱이 없지요. 모두들 그의 재주가 신통하여 중국에서 돈을 벌었거니 생각했답니다.

상점 주인의 말은 틀리지 않았습니다. 과연 역관은 다섯 해 만에 큰 부자가 되었습니다. 본전만 갚으라는 주인의 말이 있었지만, 이자를 후하게 쳐서 갚아도 남을 만큼 막대한 재물을 모았던 것입니다.

그런데 부자가 되고 보니 엉큼한 본심이 나타나고 말았습니다. 아니, 그의 생각이 달라졌다기보다는 처음부터 은혜를 갚을 생각이 없었을지도 모릅니다. 순진한 중국인을 속여서 제 욕심을 채우겠다는 것이었겠지요.

그는 역관들을 관리하는 관청인 사역원에 찾아가 명부에서 제 이름을 빼 달라고 부탁했습니다. 그리고 다시는 북경에 가지 않았습니다.

무심한 시간이 여러 해 흘렀습니다. 어느 날 역관은 북경으로 출장 가는 친구를 만났습니다. 역관은 친구에게 넌지시 부탁했습니다.

"북경의 시장에 가면 아무개라는 상점 주인을 만나게 될 걸세. 주인은 틀림없이 내 소식과 안부를 물어볼 거야. 그러면 시치미를 딱 떼고 우리 가족이 모두 염병5에 걸려 죽었다고만 말해 주게."

친구는 어이가 없었습니다.

"아니, 그럼 날더러 거짓말을 하라는 건가?"

친구는 곤란한 기색을 보이며 주저하였습니다. 그러자 역관은 친구의 손을 은근히 잡으며 다시 한번 꾀었습니다.

"자네가 그렇게 둘러대 주기만 한다면 백 냥을 주겠네."

친구는 찜찜한 마음을 떨치지 못하고 북경 가는 길에 올랐습니다.

친구는 북경에 가서 일을 보던 중 아무개라는 상점에 들르게 되

---

5 **염병(染病)** : 장티푸스를 속되게 이르는 말

었습니다. 역관들을 비롯한 조선인들이 단골로 이용하는 가게라서 내내 피해 다닐 길이 없었던 것입니다. 친구는 주인이 역관의 일을 잊었거나, 최소한 자기에게 묻지 않기를 간절히 바랐습니다. 하지만 상점의 주인은 조선인 손님을 만나자 과연 역관의 안부를 물어 왔습니다.

친구는 잠시 머뭇거리다가 눈을 꼭 감았습니다. 그리고 마침내 부탁받은 대로 역관의 가족이 염병에 걸려 모두 죽었다고 대답했습니다.

친구는 주인이 어떻게 받아들일지 몰라 조바심이 났습니다. 그런데 뜻밖의 일이 일어났습니다. 친구의 말을 들은 주인이 몹시 슬퍼 대성통곡하며 비 오듯 눈물을 흘리기 시작한 것이었습니다. 그 모습이 어떻게 애통한지 거짓말을 한 친구도 함께 가슴이 아플 지경이었습니다.

"하느님, 어쩌자고 그 착한 사람 집에 참혹한 재앙을 내리셨습니까?"

단골 가게의 주인은 울음을 그치지 못한 채 주머니에서 백 냥을 꺼내 그 친구에게 선뜻 건네었습니다.

"그 사람의 아내와 아들딸까지도 모두 죽었다면 상주6도 없었을 테니 장례도 변변히 치르지 못했겠지요? 앞으로 제사를 지내 줄

---

6 상주(喪主) : 상제 중에서 주장이 되는 사람. 대개 맏아들이 된다.

옥갑야화 하나, 배은망덕한 역관의 최후

사람도 없을 터이니 부디 조선에 돌아가시거든 내 대신 제사를 올려 주시오. 쉰 냥으로 제물을 갖추어 사고, 나머지 쉰 냥으로 절에서 재7를 올려 명복을 빌어 주기 바라오."

친구는 몹시 놀랐습니다. 그리고 깊은 감동과 함께 지독한 부끄러움을 느꼈습니다. 기가 막혔지만 이미 거짓말을 한 뒤라 별수 없었지요. 주인이 주는 백 냥을 받아 가지고 돌아오고 말았습니다.

그런데 이게 무슨 운명의 장난일까요, 아니면 하늘이 내리는 벌일까요? 돌아와 보니 역관의 가족들은 정말 염병에 걸려 모두 죽은 뒤였습니다. 단 한 사람도 살아남은 자가 없었다지요.

친구의 주머니에는 북경 상점의 주인이 준 돈 백 냥이 들어 있었습니다. 놀랍기도 하고 그보다 더 큰 두려움이 뼛속까지 스며들었습니다. 그는 가게 주인이 부탁한 뜻을 받들어 백 냥으로 제사를 올리고 재도 지내 주었습니다.

친구는 속으로 생각했습니다.

'내가 무슨 낯으로 그 단골 가게의 주인을 다시 보겠는가?'

그래서 그 친구도 죽는 날까지 다시는 북경에 걸음을 하지 않았다고 하네요.

이야기를 모두 들은 어떤 비장이 말했습니다.

---

7 재(齋) : 죽은 이의 명복을 빌기 위하여 부처에게 드리는 공양

"이추8라는 이는 최근의 이름 높은 역관입니다. 하지만 그는 평소에 돈 이야기를 입에 올린 적이 없었다고 합니다. 40여 년을 연경에 드나들었지만, 그 손에 일찍이 은전을 잡아 본 적이 없었다고 전합니다. 참으로 단정한 군자의 풍도를 지닌 사람이었지요."

---

8 이추(李樞) : 조선 숙종, 경종, 영조 대에 활약한 역관이다. 사람됨이 청렴하고 성실했다고 한다. 사역원의 관리로서 오랫동안 관직에 있었다. 명나라 역사에 인조반정에 대한 기사가 잘못 기록된 것을 바로잡기 위해 조정에서 13차례나 사신을 보냈는데, 이추는 그때마다 역관으로 동행하였다. 1783년(영조 14년)에 마침내 이를 바로잡기에 이른다. 이추는 연경에 모두 33회나 왕래하였다고 한다. 역관에게는 임시품직만 주고 녹을 주지 않는 경우가 많았는데, 이추에게는 특별히 숭록대부 지중추부사를 임명하여 종신토록 그 녹을 타게 했다.

옥갑야화 둘,
역관의 은혜에 보답한 여인

이어서 다른 비장이 당성군 홍순언9의 이
야기를 꺼냈습니다. 홍순언은 명나라 만력
제10 때의 이름난 역관이었습니다.

그가 일찍이 북경에 들어갔을 때 어떤 기생집에 놀러 간 적이
있었습니다. 기생들을 용모에 따라 값을 매겨 놓았는데, 그중에
하룻밤 천 냥을 받겠다는 여자가 있었다지요. 홍순언은 호기심이
나서 천 냥을 내고 그 기생에게 하룻밤을 만나자고 청했답니다.

---

9 **홍순언**(洪純彦) : 조선 선조 때의 역관이다. 종계변무(宗系辨誣)와 임진왜란에 명나
라가 원병을 보내는 데 큰 공을 세웠다. 종계변무는 명나라의 역사에 조선 태조의
가계가 잘못 기술되어 있는 것을 발견하고, 조선 조정에서 여러 차례 사신을 보내어
이를 바로잡아 줄 것을 요청한 사건을 말한다. 태조 때부터 계속해서 사신을 보내
시정할 것을 요구했으나 약속만 하고 시정이 되지 않다가 홍순언이 이를 해결하는데
큰 공을 세운 것이다. 이 공으로 홍순언은 당성군(唐城君)에 봉해진다. 후에 홍순언
은 우림위장(羽林衛將)까지 승진한다. 1592년 임진왜란이 발생하자 홍순언은 명나
라에 구원병을 요청하러 가게 되었다. 이때 석성의 도움으로 명나라 원병을 파견하
는 데 큰 공을 세우게 된다. 명나라 장수 이여송은 그를 믿고 조선 정세를 파악했으
며, 선조가 이여송을 만날 때에도 그가 통역했다고 한다.
10 **만력제**(萬曆帝) : 중국 명나라의 제13대 황제로서 1572년부터 1620년까지 재위
하였다.

그 기생은 나이가 열여섯 살인데, 만나 보니 과연 용모가 뛰어났습니다. 여자는 홍순언을 마주하여 대뜸 눈물을 지었습니다. 그리고 깊이 묻어 두었던 속이야기를 털어놓았습니다.

"제가 이렇게 큰돈을 요구하며 사람을 찾은 까닭이 있습니다. 보통의 세상 남자들은 다들 인색하여 천 냥씩이나 내고 저를 찾을 리가 없다고 여겼기 때문입니다. 그렇게 하면 당분간은 욕을 당하지 않으리라고 생각한 것이지요.

그럭저럭 하루 이틀 시간을 끌며 기방 주인 눈을 속이다가, 혹시라도 어떤 의협심 있는 남자를 만나면 몸값을 갚고 첩으로라도 삼아 주기를 기다린 것이지요. 그러나 제가 이 술집에 들어온 지 벌써 닷새가 지났지만 천 냥을 갖고 오는 남자는 없었습니다.

그런데 오늘 다행히 천하에 의기 높은 분을 만나 뵙게 되었습니다. 그러나 손님께서는 외국 사람이시니 나라 법 때문에 저를 데리고 귀국할 수도 없을 터이고, 이제 이 몸이 한 번 더럽혀지면 다시 씻을 수 없는 일이니 어찌해야 좋을지 모르겠습니다."

여인은 고개를 푹 숙이고 계속 눈물을 흘렸습니다. 홍순언은 사정을 듣고 안쓰럽게 여겨 그 여자에게 물어보았습니다.

"그런데 이렇게 기방에 팔려 오게 된 데는 틀림없이 무슨 사연이 있겠지요. 그것을 내게 얘기해 줄 수 없겠소?"

여인은 고개를 들고 홍순언의 어진 눈을 바라보며 대답했습니다.

"저는 남경 호부시랑 아무개의 딸입니다. 아버지께서 어떤 일에 얽혀서 죄를 지어 재산도 몰수당했을 뿐 아니라, 온 가족이 벌을 받게 되었습니다. 제가 아버지 목숨을 구하려고 기생집에 몸을 판 것입니다."

홍순언은 여인의 지극한 효성에 놀라서 말했습니다.

"참으로 그런 줄은 몰랐소. 그대가 이곳에서 벗어나려면 몸값으로 얼마나 갚아야 합니까?"

여인은 몸값 이야기에 다시 한번 고개를 푹 숙였습니다. 한동안 머뭇거리더니 붉어진 얼굴로 겨우 목소리를 내어 이야기합니다.

"이천 냥입니다."

이 말을 들은 홍순언은 당장 자리에서 일어나 이천 냥을 내어 주었습니다. 그리고 뒤도 돌아보지 않고 여인과 헤어져 기방을 나왔습니다.

여인은 수없이 절을 하고 눈물을 흘리며 고마워했습니다.

"감사합니다. 선생님께서는 오늘부터 제게 은혜로운 아버지이십니다."

하지만 툭툭 자리를 털고 떠난 홍순언은 얼마 지나지 않아 이 일을 까맣게 잊고 지냈다나요.

여러 해가 지나 홍순언은 업무 차 또다시 중국에 가게 되었습니다.

그런데 무언가 예상치 못한 분위기를 느꼈습니다. 가는 길에 '홍 역관이 오시느냐?'고 물으며 찾는 사람들이 많았던 것입니다. 홍순언은 영문을 알 수 없었습니다.

　북경에 가까이 다다랐을 때는 길 한편에 성대하게 장막을 치고 그를 맞이하는 사람들까지 있었습니다. 아무리 생각해도 그들이 누군지, 왜 자신을 찾는지 짐작할 수조차 없었습니다.

　그중 한 사람이 홍순언 앞에 나오며 반가운 얼굴로 아뢰었습니다.

　"병부상서 석 대감 댁에서 마중을 나왔습니다."

　홍순언은 속으로 석 대감이라는 사람을 만난 일이 있었나 하고 생각해 보았습니다. 하지만 전혀 짐작 가는 바가 없었지요.

　"병부상서께서 저를 왜 찾으십니까?"

　"함께 가 보시면 자연히 아실 일입니다."

　홍순언은 그들에게 이끌려 석 대감의 집에 이르렀습니다. 병부상서인 석성 대감이 몸소 나와서 홍순언을 반갑게 맞이합니다.

　"은혜로우신 장인어른, 이제야 만나 뵙습니다. 어서 오십시오. 따님이 오랫동안 기다리고 있었답니다."

　점점 더 알 수 없는 일이 새로 일어나는 탓에 홍순언은 정신을 차릴 겨를도 없었습니다. 석 대감은 그의 손을 이끌어 안채로 데려갔습니다.

　잠시 후 대감의 부인이 아리땁게 치장하고 나왔습니다. 그리고

옥갑야화 둘, 역관의 은혜에 보답한 여인

는 아무 말도 없이 뜰아래에서 홍순언에게 절을 올리는 것이 아니겠어요? 홍순언은 몹시 당황해서 몸 둘 바를 모르고 쩔쩔맸습니다. 그 모습을 본 석 대감이 빙그레 웃으며 말했습니다.

"장인께서는 따님을 몰라보십니까? 오래 전에 이미 잊으셨나 봅니다."

홍순언은 대감의 부인을 자세히 살펴보다가 갑자기 눈이 둥그레졌습니다.

"아니, 그대는 ……."

홍순언은 그제야 대감의 부인이 바로 자기가 기생집에서 구해 준 여인이라는 것을 알게 되었습니다.

여인은 홍순언의 도움으로 몸값을 갚고 기생집에서 벗어날 수 있었답니다. 그리고 바로 석성의 후처가 되었는데요, 이후 석성의 벼슬이 높아져 마침내는 병부상서의 자리까지 오르게 된 것이었지요.

남편의 신분이 귀하게 되자 부인은 손수 비단을 짜고, 거기에 은혜를 갚는다는 뜻의 '보은(報恩)' 두 글자를 수놓았다고 합니다. 그리고 석 대감에게 홍순언과의 인연을 상세히 이야기해 주었다지요. 남편의 도움으로 홍순언을 다시 만나고 지난날의 은혜를 갚았으면 좋겠다는 바람도 함께 전했던 것입니다.

이런 일이 있을 것을 알고 홍순언이 여인에게 은혜를 베푼 것은 아니었을 테지요. 아무튼 두 사람은 오랜만에 만나 반가운 인사를 나누었고, 석 대감은 홍순언을 장인어른으로 깍듯이 모시며 융숭하게 대접했습니다.

홍순언이 일을 마치고 북경을 떠나올 때 석 대감은 부인이 짜 놓은 '보은 비단'을 건넸습니다. 뿐만 아니라 다른 여러 가지 비단과 금은보화를 헤아릴 수 없이 많이 선사하였답니다.

그 뒤 조선에서 임진왜란이 일어났습니다. 마침 병부상서를 맡고 있던 석 대감은 명나라가 조선을 도우러 출병해야 한다고 강력하게 주장했습니다. 그것은 모두 홍순언과의 남다른 인연에 느낀 바가 많아 조선 사람을 의롭게 보았기 때문이었다고 합니다.

옥갑야화 셋,
옛 주인의 손자를 거둔 임씨

 북경 부자 중에 조선 상인들과 친하게 지냈던 정세태라는 사람의 이야기도 나왔습니다.

그는 북경에서도 제일가는 부자라고 소문이 자자했던 사람입니다.

그런 정세태가 죽자 그의 집안은 순식간에 폭삭 망해 버리고 말았습니다. 헤아리기 어려울 만큼 막대한 살림이 사방으로 흩어져 사라진 것입니다. 그에게는 외모가 출중한 외동 손자가 있었는데요, 그 바람에 이 잘생긴 소년은 그만 놀이판에 광대로 팔리게 되었습니다.

세월이 적잖게 흘렀습니다. 정세태의 가게에서 점원으로 일하던 사람들 중에 임씨 성을 가진 사람이 있었습니다. 그동안 임씨는 부지런히 일을 해서 큰 부자가 되었습니다.

어느 날 임씨는 광대놀이를 구경하고 있었습니다. 그런데 광대들 중 아주 잘생긴 사내아이가 끼어 있는 것이 눈에 띄었습니다. 광대놀이를 하는 소년을 보고 임씨는 안타까운 마음이 들었습니다. 그러다가 그 어린 광대가 정세태의 손자인 것을 알게 된 것입니다.

임씨는 옛 주인 생각이 나서 가슴이 콱 메어 왔습니다. 얼른 뛰어 소년의 앞에 가서 예의 바르게 인사를 했습니다. 소년도 임씨를 알아보았습니다. 두 사람은 서로 부둥켜안고 한참을 울었습니다.

놀이판의 광대 신세를 면하려면 팔린 몸값을 갚아야 했겠지요. 임씨는 당장에 천 냥의 돈을 물어 주고 옛 주인의 손자를 집으로 데려갔습니다. 집 안에 들어서자마자 임씨는 식구들에게 말했습니다.

"앞으로 이분을 잘 모셔라. 우리 집의 옛 주인이니라. 혹시라도 놀이판에 있던 사람 취급해서는 결코 안 되느니라. 조금이라도 괄시하는 놈은 경을 칠 것이다."

그 이후 소년은 임씨의 극진한 보호를 받으며 성장했습니다. 그뿐이 아니었습니다. 정세태의 손자가 자라서 어른이 되자 임씨는 자기 재산의 절반을 뚝 떼어 살림을 내 주었다나요?

정세태의 손자는 살결이 희고 깨끗하며 몸집이 통통하고 얼굴이 고운 사람이었다고 합니다. 그가 북경의 성 안에서 연날리기나 하며 아무런 고생도 않고 잘 지낸 때문이겠지요. 두말 할 나위 없이 임씨가 옛 주인과의 의리를 잊지 않고 극진히 보살펴 준 덕입니다.

의리나 신의에 관련된 이야기를 하다 보니 한 비장이 개탄하는 목소리로 말을 시작했습니다. 예전에는 북경에서 물건을 사고팔 때에 포장을 일일이 풀어 상품을 살피지 않아도 별 문제가 생기지 않았답니다. 포장해 준 그대로 가지고 와서 장부와 맞추어 보면 조금도 틀림이 없었기 때문이지요.

그런데 한 번은 흰 털모자를 포장해서 부쳐 달라고 했는데, 짐을 받아서 풀어 보니 흰 털모자가 아니고 그냥 흰 모자들이었답니다. 미리 살펴보지 않은 것을 후회할 수밖에 없었지요.

우연의 일치였을까요? 그 무렵 정축년(1757년)에 마침 두 번이나 국상[11]이 났습니다. 그래서 그 흰 모자들을 곱절로 비싸게 팔 수 있었다고 합니다. 그러나 이건 그저 운이 좋아서 이리 된 것이겠지요. 북경 장사꾼들의 인심이 옛날 같지 않다는 건 틀림이 없습니다.

그래서 요즘은 모든 물품들을 단골 상점 주인에게 포장하여 보내도록 맡기지 않는답니다. 우리 장사꾼들이나 역관들이 직접 짐을 살펴보고 하나하나 직접 포장을 하게 되었다지요.

---

11 **국상(國喪)** : 왕이나 왕후, 왕대비, 왕세자나 세자빈 등의 죽음으로 인한 왕실의 초상을 이르는 말. 정축년(1757년)에는 2월에 영조의 왕비 서씨가 죽고, 3월에 대왕대비 김씨가 죽어 두 차례 국상이 났다.

옥갑야화 넷,
역관 변승업이 재산을 흩어 버린 이유

그러던 끝에 변승업[12]이라는 역관 이야기가 나왔습니다.

변승업은 큰 부자였습니다. 어느 날 그가 병에 걸려 자리에 눕게 되었습니다. 병석에 있던 변승업은 문득 돈놀이로 나간 돈을 모조리 헤아려 보고 싶었습니다. 그래서 회계를 맡은 점원들을 불러 모아 셈해 보았답니다. 그가 빌려주고 아직 돌려받지 않은 돈은 은으로 환산하여 오십만 냥이나 되었습니다.

이것을 본 그의 아들이 걱정이 되어 말했습니다.

"이렇게 많은 돈이 풀려나가 있다니, 앞으로 이것을 주고받고 하다 보면 관리하는 일이 꽤 번거롭겠습니다. 게다가 오래가면 장

---

12 변승업(卞承業, 1623-1709) : 조선 후기 사역원 소속 일본어 역관이다. 1645년 (인조 23년) 역관 시험에 합격한 이후 관직이 동지중추부사에 이르렀다. 조선 후기를 대표하는 거부(巨富) 역관 중 한 명이다. 자는 선행(善行)이고 본관은 초계(草溪)이다. 변승업이 죽을 때 회계장부를 가지고 대출 상황을 헤아리니 은 50만 냥에 이르렀다고 전한다.

차 탈이 날지도 모르니 이참에 모두 거두어들이는 게 좋지 않겠습니까?"

그러자 변승업은 갑자기 벌컥 화를 냈습니다.

"이놈아, 그게 무슨 말이냐? 이 돈은 바로 한양 일만 가구의 목숨 줄이다. 어떻게 하루아침에 끊어 버릴 수 있겠느냐? 한 번 셈을 해 보았으면 되었다. 셈을 끝냈으면 어서 정리하고 그대로 두도록 해라."

아들은 그만 머쓱해져서 아무 말도 더 하지 못했습니다.

변승업은 늙은 후에 자손들을 모아 놓고 이렇게 훈계했답니다.

"내가 모셨던 조정의 대신들 가운데에는 나라 살림을 손에 넣고 자기 살림살이인 것처럼 삼은 분들이 많았다. 하지만 그렇게 삼대를 지속한 사람은 드물었느니라.

요즘 이 나라에서 돈놀이한다는 사람들이면 다 우리 집에서 나가고 들어오는 돈을 보아 가며 이자의 높낮이를 정한다고 하는구나. 그렇다면 우리가 나라 살림을 쥐고 있는 셈이 아니냐? 우리 집안이 많은 재물을 벌어들여 부자가 된 지도 벌써 삼 대째가 되었다. 이제 우리 집 재산들을 흩어 버리지 않으면 머지않아 화가 되어 돌아올 것이다."

그의 자손들이 번창하였으나 거의가 가난하게 살다 간 것은, 변승업이 늘그막에 재산을 많이 흩어 버렸기 때문이라고 합니다.

옥갑야화 다섯,
허생전

마침 역관 변승업의 이야기가 나오니 나도 전에 윤영이라는 사람에게서 들었던 이야기가 생각났습니다.

변승업의 집안은 할아버지 대부터 큰 부자였는데, 애초에는 재산이 몇 만 냥에 지나지 않았다고 합니다. 그런데 언젠가 허생이란 선비에게 은 십만 냥을 얻은 후 나라 안에서 첫째가는 부자 집안이 되었답니다. 변승업 또한 이름난 갑부였지만 이전 대에 비하면 오히려 재산이 좀 줄어든 것이라고 합니다.

사람이 재산이 불어날 때에는 분명 어떤 운이 따르는 것 같아요. 허생이라는 사람의 일을 보아도 알 수 있습니다. 허생이란 사람이 끝내 제 이름을 밝히지 않았으므로 세상에 그를 아는 사람은 거의 없다고 합니다.

윤영이라는 이가 내게 들려준 이야기는 대강 이러했습니다.

허생이라는 선비가 있었습니다. 그는 묵적골에 살고 있었습니다.

남산 아래로 난 길을 곧장 가면 은행나무가 서 있는 부근에 우물이 하나 보입니다. 그 은행나무 맞은편에 비바람도 막지 못할 것 같은 두어 칸 초가가 있었습니다. 그 집의 사립문은 있으나마나 늘 열려 있었습니다.

쓰러질 듯 기울어 있는 그 초가에서 허생은 늘 글을 읽고 있었습니다. 아마도 그는 글 읽는 것 외에 아무것도 하지 않는 사람 같았습니다. 살림은 초라해질 수밖에 없었겠지요. 아내가 삯바느질을 해서 번 것으로 부부는 간신히 입에 풀칠만 하며 살고 있었답니다.

어느 날 아내는 어찌나 배를 심하게 곯았는지 거의 울다시피 하며 말했습니다.

"당신은 평생 과거 한 번 보지 않으면서 글은 읽어 무엇을 하렵니까?"

허생은 웃으며 대답했습니다.

"아직 내 공부가 부족하니 그런 것 아니겠소?"

"그러면 장인바치13가 되어 뭘 만드는 것이라도 해 보아야 하지 않겠소?"

허생은 아내의 얼굴을 바라보며 안타까운 마음이 들었습니다. 며칠을 굶었는지 기억나지도 않으니 그럴 만도 하다고 생각했지

---

13 **장인바치** : 손으로 물건을 만드는 사람인 장인(匠人)을 속되게 이르는 말

만 우선 상황을 넘겨 놓고 보려고 대충 둘러대었습니다.

"배워 본 적 없는 일을 내가 어떻게 하겠소?"

하지만 오늘은 그냥 넘어갈 것 같지 않았습니다. 아내는 작심한 듯 말꼬리를 붙잡고 놓지 않았습니다.

"그럼 장사라도 해 보시구려."

"참 당신도 말을 쉽게 하는구려. 장사를 하려면 밑천이 있어야 하지 않소? 우리 형편에 장사를 어떻게 하겠소?"

아내는 그만 버럭 화를 내고 말았습니다. 자신도 모르게 그만 목소리가 높아져 버린 것이지요.

"밤낮으로 글을 읽더니만 기껏 '어떻게 하겠소?' 소리 하나만 배웠단 말이오? 장인바치 노릇도 못 하겠다, 장사도 못 하겠다, 그러면 도둑질이라면 어떻소? 그것도 못 하겠다고 하시려오?"

도둑질 얘기까지 하려던 것은 아니었겠지요. 얼마나 화가 나면 그랬을까, 얼마나 참고 참다가 그랬을까 이해하지 못할 바는 아니었습니다. 하지만 소리를 지른 아내도, 면박을 받은 남편도 마음이 편할 수가 없었습니다.

허생은 읽던 책을 덮고 자리에서 일어서며 중얼거렸습니다.

"안타깝구나. 내가 처음에 십 년을 기약하고 글을 읽기 시작했는데, 이제 고작 칠 년이 지났을 뿐이니…….”

허생은 뒤도 돌아보지 않고 사립문 밖으로 휙 나가 버렸습니다.

어디로 가리라고 마음먹은 곳도 없었습니다. 방에서 글만 읽던 허생이니 길가에 아는 사람이 보일 리도 없었습니다. 허생은 무조건 사람이 많이 모이는 곳을 향해 발걸음을 옮겼습니다. 운종가[14]의 붐비는 길거리에서 허생은 오가는 사람들을 아무나 붙들고 물어보았습니다.

"한양에서 제일가는 부자가 누굽니까?"

더러는 이상한 사람 취급하며 무시하고 갈 길을 가는 사람들도 있었지만, 많은 이들이 변씨라는 사람을 일러 주었습니다. 허생은 변씨의 집이 어딘지도 함께 물어서 그 집으로 무작정 찾아갔습니다.

행색이 초라한 웬 선비가 찾아왔다는 말에 변씨는 적잖이 호기심을 느꼈습니다. 그래서 얼른 안으로 모시라고 명했지요. 하인을 따라 사랑채로 온 허생은 처음 보는 변씨를 향해 예를 표하고는 대뜸 말했습니다.

"내가 자그맣게 시험 삼아 무얼 좀 해 보고 싶은 게 있는데, 집안이 가난해서 그러니 당신이 내게 만 냥만 꾸어 주시오."

변씨는 허생의 말이 끝나자마자 선선히 대답했습니다.

"그럽시다."

---

14 **운종가(雲從街)** : 지금의 종로이다. 운종가는 많은 사람이 구름같이 모였다 흩어지는 거리라는 뜻에서 유래되었다. 조선 시대 종로 일대는 시전이 설치되어 육의전을 비롯한 많은 점포가 집중적으로 발달되어 있었으므로 많은 사람이 모여들었고, 이에 운종가라 불리었다.

변씨는 그 자리에서 붓에 먹을 찍어 만 냥짜리 수표를 쓰고 서명을 해 주었습니다.

사랑채에 모여 있던 변씨의 아들이며 아우, 온갖 문객들은 놀란 입을 다물지 못했습니다. 변씨가 두말없이 만 냥을 내주기로 약속하는 것을 보고도 믿을 수 없었기 때문이지요. 게다가 만 냥을 챙기게 된 허생은 고맙다는 인사도 않고 훌쩍 나가 버리는 것이 아니겠어요?

한참 동안 어색한 침묵이 흘렀습니다. 사람들은 어리둥절해서 눈을 껌벅껌벅하며 서로 얼굴만 쳐다볼 뿐이었습니다.

허생의 행색을 볼라치면 그저 영락없는 거지였습니다. 허리에 두른 실띠15는 술이 빠져서 너덜너덜하지요. 갖신16은 뒤가 다 찌그러졌고요. 쭈글쭈글한 갓에 허름한 도포를 걸쳤는데, 코에서는 멀건 콧물이 줄줄 흘렀습니다.

비렁뱅이 꼴을 한 허생이 방을 나가자 한 사람이 물었습니다.

"아시는 분입니까?"

누군들 궁금하지 않았을까요? 모두가 같은 질문을 한 것처럼 변씨의 입에 시선을 모으고 귀를 기울였습니다.

"모르지."

---

15 실띠 : 도포 등의 외투에 착용하는 가느다란 띠로 양 끝에 술이 달려 있다.
16 갖신 : 가죽으로 만든 신을 통틀어 이르는 말

변씨는 태연하게 대답했습니다. 사람들은 더욱 어이가 없었습니다.

"아니, 모르는 사람에게 만 냥이나 되는 돈을 던져 주신 겁니까? 게다가 어디 사는 누군지 이름도 묻지 않으시다니요. 대체 어인 일이십니까?"

변씨는 주위의 아우성에 아랑곳하지 않고 빙그레 미소를 띠기까지 합니다.

"모르는 소리들 말게. 대개 뭘 빌리러 오는 사람은 으레 자기 생각을 그럴듯하게 부풀려 믿을 만하다고 떠벌리는 법이지. 자기가 믿을 만하다고 자랑하면서도 얼굴에는 비굴한 빛을 띠고 같은 말을 한없이 되풀이하게 마련일세.

그런데 아까 온 그 사람은 비록 행색이 허술하고 초라하지만 말이 짤막하고 눈빛이 당당하더군. 조금도 부끄러워하는 빛이 없지 않았나? 그는 분명 재물이 없어도 스스로 만족할 수 있는 사람일세. 그가 뭘 시험해 보겠다는 것인지 잘은 몰라도 아마 작은 일이 아닌 듯싶네. 그래서 나도 그를 한번 시험해 보기로 한 것이야. 주지 않으려면 몰라도, 이왕 내주기로 한 바에야 이름은 물어서 무엇에 쓴단 말인가?"

고개를 주억거리는 사람, 그래도 그런 게 아닌 것 같아 숙덕거리는 사람, 아직 놀란 입을 다물지 못하는 사람들로 방 안의 분위기는 어수선했습니다. 변씨만이 차분하게 앉아 골똘히 아까 만난 선비의 자신에 찬 눈을 떠올려 보고 있었습니다.

한편 만 냥을 얻게 된 허생은 집에 들를 생각도 하지 않고 바로 안성으로 발길을 돌렸습니다.

안성은 경기도와 충청도가 인접한 곳이며, 삼남17으로 가는 길목입니다. 안성 장터에는 과일이 많이 거래되었습니다. 팔도에서 온갖 과일들을 파는 사람들과 한양에서 내려온 도매상인들이 모여 날마다 시끌벅적 북새통이었지요.

허생은 거기서 대추, 밤, 감, 배며 석류, 귤, 유자 따위의 과일들을 닥치는 대로 사들이기 시작했습니다. 흥정하는 일도 귀찮은지 모조리 값을 곱절로 쳐 주었습니다. 그것을 보는 사람들도 비싼 값에 파는 사람들도 허생을 미친 사람으로 여겼습니다. 그래도 허생은 조금도 아랑곳하지 않고 과일 사들이기를 계속했습니다.

웬 사람이 비싼 값을 쳐 주고 과일을 산다는 소문이 삽시간에 퍼졌습니다. 팔도의 과일 상인들이 모두 안성 장터로 몰려들었습니다. 그리고 도무지 믿기지 않았던 일을 눈으로 확인하게 되었습니다. 상인들은 저마다 두둑하게 과일값을 받고 신이 나서 돌아갔습니다.

허생이 빌린 창고에는 과일이 쌓일 대로 쌓여 네 벽과 지붕이

---

17 삼남(三南) : 충청도, 전라도, 경상도 지방을 이름.

터질 지경이 되었습니다. 구석에서는 과일이 썩어가기 시작했습니다. 그러거나 말거나 허생의 태도는 조금도 변함이 없었습니다. 과일이라고 생긴 것은 모조리 사들였고, 돈은 달라는 대로 주었습니다.

안성에서 과일을 산 후 한양으로 가져가서 팔려던 도매상인들도 발길을 되돌려 허생을 찾아왔습니다. 그들도 과일 짐을 풀어 허생에게 넘기고 돈으로 바꾸어 갔습니다. 허생에게 더 비싸게 팔 수 있는데 굳이 한양까지 옮기는 수고를 할 필요가 없었기 때문입니다.

조선 팔도의 과일이라는 과일은 모두 안성 장터에, 아니 안성에서도 허생의 창고에 모였습니다. 한양뿐 아니라 전국의 시장에 있는 과일 가게들은 텅텅 비어 버렸습니다. 알 만한 사람들이야 과일이 어디에 있는지는 알지만, 그곳으로 들어가기만 할 뿐 좀처럼 나올 기미는 없으니 답답한 노릇이었습니다.

당장 먹을 과일이라면 먹고 싶은 마음을 참으면 되겠지만, 당장 잔칫상이나 제사상에 올릴 과일마저 구하지 못하니 여기저기서 야단이 났습니다. 그래도 허생은 창고 문을 닫아걸고 꿈쩍도 하지 않았습니다.

과일 시세는 하늘 높은 줄 모르고 뛰었습니다. 허생에게 시세의 곱절로 과일을 팔았던 상인들이 그보다 더 비싼 값에 과일을 사려고 몰려들었습니다. 결국 얼마 시간이 지나지 않아 허생은 평소 시세의 열 배로 과일을 팔 수 있게 되었습니다.

허생은 큰돈을 벌었지만 어쩐지 낯빛이 좋지 않았습니다. 길게 한숨을 짓기까지 했습니다.

"겨우 만 냥으로 온갖 과일의 값을 좌지우지했으니 이 나라의 형편이 얼마나 변변찮은지 알 만하구나."

허생은 번 돈의 일부를 써서 칼과 호미를 샀습니다. 그리고 삼 베니 무명이니 하는 옷감들도 사들인 후에 그것들을 가지고 제주도로 건너갔습니다. 허생은 안성에서 과일을 사듯 제주도에서는 말총18을 모조리 사들였습니다. 허생에게 말총을 파는 사람들은 누구나 만면에 웃음을 띠고 시세의 곱절 되는 돈을 받아서 돌아갔습니다. 그들의 뒷모습을 보며 허생은 중얼거렸습니다.

"몇 해 못 가 나라 안의 허다한 사람들이 머리를 싸매지 못하게 되리라."

얼마 지나지 않아 과연 망건19 값이 열 곱절로 뛰어올랐습니다. 허생은 창고에 쟁여 놓은 말총을 살 때 치른 값의 열 배로 팔았습니다. 그래도 사려는 사람이 줄을 섰으니까요. 허생이 큰 부자가 되는 데는 이처럼 오랜 시간이 필요하지 않았답니다.

---

18 말총 : 말의 갈기나 꼬리의 털
19 망건(網巾) : 성인 남성이 갓을 쓰기 위해 상투를 틀 때 머리털을 위로 걷어 올리기 위해 이마에 두르는 띠

제주도에서 한가로운 시간을 보내고 있던 어느 날 허생은 바닷가로 갔습니다. 늙수그레한 사공 한 사람이 눈에 띄었습니다. 허생은 그에게 다가가서 물었습니다.

"혹시 바다 멀리 사람 살 만한 빈 섬이 없던가?"

"있습지요. 언젠가 태풍을 만나 서쪽으로 내리 사흘을 표류한 적이 있답니다. 그렇게 마냥 흘러가다가 어떤 빈 섬에 닿았지 뭐겠습니까. 아마 사문20과 장기21 사이 어디쯤일 것입니다. 누가 기르지 않는데도 꽃이 알아서 피고, 멋대로 자란 나무에는 온갖 과일들이 주렁주렁 매달려 있지요. 짐승들은 떼를 지어 놀고 물고기들도 사람을 본 적이 없는 탓인지 저를 보고도 놀라지 않았습니다."

허생은 뛸 듯이 기뻐하며 말했습니다.

"내게 그 섬을 보여 줄 수 있겠는가? 거기에 데려다만 주면 나와 더불어 부귀를 누리게 해 주겠네."

사공은 반신반의하면서도 허생의 말대로 따랐습니다. 간단히 준비를 하고 날을 골라 배를 띄웠습니다. 허생을 태운 배는 바람을 타고 동남쪽으로 며칠을 흘러갔습니다. 그리고 마침내 사공이 말했던 섬에 다다랐습니다.

---

20 사문(沙門) : 지금의 마카오이다.
21 장기(長崎) : 일본 규슈에 있는 항구도시 나가사키

허생은 섬 가운데의 높은 곳으로 올라가서 사방을 둘러보았습니다. 그러나 허생의 표정은 금방 어두워졌습니다.

"천 리도 못 되는 땅에서 무엇을 해 볼 수 있겠는가? 좋은 물이 넉넉하고 땅이 기름지니 그저 한가하고 배부른 늙은이로 살 수는 있겠구면."

허생의 눈치를 보고 있던 사공이 조심스레 물었습니다.

"그나저나 텅 빈 섬에 사람이라곤 하나도 없는데 대체 누구와 더불어 사신다는 말씀인지요?"

허생이 대답했습니다.

"덕이 있으면 사람은 따로 부르지 않아도 모이는 법이라네. 사람이 없는 것을 걱정할 게 아니라 덕이 없을까 봐 걱정해야 할 일이지."

허생은 사공과 함께 배를 타고 돌아왔습니다. 그리고 한동안 앞으로 해야 할 일을 헤아려 보며 시간을 보내고 있었습니다.

이 무렵에 전라도 변산에는 수많은 도적들이 떼를 지어 우글거리고 있었습니다. 여러 고을의 관아에서 군사를 풀어 도적 떼를 소탕하려 해 보았지만 좀처럼 잡히지 않았습니다. 하지만 도적들도 서슬 푸른 관군들 앞에 감히 나다닐 수는 없는 형편이었지요. 노략질을 하지 못하니 배를 주리며 몹시 곤란한 지경을 당하고 있었습니다.

어느 날 허생은 전라도 땅으로 건너가 도적 떼가 있는 곳을 직접 찾아갔습니다. 도적들은 낯선 사람이 나타나자 길을 막고 위협을 했습니다. 하지만 그 정도로 겁을 낼 허생이 아니었지요.

"너희 우두머리가 누구냐? 내가 좀 만나잔다고 전해라."

도적들은 이 보잘것없는 샌님이 두목을 만나겠다고 하니 어이가 없었지만 어쩐지 거역할 수 없는 기세에 눌려 버렸습니다.

허생은 우두머리를 만나 대뜸 물었습니다.

"너희들 천 명이 천 냥을 빼앗아 와서 고루 나누면 한 사람 앞에 얼마씩 돌아가는가?"

"한 냥씩이지요."

"모두 아내가 있는가?"

"없습니다."

"농사지을 땅은 있는가?"

허생과 우두머리의 대화를 듣고 있던 도둑들은 어이가 없어 웃음을 터뜨리고 말았습니다. 우두머리는 빈정거리는 말투로 대답했습니다.

"이 답답한 양반아, 땅이 있고 처자식이 있는 놈들이라면 뭐가 아쉬워서 도둑이 된단 말이오?"

허생은 그래도 답답한 소리를 계속합니다.

"정말 그렇다면 어째서 아내를 얻고 집을 짓고 소를 사서 논밭을 갈며 살지 않는가? 그러면 도둑놈 소리도 안 듣고 집에서 부부끼리 즐겁게 지낼 수 있을 것 아닌가? 잡힐까 봐 걱정하지 않아도 되고 마음껏 먹고 입으며 편히 살 수 있을 텐데."

가만히 듣고 있던 우두머리는 은근히 화가 치밀어 올랐습니다.

"아니, 그걸 누가 바라지 않겠습니까? 다만 돈이 없어 못 하는 것 아니겠소?"

우두머리의 언성이 높아지자 허생은 도리어 껄껄 웃었습니다.

"열심히 도둑질을 해먹는 자들이 어째서 돈 걱정을 하는가? 돈이라면 내가 마련해 주지. 여기 있는 사람들 모두 내일 바닷가로 나와 보게. 붉은 깃발을 단 배마다 돈을 가득 실어 놓을 테니 마음대로 가져들 가게. 알겠나?"

말을 마친 허생은 대답을 듣지도 않고 일어서서 휘적휘적 돌아갔습니다. 도둑들은 모두들 허생을 보고 미친놈이라고 비웃었습니다.

이튿날 아침이 밝았습니다. 도둑들은 그럴 리 없다고 생각하면서도 혹시나 하는 마음에 바닷가로 나가 보았습니다.

그런데 이게 웬일입니까? 바닷가에는 많은 배들이 늘어서 있고 모두 붉은 깃발을 달고 있었습니다. 허생이 정말로 삼십만 냥이나 되는 돈을 싣고 왔던 것입니다. 도적들은 모두 눈이 휘둥그레지도록 놀라서 그만 자리에 주저앉을 것만 같았습니다.

멀리 허생의 모습이 보였습니다. 도적들은 일제히 그쪽으로 달려가 주욱 늘어서서 허생에게 절을 했습니다.

"장군의 명령이라면 무엇이든 따르겠습니다."

허생은 별일 아니라는 듯 말했습니다.

"너희들 힘자라는 대로 마음껏 짊어지고들 가라."

도둑들은 한껏 욕심이 나서 앞을 다투어 돈을 짊어졌습니다. 하지만 기껏해야 한 사람이 백 냥을 감당하지 못했습니다.

"겨우 백 냥도 지고 가지 못하면서 무슨 도둑질을 하겠느냐? 너희들은 이제 선량한 백성이 되려고 하더라도 이미 이름이 도둑 명단에 올랐으니 갈 곳이 없으렷다."

도적들은 그만 머쓱해져서 눈만 끔벅끔벅하고 있었습니다. 허생은 호통을 그치고 너그럽게 그들을 달래었습니다.

"내가 여기서 너희들을 기다릴 테니 각자 백 냥씩을 가지고 가서 짝이 될 여자 한 사람과 소 한 마리씩을 거느리고 오너라."

그 말을 들은 도적들은 모두 신이 나서 사방으로 흩어졌습니다.

허생은 기다리는 동안 이천 명이 한 해 동안 먹을 만한 양식을 장만해 놓았습니다. 일천 명의 도적들은 한 명도 빠짐없이 모두 허생이 있는 곳으로 돌아와 모였습니다.

"이제 너희들이 더불어 살 만한 곳으로 간다. 내 말을 잘 따르기만 한다면 그곳에서 모두 대를 이어 풍족한 생활을 할 수 있을 것이다."

이천 명의 남녀가 일제히 환호성을 울리며 허생의 말에 화답하였습니다.

허생은 그들을 배에 나누어 싣고 전에 보아 둔 빈 섬으로 들어갔습니다. 허생이 도적 떼를 몽땅 쓸어 데려가니 나라 안에는 시끄러운 일이 사라지게 되었습니다.

섬으로 들어간 도둑들은 가장 먼저 나무를 베어 집을 짓고 대를 엮어 울타리를 만들었습니다. 그리고 모두 팔뚝을 걷어 부치고 농사짓는 일에 힘썼지요. 땅이 기름져서 온갖 곡식들이 잘 자라니 굳이 땅을 묵히지 않아도 한 줄기에 아홉 이삭씩은 주렁주렁 매달렸습니다.

얼마 지나지 않아 삼 년 치 양식을 갈무리해 두고도 곡식이 남아돌게 되었습니다. 그 나머지는 배에 실어 일본 장기로 가져가서 팔았습니다. 장기라는 곳에는 삼십만 가구가 넘게 살고 있었는데 마침 흉년이 들었던 터라 곡식이 몹시 부족했습니다. 허생과 도적들은 가지고 간 곡식을 좋은 값에 팔아 은 백만 냥을 벌 수 있었습니다.

만 냥의 밑천으로 백만 냥을 모은 것이지요. 그런데 허생은 오히려 깊이 탄식하며 말했습니다.

"이렇게 나의 자그마한 시험이 끝났구나."

허생은 섬 안의 남녀 이천 명에게 명하여 한곳에 모이도록 했습니다. 사람들은 예전과 같지 않은 기색을 느끼고 숙연한 태도로 허생의 분부를 기다렸습니다.

허생은 사람들을 일일이 돌아보며 말했습니다.

"내가 처음에 너희들과 이 섬에 들어올 때엔 먼저 살림살이부터 넉넉히 해 놓은 다음 글자를 따로 만들고 옷차림과 규범도 새로 정하려고 하였다. 그런데 이 섬의 땅이 너무 작고 나 자신의 덕 또한 모자라니 그만한 일을 할 수 없겠다."

사람들은 배곯지 않고 살게 해 준 허생에게 이미 지극한 고마움을 느끼고 있었습니다. 글자가 있었으면, 더 편한 옷을 입고 모자를 썼으면 하고 바란 적도 없었습니다. 허생이 지시하는 대로 따르면 다툼도 없이 평안할 것이니 규범이나 제도가 필요할 것 같지도 않았습니다. 그냥 이대로만 살 수 있으면 족하다고 생각하고 있었던 것입니다.

허생도 그것을 알고 있었습니다. 하지만 그는 이미 이 섬을 떠나기로 마음먹은 후였습니다.

"이제 나는 여기를 떠나려 한다. 너희들 모두 앞으로 자식을 가지게 되겠지. 다른 건 몰라도 아이를 낳거든 오른손으로 숟가락을 들게 하고, 하루라도 먼저 태어난 사람이 먼저 먹도록 양보하게끔 가르쳐라. 그것이면 충분할 것이다."

말을 마친 허생은 자신이 타고 갈 한 척만을 남기고 섬의 배들을 모조리 불사르게 했습니다. 사람들은 허생의 명령에 이유를 묻지 않고 따랐습니다. 허생은 불타는 배들을 보면서 중얼거렸습니다.

"이 섬에서 어디로든 가지 않으면 누군가 이곳으로 오지도 못하겠지."

아직 세상에 알려지지 않은 섬이니 바깥과 연락만 없으면 이들 이천 명과 그 자손만의 세상이 보존될 수 있을 테지요.

허생은 또 돈 오십만 냥을 바다 한가운데 던져 넣으며 말했습니다.

"바다가 마르면 누군가 횡재를 하겠군. 이렇게 큰돈은 우리 조선 전체에서도 다 쓰이기 어려울 텐데 이깟 작은 섬에서 무슨 쓸모가 있으랴."

그리고 마지막으로 글을 아는 모든 사람들을 골라 모조리 배에 태웠습니다. 허생은 사람들이 듣지 못하도록 조심하며 속으로 뇌었습니다.

"이 섬에나마 화근을 끊어 없애야 하지 않겠는가?"

육지로 돌아온 허생은 나라 안을 두루 다니면서 가난하고 딱한 처지에 있는 사람들을 구제하는 데에 힘썼습니다. 바다 한가운데 오십만 냥을 던져 버리고 남겨 온 오십만 냥은 세상의 필요한 곳에 고루 나누고자 한 것입니다. 하지만 그렇게 애를 쓰고도 수중에는 십만 냥이라는 돈이 남아 있었습니다.

"이젠 되었다. 남은 돈은 변씨에게 갚을 것이니…….."

허생은 한양으로 향했습니다. 집을 나와 떠돈 지 오 년만의 일이었습니다. 허생은 곧장 변씨의 집을 찾아갔습니다.

처음 변씨의 집을 찾았을 때처럼 허생의 발걸음에는 거침이 없었습니다. 주위의 하인들이나 손님들이 놀라 웅성거리는 꼴도 그날의 풍경과 별반 다르지 않았습니다.

허생은 변씨의 면전에서 대뜸 물었습니다.

"나를 알아보시겠소?"

변씨는 깜짝 놀라면서, 하지만 반가운 표정을 숨기지 못하고 말했습니다.

"이게 누구시오? 잘 오셨습니다. 그런데 얼굴빛이 전보다 나아지지 않은 걸 보면 돈 만 냥은 다 날려 버렸나 보구려."

허생은 웃으며 대답했습니다.

"재물이 있고 없음에 따라 얼굴빛이 달라지는 것은 당신들이나 그렇겠지요. 그깟 돈 만 냥으로 어찌 도(道)를 살찌게 할 수 있겠소?"

변씨는 속으로 '이 사람은 실로 비범한 인물이구나' 하고 몹시 놀랐습니다. 그런데 그게 다가 아니었습니다. 더 크게 놀랄 일이 남아 있었던 것이지요. 허생이 십만 냥을 변씨에게 턱 내어놓자 배포 큰 변씨도 그만 입이 딱 벌어지고 말았습니다.

허생은 변씨에게 예를 갖추며 말했습니다.

"내가 한때의 굶주림을 견디지 못해서 글공부를 중도에 그만두고 당신에게 만 냥을 빌렸으니 지금 생각하면 참으로 부끄럽소."

허생의 인사에 변씨는 화들짝 일어나 고개를 조아리고 마주 절을 했습니다. 변씨는 쩔쩔매면서 허생에게 사양의 말을 하는 것이었습니다.

"이게 무슨 말씀이십니까? 정 갚아야 하시겠다면 십분의 일을 이자로 하여 일만 천 냥만 받겠습니다."

그러자 허생은 갑자기 크게 화를 내며 소리쳤습니다.

"그대는 나를 한낱 장사치로 보는 것인가?"

그러고는 소매를 뿌리치고 뒤돌아서서 나가 버렸답니다.

변씨는 가만히 따라 나와 거리를 두고 허생의 뒤를 밟았습니다. 허생이 남산 아래 다 쓰러져 가는 초가로 들어가는 것이 멀리서 보였습니다. 마침 우물가에서 빨래를 하는 노파가 있어 그에게로 다가가 물어보았습니다.

"저 초가가 뉘 댁이오?"

노파는 변씨가 손으로 가리키는 쪽을 바라보더니 이내 대답했습니다.

"허 생원 댁이지요. 그 양반도 참, 가난한 형편에도 글 읽는 것만 알고 살더니 어느 날 집을 나가서는 소식이 끊긴 지 오 년이 넘는답니다. 지금은 부인이 혼자 살고 있는데 남편이 집을 나간 날에 해마다 제사를 지낸다고 하지요."

변씨는 그제야 그의 성이 허씨라는 것을 알았습니다.

'한양 성 안에 이렇듯 지혜롭고 의기 높은 선비가 살고 있었구나. 나뿐 아니라 아무도 그의 사람됨을 모르고 있었구나.'

변씨는 깊이 탄식하며 집으로 돌아갔습니다.

이튿날, 변씨는 받은 돈을 모두 돌려주려고 그 집을 다시 찾아갔습니다. 그러나 허생은 딱 잘라 거절했습니다.

"만약 내가 부자가 되고 싶었다면 백만 냥을 버린 터에 고작 십만 냥을 받겠소? 그나저나 이렇게 된 김에 이제부턴 당신에게 의지해 살아갈 생각이오. 그러니 가끔 나를 보러 와서 우리 집 형편을 보고 떨어진 양식이나 옷감을 되는 대로 챙겨 주시오. 한세상사는 것이 그쯤이면 족하지, 무엇 때문에 재물을 쌓아 두고 골머리를 썩인단 말이오?"

변씨가 이런저런 말로 더 권해 보았지만 허생은 끝끝내 자신의뜻을 굽히지 않았습니다.

변씨는 그때부터 허생의 집에 양식이나 옷이 떨어질 쯤이 되었다 싶으면 직접 찾아갔습니다. 변씨가 챙겨 온 음식이며 옷감을 허생은 반갑게 받았습니다. 하지만 어쩌다가 가져간 것이 좀 많다고 느껴질 때엔 마뜩찮은 얼굴을 하고 말했지요.

"어째서 내게 골칫덩이를 갖다 맡기려고 하오?"

그러면 변씨는 그 심기를 건드렸다가 큰일이 날 줄을 잘 알기에이런저런 핑계로 허생을 달래며 사과하는 수밖에 없었답니다.

무엇보다 가끔 술을 한 병 들고 찾아가면 가장 기뻐하는 허생이었습니다. 그날은 서로 권커니 잣거니 하며 취하도록 마셨습니다. 이렇게 몇 해를 사귀다 보니 두 사람은 날로 정이 두터워 갔답니다.

어느 날 저녁이었습니다. 그날도 허생의 집을 찾아간 변씨가 술이 얼근히 취한 김에 넌지시 물어보았습니다.

"전부터 내내 궁금한 것이었지만 대체 다섯 해 만에 어떻게 백만 냥을 버신 게요?"

"그거야 어려운 일이 아니지요. 조선이라는 나라는 배들이 외국에 드나드는 일이 드물고 수레 또한 나라 안에서 활발하게 다니지 못하오. 그러니 온갖 물건들이 생겨난 자리에서 쓰이고 없어지지요. 그 고장에서 만들어 그 고장에서 쓰는 게 고작입니다.

천 냥이라는 돈이 있다고 칩시다. 천 냥이라는 게 그다지 큰돈은 못 되지요. 그것으로 어떤 물건을 몽땅 사들일 수는 없으니, 우선 그걸 열 몫으로 나누어야 합니다. 백 냥씩 열 가지 물건을 사들인다는 말이지요. 몫이 적으면 이리저리 굴리기가 쉬워 어쩌다 한 물품에서 실패를 보더라도 다른 아홉 가지 물품에서 재미를 보면 되는 것이오. 이는 작은 이익을 탐내는 좀스러운 장사치들이 하는 짓이지요.

그런데 만 냥쯤 가졌다고 하면 사정이 달라집니다. 한 가지 물건을 모조리 사들여 독점할 수 있다는 말이오. 수레에 실은 물건이라면 수레째, 배라면 배 한 척에 실린 대로 전부를, 어느 고장에서라면 그 고장의 특산물 전부를 촘촘한 그물로 훑듯 모조리 사둘 수 있겠지요. 물에서 나는 만 가지 재화 중에서라도 한 가지만 모조리 사 둔다면 그것을 슬그머니 독점해 쥐고 있는 게 가능하다는 말이오. 의원이 쓰는 오만 가지 약재 가운데서도 하나를 몽땅 차지하면, 그 한 가지 물건이 한곳에 묶여 있게 됩니다. 모두가 마찬가지 결과를 낳겠지요. 장사꾼들은 그 물건을 구할 수가 없어 발을 동동 구르게 되는 것입니다.

사실 이것은 백성을 해치는 상술이라오. 혹여 나중에 나랏일을 맡아 보는 자가 이런 방법을 쓴다면 반드시 나라가 위태로움에 빠져들 것이오."

변씨는 고개를 끄덕이며 허생의 말을 들었습니다. 지난 몇 년간 안성이며 제주에서 있었던 일을 조선 사람이면 모를 리가 없습니다. 과일이며 망건 등이 시장에서 사라져 백성들이 아우성을 치던 때를 생각하니 저절로 고개가 끄덕여졌습니다. 그 이름 모를 거상22이 바로 허생이었구나 하고 단번에 짐작할 수 있었으나 말머리를 다른 곳으로 돌렸습니다.

"오 년 전의 일 말입니다. 내가 선뜻 만 냥을 꾸어 주리라는 것

---

22 거상(巨商) : 큰 규모로 장사하는 상인

을 어떻게 믿고 찾아왔습니까?"

이번에도 허생은 별일도 다 묻는다는 투로 대답했습니다.

"꼭 당신이 아니더라도 만 냥을 가진 사람이라면 내주지 않을 리가 없었을 것이오. 그 까닭을 이야기해 주리다.

내 재주면 백만 냥쯤은 얼마든지 모을 수 있다고 애초부터 생각했소. 하지만 운수라는 것은 하늘에 달린 것이니 그걸 장담할 수는 없겠지요. 내 말을 들어주는 사람은 복이 있는 사람이라서 반드시 더욱 큰 부자가 될 것이다 싶긴 한데, 그 또한 하늘이 정한 운수가 아니겠소? 내가 백만 냥을 번 것도, 당신이 만 냥을 빌려주고 십만 냥을 되받아 더 큰 부자가 된 것도 다 하늘이 한 일이라는 뜻이오. 그렇다면 처음 내가 당신을 찾아간 것도 하늘이 시킨 일이니 훗날의 복을 미리 받아 둔 것이나 다름없는 당신이 돈을 빌려주지 않을 수 있겠소?

만 냥을 빌린 다음에는 그 돈 임자의 복을 빌려서 일을 하는 것이니 성공하지 않을 수가 없었던 것이지요. 만약 내 수중의 돈으로 장사를 했다면 성공했을지 실패했을지 그 결과를 알 수가 없었을 것이오."

변씨는 허생의 말을 듣고 그의 비범함에 다시 감탄했습니다.

변씨는 몇 차례 더 술잔을 권하여 나눈 후에 속에 담아 두었던 이야기를 꺼냈습니다.

"요즘 사대부들 가운데는 병자년에 남한산성에서 오랑캐에게 당했던 치욕을 씻어 보고자 하는 움직임이 있는 듯합니다. 지금이 야말로 뜻있는 선비가 팔을 걷어붙이고 일어설 때가 아니겠습니까? 그런데 선생은 그렇게 출중한 재주를 지니고 있으면서 어찌 세상을 모르는 것처럼 파묻혀 지내려고만 하십니까?"

변씨는 허생의 눈을 똑바로 응시하며 대답을 기다렸습니다. 그러나 허생은 천천히 고개를 저었습니다.

"어허, 예로부터 초야에 묻혀 지낸 사람이 어디 한둘이겠소? 저 졸수재 조성기[23] 같은 분은 적국에 사신으로 보내도 될 만한 인물이었지만 벼슬을 하지 않은 채 평생 베잠방이로 늙어 죽었고, 반계거사 유형원[24] 같은 분은 전쟁이 터지면 군량을 조달할 만한 재능이 있었건만 바닷가에서 떠돌다가 죽었습니다. 그분들

---

23 **조성기**(趙聖期, 1638-1689) : 조선 후기의 학자로 자는 성경(成卿), 호는 졸수재(拙修齋)이며 본관은 임천(林川)이다. 평생 관직에 나가지 않고 학문 연구에 몰두하였다. 어려서 이기일원론과 이기이원론 간의 논쟁에 대해 이기설(理氣說)을 지어 이와 기에 대하여 이와 기는 서로 혼합되어 분리할 수 없음을 주장하였다. 그 뒤 아버지 조시형의 권고로 여러 번 사마시(司馬試)에 응시하였으나 병으로 관직에 나가는 것을 단념하고 30년간 학문 연구에 몰두하였다.

24 **유형원**(柳馨遠, 1622-1673) : 조선 중기의 실학자, 성리학자, 작가이다. 본관은 문화, 자는 덕부(德夫), 호는 반계(磻溪)이다. 한성 태생으로 벼슬을 하지 않고 전국의 명승지를 유람하며 학문에 일생을 바쳤다. 1654년 진사시에 합격하였으나 관직을 단념하고 학문 연구와 후학 양성에 전념하였다. 초기 실학자의 한사람으로 그의 학문은 후에 중농학파인 이하진, 이서우, 오상렴, 이익 등에게로 이어진다. 저서로는 『반계수록』, 『반계집』 등이 있다.

에 비하면 지금 나라 정치를 맡은 사람들이야 모두 알 만한 자들
이지요.

나는 결국 장사로 돈을 잘 버는 것밖에 증명하지 못한 사람이
오. 내가 번 것으로 나라를 하나 살 수도 있을 정도였지요. 하지만
그것을 모두 바다 속에 던져 버리고 왔다오. 도무지 이 나라에서
는 쓸데가 없었기 때문이오."

변씨는 허생의 마음을 돌리기가 쉽지 않음을 알았습니다. 나라
형편을 생각할 때 이처럼 훌륭한 인재가 썩고 있는 것이 못내 아
까울 뿐이었습니다. 그래서 한숨만 푹푹 쉬다가 돌아갔답니다.

변씨는 전부터 정승 이완과 잘 알고 지내는 사이였습니다.

당시 이완은 어영대장으로 일하고 있었습니다. 이완은 변씨에
게 요즘 길거리나 여염집에서라도 쓸 만한 인재를 본 적이 있느냐
고 물었습니다. 변씨는 마침 잘 되었다 싶어 허생의 이야기를 꺼
냈습니다. 이완 대장은 깜짝 놀라면서 물었습니다.

"정말 그런 사람이 있단 말인가? 그의 이름이 무엇인가?"

"소인이 그분과 벌써 세 해째나 사귀었습니다. 그러나 아직 이
름을 알지 못한답니다."

"그는 진정 이인25일 것이네. 한번 만나 보아야겠네. 자네가 나
를 그의 집으로 데려다주면 안 되겠는가?"

---

25 이인(異人) : 재주가 신통하고 비범한 사람

"사람들이 번거롭게 찾아오는 것을 즐기지 않는 분입니다. 저도 가끔씩 술 한 병만을 조촐하게 들고 혼자 찾아가곤 하지요."

"그러면 말이 나온 김에 오늘 저녁에 가세. 나도 아랫사람들을 거느리지 않고 혼자 걸어서 가겠네."

밤이 되었습니다. 변씨는 이완 대장을 모시고 허생의 집을 찾았습니다. 허리춤에 좋은 술 한 병만을 찼을 뿐 아무 것도 손에 들지 않은 채 단출하게 나선 길입니다.

"이곳이 허생의 집이라는 말인가?"

이완은 다 쓰러져 가는 집을 둘러보며 낮은 소리로 물었습니다. 변씨는 고개를 끄덕이고 역시 낮은 소리로 말했습니다.

"여기서 잠시 기다리십시오. 제가 먼저 들어가서 대감께서 찾아오신 것을 전하겠습니다."

변씨는 이완 대장을 문밖에서 기다리게 하고 혼자 들어가 허생에게 이완 대장이 찾아온 사정을 전했습니다. 하지만 허생은 들은 척도 하지 않았습니다.

"옆구리에 차고 온 술병이나 어서 끌러 놓으시오."

그러고는 즐겁게 술을 마시기 시작했습니다. 변씨는 허생의 태도에 애가 탔습니다. 그래도 명색이 어영대장인데 이완 대감을 밖에 오래 서 있게 하는 것이 민망했기 때문이지요. 기회를 보아서 몇 번이나 이야기를 했건만 허생은 아무 대꾸를 하지 않고 딴 소리만 계속했습니다.

그렇게 밤이 이슥해서야 허생은 비로소 말하였습니다.

"이제 손님을 부르시오."

변씨는 벌떡 일어나서 밖으로 나가 이완 대장을 불렀습니다. 이완 대장이 방에 들어서는데도 허생은 자리에서 일어나지 않고 멀거니 보고만 있었습니다. 몸 둘 곳을 몰라 하던 이완 대장이 자리에 앉아 한참을 머뭇거리다가 말했습니다.

"지금 나라에서는 널리 어진 인재를 구하고 있습니다."

그러나 말이 끝나기도 전에 허생은 다 귀찮다는 듯이 손을 내저으며 말했습니다.

"밤은 짧은데 이야기는 기니 듣기에 지루하오. 그나저나 당신은 지금 무슨 벼슬을 하고 있소?"

이완은 허생의 태도에 어이가 없으면서도 어쩐지 기가 죽어서 대답했습니다.

"어영대장이오."

대장이고 무엇이고 그런 것에 아랑곳할 허생이 아니겠지요.

"그러면 무척 나라의 신임을 받는 신하인가 보오. 만약 내가 제갈공명 같은 이를 추천한다면 그대는 임금께 그분 오막살이를 친히 세 차례 찾아가시도록26 아뢸 자신이 있소?"

---

26 만약 내가 제갈공명 같은 이를 추천한다면 그대는 임금께 그분 오막살이를 친히 세 차례 찾아가시도록 : 사자성어 삼고초려(三顧草廬)를 말하는 것이다. 신분 고하

이완은 고개를 숙이고 한참을 고민하더니 자신 없는 목소리로 말했습니다.

"어렵겠습니다. 그것은 말고 다음 계책이 있으면 들려주십시오."

허생은 정색을 하고 내뱉었습니다.

"다음 계책이라. 나는 둘째라는 말을 모르오. 차선책이라는 것은 배운 적이 없소."

이완은 그래도 포기하지 않고 차선책을 들려 달라고 졸랐습니다. 허생은 못 이기는 체하고 말했습니다.

"지난날 조선에 은혜를 베푼 바가 있다고 하여 명나라 장졸들의 자손이 우리나라로 많이 망명해 왔소. 그들은 지금 정처 없이 홀아비로 떠돌고 있는데 그대가 조정에 요청하여 종실의 딸들을 그들에게 시집보내면 어떻겠소? 또 임금의 친척이나 높은 벼슬아치들의 집을 빼앗아 그들에게 나눠 주도록 할 수 있겠소?"

이완은 어안이 벙벙해졌습니다. 그런 생각은 한 번도 해 본 적이 없었기 때문입니다. 그는 또 머리를 숙이고 한참 생각하다가 대답했습니다.

를 막론하고 인재를 구하러 몸소 누추한 곳까지 찾아다니는 것을 일컫는 말이며, 제갈량이 유비가 찾아올 때마다 자리를 피했으나 세 번이나 찾아오는 정성을 받아들여 마침내 돕기로 했다는 옛이야기에서 유래했다.

"그것도 어렵겠습니다."

허생은 이완의 대답을 벌써 짐작하고 있었다는 듯 고개를 절레절레 저었습니다.

"이것도 어렵다, 저것도 어렵다고만 하니 대체 그대가 할 수 있는 일은 무엇이오? 그러면 퍽 쉬운 일이 하나 있는데 이것은 당신이 할 수 있는지 모르겠소."

쉬운 일이라는 말에 이완은 은근히 기대를 품으며 바싹 다가앉았습니다.

"말씀을 듣고자 합니다. 어서 들려주십시오."

허생은 이완의 얼굴을 똑바로 들여다보며 다짐을 두듯 이야기하기 시작했습니다.

"천하에 큰 뜻을 외치려면 먼저 천하의 호걸들과 사귀어 손을 잡지 않으면 안 될 것이오. 또 남의 나라를 치려면 먼저 첩자를 들여보내지 않고는 성공할 수가 없는 법이오. 지금 만주 족속이 갑자기 천하의 주인이 되었으나 중국의 모든 종족을 다 마음으로 복종시키지는 못하고 있소.

마침 조선이 누구보다 앞장서서 섬기게 되니 저들이 우리를 가장 신뢰하고 있지 않소? 그러니 당나라나 원나라 때처럼 조선의 자제들을 청나라로 유학 보내고, 벼슬도 하도록 하고, 상인들도 자유로이 왕래하게 해 달라고 청하면 어떻게 되겠소? 반드시 청나라 쪽에서도 기뻐하며 받아들일 것이오.

그게 성사되기만 하면 우리 젊은이들을 뽑아 청나라 식으로 머리를 깎게 하고, 청나라 옷을 입혀서 선비들은 중국의 과거 시험을 치르도록 하고, 서민들은 멀리 강남까지 보내어 장사를 하게 하시오. 그렇게 해서 중국의 실정을 정탐하고 그곳의 뛰어난 인물들을 사귀어 두어야 천하를 뒤집을 수 있고, 나라의 치욕 또한 씻을 수 있을 것이오.

그리고 명나라 황족 가운데 중국을 다스릴 인물을 찾아보아야겠지요. 만약 마땅한 이가 없다면 그곳의 제후들과 상의해서 적당한 사람을 천자로 받들어야 할 것이오. 그렇게 잘만 되면 우리나라는 중국이라는 큰 나라의 스승이 될 것이고, 설령 못 되어도 제후국 정도의 지위는 얻을 수 있을 게요."

이완의 얼굴은 점점 더 어두워졌습니다. 허생은 가장 쉬운 길이라고 했지만 이완이 듣기에는 갈수록 태산 격이었습니다. 이번에도 어렵다는 말밖에는 할 수 없었지요.

"우리 사대부들은 모두 예법을 지극히 중요하게 여기는데 누가 머리를 깎고 되놈의 옷을 입으려 하겠습니까?"

허생은 역정을 내며 목소리를 높여 호통을 쳤습니다.

"대체 사대부란 놈들은 다 무엇이란 말인가? 오랑캐의 땅에서 태어난 주제에 자칭 사대부라고 뽐내니 이런 어리석은 것들이 있나? 바지며 저고리는 흰옷만 입으니 그것이야말로 상주들이나 입는 것이고, 머리털을 한데 묶어서 송곳처럼 만드는 것은 남쪽 오랑캐들이 하는 방망이 상투나 다름없지 않은가? 놈들이 말하는 그 잘난 예법은 어디서 난 예법이란 말인가?

옛날 번오기[27]라는 사람은 원수를 갚기 위해 제 목 자르는 것을 마다하지 않았다. 그리고 무령왕[28]은 나라를 강하게 만들기 위해 되놈의 옷을 입는 것쯤은 부끄럽게 여기지 않았다. 이제 명나라를 위해 원수를 갚겠다는 놈들이 그까짓 머리털 하나를 아낀다는 말인가? 또 말을 달리고 칼을 쓰고 창을 찌르고 활을 당기며 돌을 던져야 할 판국에 치렁치렁한 소매가 달린 옷을 입고 뭘 할 수 있다는 말인가? 그래도 이런 차림을 죽어라고 고집하는 게 예법인가?

내가 세 가지나 가르쳐 주었는데 너는 그중 한 가지도 실행하지 못하겠다고 하는구나. 그런 주제에 나라의 신임 받는 신하라고 감히 말할 수 있느냐?"

허생은 갑자기 주위를 휘휘 둘러보았습니다. 변씨와 이완은 허

---

27 **번오기(樊於期)** : 중국 진나라 때의 장군. 본래 진나라에서 장군을 지냈으나, 진시황에게 죄를 얻고 연나라에 망명하였다. 훗날 연나라 태자인 단과 함께 진시황 암살을 모의한 형가가 번오기를 찾아와서 구체적으로 진시황 암살 계획에 대해 설명한 후 '진시황을 죽이려면 당신의 목이 필요하다'고 말하자 기뻐하며 스스로 목숨을 끊었다고 한다.

28 **무령왕(武寧王, B.C. 325-298)** : 중국 조나라의 임금. 무령왕은 대대적인 군대 개혁을 실행했다. 그는 대규모 기병부대를 조직하고 기병들에게 쉽게 말을 타면서 활을 쏠 수 있도록 흉노족의 바지 복장(호복)을 개량하여 입혔다.

생의 호통에 몹시 놀란 데다 갑작스럽게 무엇을 찾는 것인지 몰라 어리둥절하고 있었습니다. 마침내 허생은 방구석에서 칼 한 자루를 찾아내어 이완을 향해 달려들며 외쳤습니다.

"임금의 신임을 받는 신하라는 게 겨우 요 꼴이란 말이냐? 이런 목을 쳐서 마땅한 놈아!"

이완은 황급히 자리에서 일어나 문 밖으로 꽁무니를 뺐답니다.

이튿날 이완은 아쉬운 마음에 다시 한번 허생의 집을 찾아가 보았습니다. 쓸쓸한 마당에 서서 주인을 불러 보았지만 사람은 간 곳이 없고 집은 텅 비어 있었더랍니다.

옥갑야화 여섯,
조 감사가 만난 중들

나의 이야기가 끝나자 비장들 중 어떤 이는 허생이 명나라의 유민일 것이라고 말했습니다. 명나라가 무너진 숭정 갑신년(1644년) 이후로 명나라 사람들이 조선에 많이들 옮겨 와 살았거든요. 혹시 허생도 그런 사람이라면, 성이 허씨가 아닐지도 모르는 일이지요.

세상에는 이런 이야기도 전해진답니다.

조계원[29] 판서가 경상 감사로 있을 때의 일입니다. 어느 날 지방을 둘러보러 다니다가 청송에 이르렀지요. 길옆에 웬 중 둘이 서로 몸을 베고 누워 있었습니다. 앞장을 섰던 마부 군졸이 비키라고 고함을 질렀지만 그들은 피할 생각이 없었나 봅니다. 채찍으

---

29 **조계원**(趙啓遠, 1592-1670) : 조선 후기의 문신. 1616년(광해군 8년) 진사시에 합격하고 인조반정 후 의금부도사가 되었다. 1628년(인조 6년) 문과에 급제, 사간원의 정언을 거쳐 형조좌랑이 되었다. 1641년 볼모로 심양에 갔던 소현세자가 무사히 돌아오게 하는 데 큰 공을 세웠다. 심양에서 돌아와 수원부사, 동부승지, 예조참의, 도승지, 경상감사 등을 거쳤다. 1662년(현종 3년) 형조판서에 이르러 사직하고 은퇴하여 한가한 여생을 보냈다.

로 갈겨도 꿈쩍하지 않았고, 여럿이 덤벼들어 잡아끌어도 꿈쩍하지 않았다지요. 이상하게 여긴 조 감사가 가까이 다가가서 가마를 멈추게 한 뒤 물었습니다.

"어느 절의 중들인가?"

두 중은 마지못해 일어나 앉았습니다. 그러고도 더욱 오만한 태도로 눈을 흘기며 노려보다가 소리를 질렀습니다.

"너는 허세를 부리고 권력에 빌붙어서 감사 자리를 얻은 자가 아니냐?"

조 감사는 두 중을 물끄러미 바라보았습니다. 그중 한 명은 붉고 둥글둥글한 얼굴을 가지고 있었습니다. 다른 하나는 얼굴이 검고 길었는데 말씨가 예사롭지 않았습니다. 감사는 가마에서 내려 그들과 말을 붙여 보려고 했습니다. 그런데 한 중이 툭 던지듯 말했습니다.

"따르는 사람들을 모두 물리치고 홀로 따라오라."

조 감사는 부하들에게 잠시 기다리라고 하고 중들의 뒤를 따랐습니다. 몇 리를 따라가다 보니 숨은 가빠지고, 땀이 자꾸만 흘렀습니다. 감사는 앞서 가는 중들을 불러 좀 쉬어 가자고 청했습니다. 그러자 중들이 화를 내며 꾸짖는 게 아니겠어요?

"평소에 사람들 있는 자리에선 언제나 큰소리를 하던 네가 아니냐? 갑옷을 입고 창을 꼬나 잡고 선봉에 서서는 위대한 명나라를 위해 복수하고 치욕을 씻겠다고 떠벌이지 않았느냐? 이제 겨우 몇 리도 걷지 않았는데 한 발짝 옮길 때마다 숨을 열 번이나 헐떡이고, 다섯 발짝 옮길 때마다 세 번은 쉬려고 하니, 이래 가지고서야 요동과 계주의 벌판에서 어떻게 말을 달릴 수 있다는 말이냐?"

그렇게 겨우 따라가다 보니 어느 바위 아래에 이르렀습니다. 그곳에 초라한 집이 하나 있었는데요, 나무에 기대어 붙이고 대충 얽어 놓은 것이었습니다. 밑에 섶30을 깔아 놓고, 그 위에 앉도록 되어 있었지요.

조 감사는 목이 말라 물을 좀 달라고 청했습니다. 중은 퉁명스럽게 비꼬면서 대꾸합니다.

"흥! 귀한 분이시니 배도 고프겠지."

그러면서 황정31으로 만든 떡을 먹으라고 주는 것이었습니다. 또 솔잎 가루를 개울물에 타서 마시라고 합니다. 조 감사는 오만상을 찌푸리고 좀처럼 먹지를 못했습니다. 중은 다시 호통을 쳤습니다.

"요동 벌판에서는 물이 귀해서 목이 마르면 말 오줌이라도 마셔야 하는 걸 모르느냐?"

---

30 섶 : 잎이 붙어 있는 땔나무나 잡목의 잔가지, 잡풀 따위를 말린 땔나무 등을 통틀어 이르는 말

31 황정(黃精) : 둥굴레. 오래 복용하면 안색이 윤택하고 얼굴에 얼룩 반점이 없어지고 노쇠하지 않으며 오래 산다는 설이 있다.

그러더니 갑자기 두 중이 서로 부둥켜안고 통곡을 합니다.

"손 대감, 손 대감!"

조 감사는 그들이 왜 그러는지, 도무지 무슨 말을 하는 것인지 알 수 없었습니다. 한 중이 다시 조 감사에게 물었습니다.

"오삼계32가 운남에서 군사를 일으켜 강소와 절강 지방이 들끓고 있다는 사실은 알고 있나?"

"듣지 못했소이다."

두 중은 약속이나 한 듯이 한숨을 쉬고 말했습니다.

"명색이 경상 감사라는 자가 천하에 이런 큰일이 일어난 것도 모르고 있구나. 함부로 큰소리만 치면서 벼슬자리를 얻었을 뿐이로다."

조 감사는 그 중들더러 대관절 누구냐고 물었습니다.

"물을 것도 없다. 세상에 혹 우리를 아는 이가 있으려나 모르지. 여기 앉아서 잠깐만 기다리고 있어라. 우리가 스승님을 모시고 올 텐데, 아마 네게 하실 말씀이 있을 것이다."

---

32 **오삼계(吳三桂)** : 본래 명나라의 장군으로 북동부 지역의 여진족을 막는 책임자였다. 하지만 이자성의 반란으로 북경이 함락되고 전세가 불리해지자 여진족과 연합하여 반란군을 제압한 다음 청나라를 세웠다. 그 공으로 그는 운남성을 중심으로 한 남서부 지역의 실권을 쥐게 되었고, 주위의 세력과 더불어 번국을 세웠다. 1673년 청나라가 번국을 없애려고 하자 반란을 일으켜 국호를 '주'라고 이름 짓고 스스로 황제의 지위에 올랐지만, 결국 1681년에 진압되었다. 중국 역사에서는 이 일련의 사건을 '삼번의 난'이라고 부른다.

두 중은 그렇게 말하고 함께 일어나 나란히 깊은 산속으로 들어갔습니다.

얼마 지나지 않아 해가 저물었습니다. 암만 기다려도 중들은 돌아오지 않았습니다.

넋을 놓고 기다리고 있는데 어느덧 밤이 깊었습니다. 그래도 중들은 돌아오지 않았습니다.

갑자기 숲에서 우수수 바람이 불었습니다. 감사는 덜컥 겁이 났습니다. 이어서 범들이 싸우는 소리도 들려왔습니다. 감사는 거의 까무러칠 지경이 되었습니다.

천만다행으로 멀리서 횃불을 든 사람들이 감사를 찾으러 올라오고 있었습니다. 조 감사가 중들을 기다리는 동안 부하들은 산 아래에서 조 감사를 기다리고 있었지요. 중들을 따라 올라간 감사가 밤이 깊도록 내려오지 않으니 걱정이 되지 않을 리가 있겠어요? 아무튼 조 감사는 그렇게 낭패를 당하고 산에서 내려왔답니다.

이런 일이 있은 뒤로 오랫동안 조 대감은 늘 마음이 불안하고 마음속에 말 못 할 한을 품게 되었습니다. 뒷날 조 대감은 그 일을 송시열 선생에게 말하고 의견을 구했습니다. 송 선생은 이렇게 말했다고 합니다.

"그이들은 아무래도 명나라 말기의 총병관33이 아닌가 하오."

조 감사는 다시 물었습니다.

"처음부터 저를 얕잡아 보고 다짜고짜 '너'라고 불러 댄 까닭은 무엇일까요?"

"아마 자기들이 우리나라 중이 아니라고 밝히고 싶었던 게 아닐까요? 섶을 쌓아 놓고 앉은 것은 와신상담34을 뜻하는 것일 테고."

"그들이 울면서 찾은 '손 대감'은 대체 누구일까요?"

"태학사 손승종35을 말하는 것 같습니다. 손승종이 일찍이 산해관36에서 군사를 거느리고 청나라와 싸우지 않았습니까? 대감이 만난 두 중은 아마 그의 부하였을 겁니다."

---

33 **총병관(總兵官)** : 중국 명나라 때와 청나라 때의 군대 직책 이름
34 **와신상담(臥薪嘗膽)** : 거북한 섶에 누워 자고 쓴 쓸개를 맛본다는 뜻으로 원수를 갚으려 하거나 실패한 일을 다시 이루고자 굳은 결심을 하고 어려움을 참고 견디는 것을 이르는 말
35 **손승종(孫承宗)** : 명나라가 멸망할 적에 병부상서를 지내며 청나라의 침입을 막아 싸우다가 죽었다. 지략이 뛰어나고 국방 문제에 밝았다고 한다.
36 **산해관(山海關)** : 만리장성의 동쪽 끝에 있는 관문으로 군사 요충지였다.

「허생전」을 쓰고 나서

스무 살 무렵 나는 봉원사에 머무르며 공부하고 있었습니다.

봉원사에는 나뿐 아니라 여러 식객이 있었습니다. 그때 절에 머물던 손님 중 하나는 음식을 조금밖에 먹지 않고, 밤새도록 잠을 자지 않는 등 도인이 되는 법을 수련하고 있었습니다. 한낮이 되면 문득 벽에 기대어 앉아 잠깐 눈을 감고 용호교37를 하는 것이었습니다.

그는 나이가 상당히 많아 보였습니다. 나는 그와 마주치면 늘 공손히 대했습니다. 그래서였는지 그는 허생의 이야기도 들려주고, 염시도38니 배시황39이니 완흥군40의 부인이니 하는 사람들의

---

37 **용호교(龍虎交)** : 도교에서 육지와 물의 교합을 이용하여 신선이 되게 하는 수양법의 하나

38 **염시도(廉時道)** : 숙종 때 영의정을 지낸 허적(許積)의 청지기였다. 충직하며 기이한 능력이 많았다고 전해지며 여러 고전 서사의 주인공으로 등장한다.

39 **배시황(裵是晃)** : 효종조의 나선정벌(羅禪征伐) 때 장수로 출정한 신유(申劉)의 비장(神將)이었다. 화공법으로 적선을 섬멸하고 아군에게 승리를 가져다주는 데 결정적인 공을 세운 인물이다. 고전 소설 「배시황전」의 주인공

이야기를 때마다 해 주었습니다.

이야기는 아주 재미나게 이어져서 며칠 밤 계속되기도 했는데요, 황당하고 기이하며 괴상하고도 능청스럽기 짝이 없는 것들이어서 모두 흥미롭게 들을 만했답니다. 그는 자기 성과 이름을 윤영(尹暎)이라고 소개하였습니다. 병자년(1756년) 겨울의 일입니다.

그 뒤 계사년(1773년) 봄에는 평안도 쪽으로 놀러 간 적이 있습니다. 비류강에서 배를 타고 십이봉 아래 이르자 작은 암자 하나가 보였습니다. 그곳으로 다가가서 나는 반가운 사람을 만났습니다. 윤영이 거기 있다가 나를 보고는 뛸 듯이 반가워하는 것이었지요. 그는 스님 한 사람과 암자에 머물고 있었답니다.

서로 그동안의 안부를 물었습니다. 윤영 노인은 열여덟 해 만에 보는데도 전혀 늙지 않은 것 같았습니다. 당연히 나이가 팔십 넘었을 텐데도 발걸음은 마치 날아다니는 듯했습니다.

마침 생각나는 것이 있어서 나는 그에게 물어보았습니다.

"허생 이야기 말입니다. 그중 한두 가지 이해되지 않는 부분이 있어서……."

허생의 이야기를 내 문장으로 정리해 보려던 중 앞뒤가 맞지 않

---

40 완흥군(完興君) : 인조(仁祖) 때 정사공신(靖社功臣) 중 한 사람인 이원영(李元榮)으로 추정된다.

아 미심쩍었던 곳이 몇 군데 있었거든요. 윤영은 마치 어제 일처럼 또렷하게 밝혀서 설명해 주었습니다.

"자넨 그때 『한창려집』[41]을 읽고 있지 않았나? 그럼 당연히 ……."

그렇게 잠깐 말을 끊더니 이어서 말합니다.

"허생을 위한 전을 쓰겠다고 한 것 말일세. 이미 글은 다 썼겠지?"

나는 아직 완성하지 못했다고 사과했습니다.

이야기를 더 나누던 중 내가 그를 '윤씨 어르신'이라고 불렀는데요, 그는 정색을 하고 말했습니다.

"나는 성이 신(辛)가이지 윤(尹)가가 아닐세. 자네가 잘못 알고 있구먼."

나는 어리둥절해서 그러면 이름은 무어냐고 그에게 다시 물었습니다. 그는 '색(嗇)'이라고 대답했습니다. 나는 그에게 따지듯이 물었지요.

"전에는 성과 이름을 '윤영'이라고 하지 않았습니까? 어째서 갑자기 '신색'으로 바꾸어 말하십니까?"

그러자 노인은 버럭 성을 내는 것이었어요.

"자네가 잘못 알고서 왜 남더러 성을 갈았느니, 이름을 고쳤느니 하는 것인가?"

---

41 한창려집(韓昌黎集) : 중국 당나라 때의 문장가 한유(韓愈)의 문집을 가리킨다.

내가 계속 따지려 할 것처럼 보였는지 노인은 더욱 화를 내다가 푸른 눈동자를 번득이기까지 합니다. 나는 그때 문득 생각했습니다.

'이 노인에게 무슨 사연이 있구나.'

노인이 지닌 사연이 무엇인지는 나도 모르지요. 역적으로 몰린 집안일지도 모르고요, 아니면 이단아로 취급받아 세상을 피하고 자취를 감춘 무리인지도 알 수 없는 일이지요.

나는 그와 더 이상의 대화를 이어나가기 어렵겠다는 생각을 했습니다. 인사를 하며 문을 닫고 암자를 나서려는데 노인이 혀를 차면서 말하는 소리가 들렸습니다.

"딱하기도 하지. 허생의 아내는 또다시 굶주렸을 게 아닌가?"

경기도 광주 신일사에 이 생원이라고 하는 노인이 있었답니다. '삿갓'이라는 별명으로 불리었다지요. 아흔이 넘었는데도 힘이 얼마나 센지 범을 움켜잡을 만했다고 합니다. 바둑과 장기도 잘 두었다지요. 가끔은 우리나라 옛날 역사 이야기를 했답니다. 들어 보면 말솜씨가 어찌나 유창한지 이야기가 바람에 휘날리는 것 같았다고 하네요.

그 노인의 이름이 무엇인지는 아는 이가 없다고 합니다. 그의 소문을 들은 후에 그 나이나 용모를 견주어 보니 예전에 내가 만났던 윤영 노인과 비슷한 점이 많았습니다. 한번 찾아가서 만나

봐야지 하고 벼르기만 했을 뿐 아직 가 보지 못했습니다.

세상에는 제 이름을 감추고 숨어 살면서 세상을 조롱하고 허리를 굽히지 않는 사람이 참으로 많지요. 어디 허생뿐이겠어요?

평계42의 국화 아래에서 술을 한 잔 마시고 붓을 들어 써 봅니다.

---

42 **평계(平谿)** : 박지원이 마흔세 살 이후에 살던 서울의 지명. '평계'라는 명칭은 연암서당(燕巖書堂) 앞에 있는 시내 이름이기도 하다.

작품 해설

「허생전」 꼼꼼히 읽기

1. 「옥갑야화」 또는 「허생전」

　「옥갑야화」는 『열하일기』에 수록된 이야기이다. 열하로부터 북경으로 돌아오던 중에 옥갑이란 곳에서 하룻밤을 묵으며 저자 박지원이 일행인 여러 비장(裨將)들과 주고받은 이야기들을 기록한 것이다. 형식상 설화를 기록한 야담에 가까우며 뛰어난 표현력과 사상성을 들어 독립된 한 편의 소설로 간주하기도 한다.

　「옥갑야화」는 조선 후기 역관(譯官)들의 이야기, 중국 무역과 관련된 일화들, 허생이라는 선비에 관한 이야기로 구성되어 있다. 그중에서 우리가 많이 알고 있고, 작품의 중심을 이루고 있다고 할 만큼 비중이 큰 이야기는 허생 이야기이다.

　그래서 「옥갑야화」를 「허생전」과 동일시하기도 한다. 물론 흔히 알고 있는 '허생 이야기'가 독립된 하나의 작품으로도 손색이 없기 때문에, 이것만을 따로 「허생전」이라 부르기도 한다.

　세부적인 내용을 살펴보면 중국 상인을 속여 재산을 얻은 어느 역관이 결국은 패가망신한 일화, 역관 홍순언이 기생으로 팔린 여

인을 구해 준 의협적인 행동으로 중국인의 신뢰를 얻었다는 일화,
북경의 한 부자가 죽은 뒤에 그의 고용인이던 상인이 가련한 처지
로 전락한 옛 주인의 손자를 돌보아 준 일화, 중국 상인들의 신용
이 예전 같지 않다는 일화, 갑부로 유명했던 역관 변승업에 관한
일화 등이 '허생 이야기' 앞부분에 실려 있다.

「옥갑야화」는 역관들이 밀무역으로 재물을 모아 큰 부자가 되
곤 했던 당시의 현실을 반영하고 있다. 그리고 신의에 바탕을 둔
통상 무역의 발달을 긍정적으로 평가하는 실학적 인식을 보여주
고 있다. 동시에 이 이야기들은 작품의 구성 측면에서 '허생 이야
기'를 본격적으로 펼치기 위한 도입부의 구실을 한다.

2. 역관이라는 직업

'허생 이야기'가 본격적으로 시작되기 전 비장들이 꺼내 놓은
이야기에서 가장 많은 비중을 차지하는 것은 다양한 역관들의 일
화이다. 역관은 직업의 특성상 외국을 자주 왕래하였고, 사신들을
수행하는 역할을 하였을 뿐더러 크고 작은 무역에도 관여하였으
므로, 그들의 일화는 사신들을 수행하는 임무를 띤 비장들에게 익
숙했을 것이다.

외국어에 능한 역관은 현지의 상인들과 쉽게 교류할 수 있었다.
그 과정에서 신의를 지킨 역관도 많았겠지만, 상대를 속여 잇속을

챙기는 파렴치한 역관도 있었을 것이다. '옥갑야화'의 첫 번째 이야기는 순진한 중국인 부자를 속여 은전을 챙기고, 그것을 밑천 삼아 큰 부자가 된 역관이 마치 천벌을 받듯 염병에 걸려 죽은 일화이다.

신의를 저버린 사람의 불행한 최후를 보여 줌으로써 교훈적 주제를 구현한 것으로 읽을 수도 있지만, 이 이야기에서 주목되는 것은 부를 형성하고 축적하는 방법이다.

역관은 다섯 해 만에 큰 부자가 되었습니다. 본전만 갚으라는 주인의 말이 있었지만, 이자를 후하게 쳐서 갚아도 남을 만큼 막대한 재물을 모았던 것입니다.

그런데 부자가 되고 보니 엉큼한 본심이 나타나고 말았습니다. 아니, 그의 생각이 달라졌다기보다는 처음부터 은혜를 갚을 생각이 없었을지도 모릅니다. 순진한 중국인을 속여서 제 욕심을 채우겠다는 것이었겠지요.

그는 역관들을 관리하는 관청인 사역원에 찾아가 명부에서 제 이름을 빼 달라고 부탁했습니다. 그리고 다시는 북경에 가지 않았습니다.

중국인에게 얻은 넉넉한 밑천이 막대한 부의 원천이 되었음을 알 수 있다.

그에 비하면 청렴하고 재물을 탐하지 않은 긍정적 역관을 이야기하는 부분에서는 실존인물인 그의 성명을 뚜렷이 밝혀 귀감이 될 수 있도록 했다.

"이추라는 이는 최근의 이름 높은 역관입니다. 하지만 그는 평소에 돈 이야기를 입에 올린 적이 없었다고 합니다. 40여 년을 연경에 드나들었지만, 그 손에 일찍이 은전을 잡아 본 적이 없었다고 전합니다. 참으로 단정한 군자의 풍도를 지닌 사람이었지요."

이추는 40여 년간 역관 일을 했지만, 자신의 직업을 이용하여 개인적 이익을 추구한 적이 없다는 점에서 출신이나 계급과 상관없이 군자의 덕을 갖출 수 있음을 보여준 인물로 제시된다.

그런가 하면 역관 홍순언은 우연히 만난 중국인 기생에게 은혜를 베풀었다가 훗날 병부상서의 부인이 된 그 여인을 만나게 되었다는 일화의 주인공이다. 은혜를 잊지 않은 여인이 남편으로 하여금 홍순언에게 후하게 사례하도록 한 것은 물론이다. 더 나아가 홍순언으로 인해 조선인은 의롭다는 평판이 생겼고, 임진왜란 당시 명나라의 원병 출정에까지 영향을 끼쳤다는 것이다.

홍순언이 일을 마치고 북경을 떠나올 때 석 대감은 부인이 짜 놓은 '보은 비단'을 건네었습니다. 뿐만 아니라 다른 여러 가지 비단과 금은보화를 헤아릴 수 없이 많이 선사하였답니다.

그 뒤 조선에는 임진왜란이 일어났습니다. 마침 병부상서를 맡고 있던 석 대감은 명나라가 조선을 도우러 출병해야 한다고 강력하게 주장했습니다. 그것은 모두 홍순언과의 남다른 인연에 느낀 바가 많아 조선 사람을 의롭게 보았기 때문이었다고 합니다.

끝으로 역관 변승업의 이야기는 뒤를 잇는 허생 이야기의 등장인물 변 부자와의 직접적인 연관 아래 있다. 당대 최고의 갑부 중 하나였다는 변승업이 스스로 재산을 흩어 버렸다는 이야기인데, 제 집안의 막대한 재산이 결국 화가 되어 돌아오리라는 그의 판단을 주목해 볼 필요가 있다.

"내가 모셨던 조정의 대신들 가운데에는 나라 살림을 손에 넣고 자기 살림살이인 것처럼 삼은 분들이 많았다. 하지만 그렇게 삼대를 지속한 사람은 드물었느니라.

요즘 이 나라에서 돈놀이한다는 사람들이면 다 우리 집에서 나가고 들어오는 돈을 보아 가며 이자의 높낮이를 정한다고 하는구나. 그렇다면 우리가 나라 살림을 쥐고 있는 셈이 아니냐? 우리 집안이 많은 재물을 벌어들여 부자가 된 지도 벌써 삼 대째가 되었다. 이제 우리 집 재산들을 흩어 버리지 않으면 머지않아 화가 되어 돌아올 것이다."

이추나 홍순언처럼 나라에 세운 공을 인정받아 벼슬을 얻은 사람도 있지만, 역관의 신분은 주로 중인이었다. 외국어 실력뿐 아니라 다양한 경험과 지식을 갖춘 역관들은 세상 돌아가는 이치나 시류에도 밝아서 비교적 쉽게 재산을 모을 수 있었다.

갑자기 거부가 되기도 하고 하루아침에 모든 것을 잃기도 하는 직업, 역관들의 세계가 허생 이야기의 원천이 되는 것은 결코 우연한 일이 아니다.

3. 양반의 돈을 백성들에게 나누다

허생은 변 부자에게 빌린 돈으로 나라 전체를 좌지우지할 만한 막대한 재물을 얻게 된다. 그러나 허생은 백만 냥이라는 천문학적인 돈을 모은 후에 오십만 냥은 바다 한가운데 버리고 사십만 냥은 가난한 사람들을 구제하는 데 쓴 후 나머지 십만 냥을 변 부자에게 되돌려 준다.

기왕에 빌려준 돈이 일만 냥에 불과한데 열 배로 갚는 것에 놀란 변 부자는 팔만 구천 냥을 허생에게 되돌려 주려 한다. 이에 허생은 크게 화를 낸다. 자신은 장사치가 아닌 선비이기 때문이다.

"재물이 있고 없음에 따라 얼굴빛이 달라지는 것은 당신들이나 그렇겠지요. 그깟 돈 만 냥으로 어찌 도(道)를 살찌게 할 수 있겠소?"
변씨는 속으로 '이 사람은 실로 비범한 인물이구나' 하고 몹시 놀랐습니다. 그런데 그게 다가 아니었습니다. 더 크게 놀랄 일이 남아 있었던 것이지요. 허생이 십만 냥을 변씨에게 턱 내어놓자 배포 큰 변씨도 그만 입이 딱 벌어지고 말았습니다.

허생은 변씨에게 예를 갖추며 말했습니다.

"내가 한때의 굶주림을 견디지 못해서 글공부를 중도에 그만두고 당신에게 만 냥을 빌렸으니, 지금 생각하면 참으로 부끄럽소."

허생의 인사에 변씨는 화들짝 일어나 고개를 조아리고 마주 절을 했습니다. 변씨는 쩔쩔매면서 허생에게 사양의 말을 하는 것이었습니다.

"이게 무슨 말씀이십니까? 정 갚아야 하시겠다면 십분의 일을 이자로 하여 일만 천 냥만 받겠습니다."

그러자 허생은 갑자기 크게 화를 내며 소리쳤습니다.

"그대는 나를 한낱 장사치로 보는 것인가?"

'한때의 굶주림을 견디지 못한 것', '글공부를 중도에서 포기한 것', '남에게서 돈을 빌린 것', '결국 장사로 재물을 모은 것'이 모두가 선비로서 하기에는 부끄러운 일들이었다. 즉 허생이 돈을 번 것은 재물 자체에 목적이 있었던 것이 아니다. 선비의 삶의 목표는 '도를 살찌게 하는 것'이어야 한다.

그렇다면 허생의 장사는 선비로서의 경륜을 펼치기 위한 수단일 뿐 목적이 될 수 없다. 유학의 경전을 읽으며 실생활에 접목되지 않는 예법만을 공부하는 것은 변한 사회에 능동적으로 대응하는 방법이 될 수 없기 때문이다. 즉 허생은 선비로서의 정체성을 포기하려 한 것이 아니라 새로운 세상의 가능성을 탐색하기 위해 민생을 좌우하는 당대의 질서를 공부하려 했던 것이다.

조선 팔도의 과일이라는 과일은 모두 안성 장터에, 아니 안성에서도 허생의 창고에 모였습니다. 한양뿐 아니라 전국의 시장에 있는 과일 가게들은 텅텅 비어 버렸습니다. 알 만한 사람들이야 과일이 어디에 있는지는 알지만, 그곳으로 들어가기만 할 뿐 좀처럼 나올 기미는 없으니 답답한 노릇이었습니다.

당장 먹을 과일이라면 먹고 싶은 마음을 참으면 되겠지만, 당장 잔칫상이나 제사상에 올릴 과일마저 구하지 못하니 여기저기서 야단이 났습니다. 그래도 허생은 창고 문을 닫아걸고 꿈쩍도 하지 않았습니다.

과일 시세는 하늘 높은 줄 모르고 뛰었습니다. 허생에게 시세의 곱절로 과일을 팔았던 상인들이 그보다 더 비싼 값에 과일을 사려고 몰려들었습니다. 결국 얼마 시간이 지나지 않아 허생은 평소 시세의 열 배로 과일을 팔 수 있게 되었습니다.

허생이 변 부자에게서 빌린 돈으로 재산을 불리는 방법은 현대 독자에게도 너무나 익숙하다. 한 가지 물건을 매점매석하여 시장의 질서를 어지럽히는 방법이다. 먼저 과일 값을 왜곡시켜 몇 배

의 이익을 취한 허생은 똑같은 방법으로 말총을 사들여 밑천의
백 배에 해당하는 거금을 벌게 된다.

　　허생은 안성에서 과일을 사듯 제주도에서는 말총을 모조리 사들였
습니다. 허생에게 말총을 파는 사람들은 누구나 만면에 웃음을 띠고
시세의 곱절 되는 돈을 받아서 돌아갔습니다. 그들의 뒷모습을 보며
허생은 중얼거렸습니다.
　　"몇 해 못 가 나라 안의 허다한 사람들이 머리를 싸매지 못하게 되
리라."
　　얼마 지나지 않아 과연 망건 값이 열 곱절로 뛰어올랐습니다. 허생
은 창고에 쟁여 놓은 말총을 살 때 치른 값의 열 배로 팔았습니다.

　　그런데 왜 하필이면 과일과 말총이었을까? 작품을 잘 살펴보면
그 이유를 짐작할 수 있다. 과일과 말총은 평범하거나 곤궁한 서
민들의 삶과 직결되는 품목이 아니기 때문이다.
　　양반들의 잔칫상이나 제사상에 올릴 용도의 과일, 양반들이 머
리를 싸매는 망건이나 그 위에 뒤집어쓸 갓의 재료인 말총이 시장
에서 자취를 감추거나 값이 몇 배로 뛰더라도 그 피해를 직접적으
로 받을 사람은 가난한 서민들이 아닌 것이다.
　　결국 허생이 벌어들인 돈은 양반들의 호주머니에서 나왔을 것
이다. 그것으로 나중에 가난한 백성들을 구제하는 데 쓰기도 했으

니 허생이 한 일과 홍길동이 한 일은 어떤 면에서 공통점이 있다.

허생이 말총을 매점매석하여 돈을 불리려고 제주도로 가기 전에 장사와 무관하게 샀던 물품들을 다시 한번 살펴볼 필요가 있다.

허생은 번 돈의 일부를 써서 칼과 호미를 샀습니다. 그리고 삼베니 무명이니 하는 옷감들도 사들인 후에 그것들을 가지고 제주도로 건너갔습니다.

칼, 호미, 삼베, 무명은 평범한 농민들에게 꼭 필요한 것들이다. 그것들을 장만하여 제주도로 간 이유는 나중에 밝혀진다. 생활필수품을 구매하여 제주도로 가는 허생에게는 새로운 세계를 건설해 보려는 야심과 계획이 미리 서 있었다. 즉 선량한 농민이었으나 굶주림을 이기지 못해 도적이 된 사람들을 모아 무인도로 데려갈 계획이 그것이다. 그들이 낯선 곳에서 생활 기반을 충실히 마련하기 전에 우선 사용하기 위한 물건들까지 허생은 섬세하게 챙기고 있었다.

4. 허생의 '자그마한 시험'과 실패

돈을 버는 데 성공하고 사람들을 모으는 데도 성공한 허생이지만, 이천 명을 데리고 무인도로 떠난 후에 이상적인 사회를 건설해 가는 과정은 끝내 포기하고 만다. 자신을 따르는 사람들을 위해 더 노력하는 일도 가치가 있다고 여길 만한데, 허생은 어째서 중도에 포기해 버렸던 것일까?

만 냥의 밑천으로 백만 냥을 모은 것이지요. 그런데 허생은 오히려 깊이 탄식하며 말했습니다.

"이렇게 나의 자그마한 시험이 끝났구나."

허생은 섬 안의 남녀 이천 명에게 명하여 한곳에 모이도록 했습니다. 사람들은 예전과 같지 않은 기색을 느끼고 숙연한 태도로 허생의 분부를 기다렸습니다.

허생은 사람들을 일일이 돌아보며 말했습니다.

"내가 처음에 너희들과 이 섬에 들어올 때엔, 먼저 살림살이부터 넉넉히 해 놓은 다음 글자를 따로 만들고 옷차림과 규범도 새로 정하려고 하였다. 그런데 이 섬의 땅이 너무 작고 나 자신의 덕 또한 모자라니 그만한 일을 할 수 없겠다."

허생이 이상사회 건설을 포기한 이유는 두 가지로 나타나고 있다. 우선 섬의 땅이 너무 작다는 것, 그리고 자신의 덕이 부족하다는 것이다.

영토의 넓이와 백성의 수가 어느 정도가 되어야 하는지에 대한 허생의 구체적인 계산은 알 수 없다. 그러나 나라 경제의 규모가 작을수록 그 질서가 쉽게 흔들리거나 깨어질 수 있다는 점은 쉽게 짐작이 가능하다. 아마도 허생은 수많은 백성들이 어우러져 살아가는 동안 자연스럽게 형성되는 질서 대신에 자신의 생각이 규범화되고 제도화되어 백성들의 삶을 좌우하게 될 것을 염려하였던 것이리라.

새로운 글자, 새로운 옷차림, 새로운 규범 등이 필요하다는 인식은 허생과 그를 따르는 무리들이 기존에 살고 있었던 조선 사회의 모순적 현실에서 나온 것이다. 조선 사회의 제도와 문화가 어떤 측면에서 잘못되었거나 부족한지를 절실히 체감하고 얻은 신념이었던 것이다.

그러나 낡은 제도와 문화가 문제라는 판단이 정당하더라도 새로 고안된 대안이 무조건 유효하거나 적절하다고는 장담할 수 없다. 한 번도 가 본 적이 없는 길이기 때문이다.

끝내 허생이 조선으로 돌아와 숨어 사는 가난한 선비의 모습으로 되돌아간 것은 그의 '자그마한 시험'이 실패했다는 것을 의미한다.

5. 글을 안다는 것

허생은 사람이 살지 않던 섬에 작은 사회를 건설하고 조선으로 돌아오면서 그곳에 남겨 놓은 사람들이 당분간만이라도 평안하게 살 수 있도록 나름의 배려를 한다. 그들에게 필요한 것을 마련해 준 허생은 마지막 과제로 그들에게 필요하지 않은 것을 없애는 것을 실천한다. 그들에게 필요한 것은 무엇이었고, 그들에게 필요치 않은 것은 무엇이었는가? 먼저 허생이 처음 도둑들을 만났을 때의 장면을 돌이켜 보자.

"모두 아내가 있는가?"

"없습니다."

"농사지을 땅은 있는가?"

허생과 우두머리의 대화를 듣고 있던 도둑들은 어이가 없어 웃음을 터뜨리고 말았습니다. 우두머리는 빈정거리는 말투로 대답했습니다.

"이 답답한 양반아, 땅이 있고 처자식이 있는 놈들이라면 뭐가 아쉬워서 도둑이 된단 말이오?"

허생은 그래도 답답한 소리를 계속합니다.

"정말 그렇다면 어째서 아내를 얻고 집을 짓고 소를 사서 논밭을 갈며 살지 않는가? 그러면 도둑놈 소리도 안 듣고 집에서 부부끼리 즐겁게 지낼 수 있을 것 아닌가? 잡힐까 봐 걱정하지 않아도 되고, 마음껏 먹고 입으며 편히 살 수 있을 텐데."

가만히 듣고 있던 우두머리는 은근히 화가 치밀어 올랐습니다.

"아니, 그걸 누가 바라지 않겠습니까? 다만 돈이 없어 못 하는 것 아니겠소?"

허생은 도둑들에게 아내가 있는가를 묻고, 농사지을 땅이 있는
가를 묻는다. 도둑들은 땅과 처자식이 있다면 아쉬울 것이 없겠다
고 답한다. 그리고 땅과 아내를 가지지 못하는 이유는 돈이 없다
는, 그 한 가지라고 말한다.

그래서 허생은 도둑들에게 돈을 나누어 주며 아내감을 데리고
오라고 명하였고, 그들이 살 수 있는 땅까지 마련해 준 것이다.
처음의 마음이 바뀌지 않았다면 도둑들에게는 이제 아쉬울 것이
없어야 한다.

허생은 또 돈 오십만 냥을 바다 한가운데 던져 넣으며 말했습니다.
"바다가 마르면 누군가 횡재를 하겠군. 이렇게 큰돈은 우리 조선
전체에서도 다 쓰이기 어려울 텐데 이깟 작은 섬에서 무슨 쓸모가 있
으랴."

그리고 마지막으로 글을 아는 모든 사람들을 골라 모조리 배에 태웠습
니다. 허생은 사람들이 듣지 못하도록 조심하며 속으로 뇌었습니다.
"이 섬에나마 화근을 끊어 없애야 하지 않겠는가?"

허생은 오십만 냥이라는 거금을 바다 한가운데 던져 버린다. 농사
를 지으며 살아갈 섬사람들이 외부 세계와 무역을 하지 않는 이상

그들에게 화폐가 필요한 것은 아니다. 그들이 밖으로 진출하지 않는 이상 세상에 알려지지 않은 그 섬으로 외부인들이 유입될 가능성도 없다. 섬사람들이 밖으로 나가기 어렵도록 배도 모두 없애 버렸다.

그리고 마지막으로 허생은 식자층, 즉 글을 아는 사람들을 모조리 데리고 나온다. 사람들이 사는 세상에서 글을 아는 사람들이란 재앙의 근원일 뿐이기 때문이다. 이는 선비 혹은 양반 계층이 전체 사회 속에서 유익한 존재가 되지 못하고 해악만을 끼친다는 작가의 의식을 반영한 것이라고 볼 수 있다.

허생은 조선으로 돌아온 이후 어떻게 큰돈을 벌 수 있었느냐는 변 부자의 물음에 대답하다가 자신의 상술에 대해 다음과 같이 스스로 비판한다.

> "사실 이것은 백성을 해치는 상술이라오. 혹여 나중에 나랏일을 맡아 보는 자가 이런 방법을 쓴다면 반드시 나라가 위태로움에 빠져들 것이오."

개인의 치부가 공동체 전체의 화근이 되고 기득권층의 욕심이 나라를 위태롭게 할 수 있다는 것을 허생은 자신의 자그마한 시험을 통해 절실히 깨달았다. 특히 문호 개방에 소극적이고 폐쇄적인 조선의 경우 선비 등 식자층의 이기적인 상술은 더욱 위험한 것이다.

6. 북벌이냐, 북학이냐?

「허생전」에 등장하는 어영대장 이완은 1602년 출생하여 1674년 타계한 실존인물이다. 효종 때 송시열과 함께 '명에 대한 은혜를 갚고, 청에게 받은 치욕을 씻는다'는 명분을 내세우며 북벌을 계획하고 군비 확충 정책을 펼침에 따라 북벌과 관련된 요직을 두루 맡았다.

허생에게 만 냥을 빌려 준 변 부자는 이완과 친분이 있었던 것으로 서술되는데, 작품 속에서 숨은 인재를 찾는다는 이완의 말에 허생을 떠올리고 추천한다. 그러기 전에 먼저 허생을 만난 어느 날 북벌을 주장하는 당시의 분위기에 대해 이야기하며 넌지시 허생의 속마음을 떠본다.

"요즘 사대부들 가운데는 병자년에 남한산성에서 오랑캐에게 당했던 치욕을 씻어 보고자 하는 움직임이 있는 듯합니다. 지금이야말로 뜻있는 선비가 팔을 걷어붙이고 일어설 때가 아니겠습니까? 그런데 선생은 그렇게 출중한 재주를 지니고 있으면서 어찌 세상을 모르는 것처럼 파묻혀 지내려고만 하십니까?"

북벌론에 대한 허생의 반응은 냉담했다. 변 부자에게는 자신의 능력이 미치지 못함을 들어 완곡하게 부정적인 의견을 표시했지만, 어영대장 이완을 만난 자리에서는 보다 강경하게 북벌론을 비판하는 모습을 보인다.

널리 인재를 구한다는 이완의 말에 허생은 당대의 난제를 타개할 방략으로 세 가지를 제시한다. 그러나 허생의 제안은 처음부터 이완이 수용할 수 있는 성격의 것이 아니었다.

"그러면 무척 나라의 신임을 받는 신하인가 보오. 만약 내가 제갈공명 같은 이를 추천한다면, 그대는 임금께 그분 오막살이를 친히 세 차례 찾아가시도록 아뢸 자신이 있소?"

첫 번째 방안은 임금이 직접 능력 있는 선비를 찾아 삼고초려하도록 건의할 수 있겠느냐는 것이었다. 아무리 임금의 신임을 받는 어영대장이라 하더라도 그것은 차마 할 수 없는 일이었을 터이다. 그릇이 작은 인물로서는 실현할 가능성이 없는 조건을 달아 허수아비나 다름없는 이완 혹은 임금의 비위 맞추기에만 급급한 조정 신료들 전체의 무능력함을 증명해 낸 것이나 다름없다.

"지난날 조선에 은혜를 베푼 바가 있다고 하여 명나라 장졸들의 자손이 우리나라로 많이 망명해 왔소. 그들은 지금 정처 없이 홀아비로 떠돌고 있는데, 그대가 조정에 요청하여 종실의 딸들을 그들에게 시집보내면 어떻겠소? 또 임금의 친척이나 높은 벼슬아치들의 집을 빼앗아 그들에게 나눠 주도록 할 수 있겠소?"

두 번째 방안은 북벌론을 부르짖는 자들의 논리가 얼마나 허약하고 모순적인 것인가를 꼬집기 위한 것이다. 명나라에서 조선으로 망명한 유민들에게 지난날의 의리를 지키는 차원에서 전폭적인 지원을 할 수 있겠느냐는 것이다.

이번에도 이완은 난색을 표할 수밖에 없었는데, 이는 사실상 자신들이 내세운 명분을 스스로 부정하는 것이나 다름없는 태도이다. 조선의 조정에 큰 굴욕을 안겨 준 청나라를 배격하고 나아가 정벌해야 한다는 사대부들이 명나라와의 의리에 둔감할 수는 없는 것이기 때문이다.

"천하에 큰 뜻을 외치려면 먼저 천하의 호걸들과 사귀어 손을 잡지 않으면 안 될 것이오. 또 남의 나라를 치려면 먼저 첩자를 들여보내지 않고는 성공할 수가 없는 법이오. 지금 만주 족속이 갑자기 천하의 주인이 되었으나 중국의 모든 종족을 다 마음으로 복종시키지는 못하고 있소.
마침 조선이 누구보다 앞장서서 섬기게 되니 저들이 우리를 가장 신뢰하고 있지 않소? 그러니 당나라나 원나라 때처럼 조선의 자제들을 청나라로 유학 보내고, 벼슬도 하도록 하고, 상인들도 자유로이 왕래하게 해 달라고 청하면 어떻게 되겠소? 반드시 청나라 쪽에서도 기뻐하며 받아들일 것이오.

그게 성사되기만 하면 우리 젊은이들을 뽑아 청나라 식으로 머리를 깎게 하고, 청나라 옷을 입혀서 선비들은 중국의 과거 시험을 치르도록 하고, 서민들은 멀리 강남까지 보내어 장사를 하게 하시오. 그렇게 해서 중국의 실정을 정탐하고 그곳의 뛰어난 인물들을 사귀어 두어야 천하를 뒤집을 수 있고, 나라의 치욕 또한 씻을 수 있을 것이오.

그리고 명나라 황족 가운데 중국을 다스릴 인물을 찾아보아야겠지요. 만약 마땅한 이가 없다면 그곳의 제후들과 상의해서 적당한 사람을 천자로 받들어야 할 것이오. 그렇게 잘만 되면 우리나라는 중국이라는 큰 나라의 스승이 될 것이고, 설령 못 되어도 제후국 정도의 지위는 얻을 수 있을 게요."

허생의 마지막 제안은 먼저 제시한 두 가지 방안에 부정적인 반응을 보인 이완을 꼼짝하지 못하도록 만드는 것이었다. 명나라와의 관계를 이어나가는 것에 실익이 없고, 이미 청나라 정권이 중국에 안정적으로 뿌리를 내렸다면 적극적으로 그곳에 진출하여 선진 문물을 수용해야 한다는 것이다.

명나라가 좋으냐, 청나라가 좋으냐 하는 명분 타령은 조선의 국익이나 백성들의 생활에 아무런 효용 가치가 없는 것이다. 청나라가 좋아서가 아니라 조선의 국력 신장과 민생의 안정을 위해 그것을 배워야 한다는 주장이다.

끝내 명나라를 잊을 수 없고 청나라는 영 마음에 들지 않는다면 후일을 도모할 수 있을지언정 당장은 오랑캐의 옷을 입고 머리를 깎는 것을 거리끼지 않아야 하리라는 현실 인식인 셈이다.

"대체 사대부란 놈들은 다 무엇이란 말인가? 오랑캐의 땅에서 태어난 주제에 자칭 사대부라고 뽐내니 이런 어리석은 것들이 있나? 바지며 저고리는 흰옷만 입으니 그것이야말로 상주들이나 입는 것이고, 머리털을 한데 묶어서 송곳처럼 만드는 것은 남쪽 오랑캐들이 하는 방망이 상투나 다름없지 않은가? 놈들이 말하는 그 잘난 예법은 어디서 난 예법이란 말인가?

옛날 번오기라는 사람은 원수를 갚기 위해 제 목 자르는 것을 마다하지 않았다. 그리고 무령왕은 나라를 강하게 만들기 위해 되놈의 옷을 입는 것쯤은 부끄럽게 여기지 않았다. 이제 명나라를 위해 원수를 갚겠다는 놈들이 그까짓 머리털 하나를 아낀다는 말인가? 또 말을 달리고 칼을 쓰고 창을 찌르고 활을 당기며 돌을 던져야 할 판국에 치렁치렁한 소매가 달린 옷을 입고 뭘 할 수 있다는 말인가? 그래도 이런 차림을 죽어라고 고집하는 게 예법인가?

내가 세 가지나 가르쳐 주었는데 너는 그중 한 가지도 실행하지 못하겠다고 하는구나. 그런 주제에 나라의 신임 받는 신하라고 감히 말할 수 있느냐?"

결국 허생이 주장한 북학론은 북벌론과 배치되는 개념이 아니다. 북학론은 친청반명(親淸反明)의 주장이고 북벌론은 친명반청(親明反淸)의 주장이니 허생은 친청파 지식인이라고 섣부르게 판단해서는 안 된다. 명나라를 존중한다고 해서 청나라 문화를 배우지 말라는 법이 없고, 과거의 치욕을 갚기 위해 청나라를 정벌하려는 뜻을 가진 자라도 우선은 힘을 기르고 나서 큰일을 도모해야 할 것이다.

말하자면 허생은 북학론을 주장하기 위해 북벌론 자체를 비판한 것이 아니다. 북벌론 또한 하나의 일리 있는 의견일 수 있으나 그것을 주장하는 자들이 구체적 실천 방안 없이 입으로만 떠들고 있는 세태를 비판한 것이다. 북벌론 자체가 잘못된 것이 아니라 북벌론자들이 문제다.

그에 비해 북학은 필요 불가결한 시대적 요구로 여겨졌다. 허생의 입장에서는 북학이든 서학이든 이용후생을 위해 필요한 것이라면 서둘러 받아들여야 하는 시대였던 것이다.

이완의 활동 시기를 기준으로 본 허생의 시대뿐이 아니다. 그로부터 백여 년이 지난 박지원의 활동 시기는 북학의 필요성이 더욱 절실해진 시대였다.

사실 박지원의 활동 시기에 북벌론이란 시대착오적인 주장이라고 볼 수밖에 없다. 벌써 용도 폐기되었어야 할 북벌론이 그때까지 명맥을 유지할 수 있었던 것은 임금과 당시 조정이 반대파를 견제하고 압박하기 위한 국내 정치용 논리로 활용되었기 때문이다.

북벌의 명분과 본질에서도 한참 벗어난 것이라고 박지원이 판단한 것은 무리가 아니다.

7. 허생의 아내는 어떻게 되었을까?

안타깝게도 몇 차례에 걸쳐 스스로 인정했듯 허생 또한 별 볼일 없는 조선의 유생이요 무기력한 양반이었다.

특히 평생을 함께할 아내에게는 지독히도 무능한 남편이요 가장이었다.

아내가 삯바느질을 해서 번 것으로 부부는 간신히 입에 풀칠만 하며 살고 있었답니다.

어느 날 아내는 어찌나 배를 심하게 곯았는지 거의 울다시피 하며 말했습니다.

"당신은 평생 과거 한 번 보지 않으면서 글은 읽어 무엇을 하렵니까?"

허생은 웃으며 대답했습니다.

"아직 내 공부가 부족하니 그런 것 아니겠소?"

"그러면 장인바치가 되어 뭘 만드는 것이라도 해 보아야 하지 않겠소?"

허생은 아내의 얼굴을 바라보며 안타까운 마음이 들었습니다. 며칠을 굶었는지 기억나지도 않으니 그럴 만도 하다고 생각했지만 우선 상황을 넘겨 놓고 보려고 대충 둘러대었습니다.

"배워 본 적 없는 일을 내가 어떻게 하겠소?"

하지만 오늘은 그냥 넘어갈 것 같지 않았습니다. 아내는 작심한 듯 말꼬리를 붙잡고 놓지 않았습니다.

"그럼 장사라도 해 보시구려."

"참 당신도 말을 쉽게 하는구려. 장사를 하려면 밑천이 있어야 하지 않소? 우리 형편에 장사를 어떻게 하겠소?"

아내는 그만 버럭 화를 내고 말았습니다. 자신도 모르게 그만 목소리가 높아져 버린 것이지요.

"밤낮으로 글을 읽더니만 기껏 '어떻게 하겠소?' 소리 하나만 배웠단 말이오? 장인바치 노릇도 못 하겠다, 장사도 못 하겠다, 그러면 도둑질이라면 어떻소? 그것도 못 하겠다고 하시려오?"

보기에 따라서 허생의 아내는 남편의 공부를 그르친 악처인 것처럼 여겨지기도 한다. 남편의 뜻을 이해하지 못하고 돈을 벌어 오라며 끝내 집 밖으로 내몬 것이나 다름없지 않은가? 그러나 달리 보면 허생의 아내는 남편에게 세상 공부를 시킨 인생의 스승이기도 하다.

허생의 아내가 바란 것은 생계의 안정이다. 평범한 백성이라면 누구나 생각하고 걱정할 수밖에 없는 근본적인 문제인 것이다. 하지만 글 읽는 양반 허생에게 당장의 굶주림은 크게 다가오지 않았던 것 같다. 먹고사는 문제를 도외시한 도학이 얼마나 공허한 것인가를 다름 아닌 허생의 모습에서 발견할 수 있는 것이다.

사농공상의 꼭대기 계급으로서의 선비에게 하늘과 땅처럼 거리가 먼 공업이나 상업을 권유하는 아내의 말을 허생은 쉽사리 받아들일 수 없다. 그도 안 되면 도둑질이라도 해서 먹고살아야 할 것이 아니냐는 아내의 절규는 가치 있는 생활에 앞설 수밖에 없는 생존의 몸부림이다.

허생이 만난 도둑들도 처음부터 사회의 질서와 규범에서 일탈하려 했던 것은 아니리라. 평범한 농민으로 살 수 있었던 그들을 산채로 몰고 간 것은 굶주림과 그에 따른 생존 본능이었을 것이 아닌가? 그런 백성들과 심지어 제 아내의 마음도 모른 채 글을 읽는 데만 골몰했던 이야기 서두의 허생이야말로 허위와 독선에 빠진 양반의 전형이라고 할 수 있다.

"허 생원 댁이지요. 그 양반도 참, 가난한 형편에도 글 읽는 것만 알고 살더니 어느 날 집을 나가서는 소식이 끊긴 지 오 년이 넘는답니다. 지금은 부인이 혼자 살고 있는데 남편이 집을 나간 날에 해마다 제사를 지낸다고 하지요."

허생은 세상에 나와 자신의 경륜을 시험해 보면서 많은 깨달음을 얻었을 것이다. 특히 도탄에 빠진 백성들의 처지에 대해 구체적으로 이해할 수 있었을 것이다. 백성들의 처지란 허생의 아내가 겪은 고난과 다를 바가 없다. 또 나랏일을 보는 임금이나 벼슬아치들의 무책임과 무능은 허생의 모습과 꼭 닮은 것이다. 양반들 때문에 백성들이 괴롭고 허생이라는 가장 때문에 그의 아내가 괴롭다.

그럼에도 불구하고 매년 남편이 실종된 날에 잊지 않고 제사를 지내는 아내의 모습은 경전을 옆에 끼고 예법을 암송하지 않았어도 제 할 도리를 알고 지키는 어질고 순박한 조선 백성들의 모습과 같다.

이야기의 마지막에 허생은 다시 사라진다. 세상이 자신을 찾는 것이 귀찮아서였을지도 모르겠다.

그렇든 아니든 허생이라는 양반은 못 말리는 사람이다. 끝까지 아내를 챙길 줄은 몰랐던 것이다.

인사를 하며 문을 닫고 암자를 나서려는데 노인이 혀를 차면서 말하는 소리가 들렸습니다.

"딱하기도 하지. 허생의 아내는 또다시 굶주렸을 게 아닌가?"

허생의 아내는 다시 홀로 남았다. 이번에도 날짜만 바꾸어 남편의 제사를 지낼지, 세상에 아무 믿을 구석도 없이 홀로 다 쓰러져 가는 집을 지키고 지낼지, 남편이라는 사람은 신경도 쓰지 않는 것 같다.

8. 과연 허생은 누구인가?

'허생 이야기'를 앞뒤로 싸고 있는 옥갑에서의 밤 이야기와 후기는 허생이라는 작중인물의 실존 가능성을 은근히 부각시킨다. 실제 활동했던 역관들의 일화를 배치하고 그 마지막에 변승업이라는 당대의 갑부를 언급한 점, 이름이 분명치 않은 기이한 인물을 등장시켜 변승업의 가계를 허생과 연관시킨 점 등이 허생을 실존인물로 볼 수 있게 하는 요소이다.

그런데 연암에게 '허생 이야기'를 들려주었다는 기이한 노인의 정체가 우선 모호하다. 그가 자신의 이름을 분명히 가르쳐 주지 않는 것부터 그렇다.

"전에는 성과 이름을 '윤영'이라고 하지 않았습니까? 어째서 갑자기 '신색'으로 바꾸어 말하십니까?"

그러자 노인은 버럭 성을 내는 것이었어요.

"자네가 잘못 알고서 왜 남더러 성을 갈았느니, 이름을 고쳤느니 하는 것인가?"

내가 계속 따지려 할 것처럼 보였는지 노인은 더욱 화를 내다가 순
간 푸른 눈동자를 번득이기까지 합니다. 나는 그때 문득 생각했습니
다.

'이 노인에게 무슨 사연이 있구나.'

노인이 지닌 사연이 무엇인지는 나도 모르지요. 역적으로 몰린 집
안일지도 모르고요, 아니면 이단아로 취급받아 세상을 피하고 자취를
감춘 무리인지도 알 수 없는 일이지요.

그의 이름이 윤영이든 신색이든 그것이 중요한 것은 아닌 것 같
다. 윤영도 신색도 그의 본명이 아닐 가능성마저 있다. 작가 서술
자는 그의 이름을 확인하지 않기로 하고 그가 지닌 숨기고 싶은
사연이 무엇인지에 대해서도 더 이상 묻지 않는다.

노인이 스스로의 정체를 숨겼다는 것은 그가 한 말의 신빙성마
저 떨어지게 된다는 것을 뜻한다. 즉 노인이 전해 준 허생이라는
인물의 이야기도 믿을 수 없게 된다는 말이다.

아무튼 허생은 당대의 갑부였던 변씨 집안의 부를 더욱 크게
일으켜 준 인물로 설정되어 있다. 허생 이야기의 변 부자는 역관
변승업의 부친이거나 조부일 가능성이 높은데, 그렇다면 이야기
의 시대적 배경은 연암이 옥갑에서 비장들과 이야기를 나누던 때
로부터 백 년 정도 거슬러 올라간 시점이 된다.

나의 이야기가 끝나자 비장들 중 어떤 이는 허생이 명나라의 유민 일 것이라고 말했습니다. 명나라가 무너진 숭정 갑신년(1644년) 이후 로 명나라 사람들이 조선에 많이들 옮겨 와 살았거든요. 혹시 허생도 그런 사람이라면, 성이 허씨가 아닐지도 모르는 일이지요.

허생이 명나라 유민일지도 모른다는 한 비장의 말은 그의 신분 과 정체를 더욱 혼란에 빠뜨리는 역할을 한다. 이름도 알 수 없는 선비의 허씨라는 성도 믿을 수가 없으니, 그가 윤씨이거나 신씨 라고 해도 아무런 상관이 없어지는 것이다. 그가 자신의 존재를 숨기고 살아야 하는 이유가 명나라 유민이어서도 상관없고, 역적 으로 몰렸기 때문이라 해도 상관없다.

세상에는 제 이름을 감추고 숨어 살면서 세상을 조롱하고 허리를 굽히지 않는 사람이 참으로 많지요. 어디 허생뿐이겠어요?

허생이 수수께끼 같은 인물인 만큼 그의 전을 지은 박지원의 의 도 또한 명확히 단정하기 어렵다. 박지원이 만났다는 이름 모를 노인이 실존 인물인지도 알 수 없고, 정말 누군가에게서 들은 이 야기를 그대로 전하는 것인지도 알 수 없다.
허생전은 박지원의 완전한 창작일 수도 있고, 세간의 소문을 채 록하여 약간의 허구적 요소를 가미한 텍스트일 수도 있다. 혹은 그 이야기를 알고 있는 사람이 처음부터 끝까지 구술한 것을 옮겨 적고 정리한 글일 수도 있다.

구술한 사람의 신분이나 출신을 정말 모르는 것일 수도 있고, 사실은 잘 알고 있으면서도 모르는 척해 주는 것일 수도 있다. 그 이야기를 둘러싼 여러 주체들, 즉 허생이라는 이야기 속의 인물과 그 이야기를 들려준 노인과 집필자인 연암 박지원이 각각 모호한 상태로 남아 있어야 하는 이유는 무엇일까? 그것은 이 이야기의 도발적인 상상력, 현실 비판적인 주제 의식이 당대의 상황에서 대단히 위험한 것이었기 때문은 아닐까?

호질

우연히 읽게 된 재미있는 이야기

 7월 28일[1], 아침나절에는 맑은 날씨였는데 오후에는 바람도 불고 번개도 쳤습니다. 비도 내렸지만 어제 야계타에서만큼은 아니었습니다. 용읍암이라는 암자에 다다르니 그 앞 큰 정자나무 아래에 십여 명의 소일꾼들이 바람을 쐬며 쉬고 있었습니다. 도끼를 돌리는 자도 있고, '서유기' 놀이를 하는 자들도 있었습니다.

해질 무렵 옥전 고을에 당도했습니다. 이곳에 무종산이 있습니다. 누군가가 말하기를, 연나라 소왕의 사당도 여기에 있다고 합니다.

성 안으로 들어가 어떤 가게에 들렀습니다. 이리저리 구경하고 있자니 생황에 맞춰 노래 부르는 소리가 들려왔습니다. 함께 간 정 진사와 노랫소리가 들려오는 곳을 찾아가 보았지요.

---

1 연암 박지원은 1780년 7월 24일부터 28일까지 닷새 동안 홍화포에서 옥전까지 이동하며 여행했다. 7월 28일 일기에 수록된 「호질」은 옥전에서 우연하게 베껴 쓴 작자 미상의 기이한 이야기에서 비롯된 것이다. 이 기간 중 백이숙제 사당과 병자호란 때 끌려온 동포들이 모여 사는 고려보에도 들렀다고 한다.

행랑채에 젊은이들 대여섯이 모여 앉아 있었습니다. 몇 사람은 생황2을 불고 몇몇은 이름 모를 현악기를 연주하는 중이었습니다. 발길을 돌려 안채로 들어서니 웬 사나이 한 사람이 의자에 단정히 앉아 있다가 우리를 보고 일어나 인사를 합니다. 가게 주인인 것 같았습니다.

얼굴이 점잖게 생긴 그는 나이가 쉰 남짓 되어 보이고 수염이 희끗희끗했습니다. 내 이름 적은 종이쪽지를 보여 주면서 그의 이름을 물으니 고개만 끄덕이고 말 뿐 대답은 하지 않았습니다.

사방 벽에는 이름난 이들의 글씨와 그림이 붙어 있었습니다. 주인은 자리에서 일어나 자그마한 벽장문을 열었습니다. 그 안에는 주먹만 한 옥부처가 들어 있었습니다. 옥부처의 뒤쪽에는 관음상을 그린 작은 그림이 걸려 있었는데요, 거기에는 '태창 원년(1620년) 삼월에 제양 구침이 그리다'라는 글귀가 적혀 있었습니다.

주인은 부처 앞에 향을 피우고 절을 올렸습니다. 그리고 부처를 넣은 벽장의 문을 닫아걸었습니다. 그러고 나서야 다시 의자에 앉으면서 자신의 이름을 써서 우리에게 보여 주는 것이었습니다. 그가 말했습니다.

"제 이름은 심유붕입니다. 고향은 소주이며 나이는 올해 마흔여

---

2 **생황**(笙簧) : 옛날 악기 가운데 관악기의 한 가지이다. 중국의 묘족이 만들었다고 전한다.

섯입니다. 자는 '기하'요 호는 '거천'이라고 한답니다."

우리가 보기에 그는 말이 없고 반듯한 사람인 것 같았습니다.

주인에게 인사하고 나와서 다른 방으로 가 보니 구리를 녹여 만든 사슴이 탁자 위에 놓여 있었습니다. 키가 한 자쯤 되어 보이는, 꽤 쓸 만한 골동품인 것 같았습니다. 또 높이가 두어 자쯤 되는 돌병풍3도 있었습니다. 병풍 안에는 국화가 그려져 있고, 겉에는 유리를 입혀 퍽 정교하게 만든 것이었습니다.

서쪽 벽 아래에는 꽃 항아리가 놓여 있었습니다. 벽도화 한 가지를 꽂아 놓았는데, 꽃에 검은빛 호랑나비 한 마리가 앉아 있었습니다. 날아다니기는커녕 조금의 움직임도 없었으므로 나는 그것이 사람이 만들어 놓은 나비인 줄 알았습니다. 그런데 자세히 들여다보니 비취빛 바탕에 금빛 무늬가 있는 진짜 나비였습니다. 나비의 다리를 꽃잎에다 풀로 붙여 놓았는데, 꽤 오래되어 보였습니다.

한쪽 벽 위에 이상한 글이 걸려 있었습니다. 흰 종이 위에 작은 글씨로 벽 한 면이 가득 차도록 걸어 놓았습니다. 글씨들은 매우 반듯했습니다.

---

3 **연병(硏屛)** : 먹이 튀는 것을 막기 위하여 벼루머리에 치는 매우 작은 한 폭짜리 병풍

우연히 읽게 된 재미있는 이야기

문득 호기심이 나서 가까이 다가가 읽어 보았는데요, 여태껏 본 적이 없는 아주 야릇한 글이었습니다. 나는 곧 주인에게 가서 물었습니다.

"저쪽 방 벽에 걸린 글은 누가 지은 것입니까?"

주인은 간단히 대답했습니다.

"모르겠습니다."

그러자 정 진사가 다시 물었습니다.

"읽어 보니 요즘 글 같은데 주인께서 지은 것이 아닙니까?"

주인은 고개를 저으며 말했습니다.

"저는 글자를 읽지 못합니다. 게다가 거기 보면 누가 썼다는 이름도 없지 않습니까? 한나라가 있는 줄도 모르는 놈이 위나라며 진나라를 어찌 이야기하겠습니까?"

나는 부쩍 의심이 났습니다. 글자를 읽지 못한다는 사람이 할 수 있는 대답은 아니었기 때문입니다.

"그럼, 이 글은 어디서 구하셨습니까?"

"며칠 전 장날에 계주 장터에서 샀습니다."

나는 어쩐지 이 수수께끼 같은 사나이와 야릇한 글이 매우 잘 어울리는 것 같았습니다.

"괜찮으시다면 베껴 가도 될까요?"

주인은 고개를 끄덕이면서 승낙했습니다. 나는 종이를 갖고 다시 오겠다고 약속한 후에 가게에서 나왔습니다.

숙소에서 저녁 식사를 마친 후에 나는 정 진사와 함께 다시 그 가게를 찾아갔습니다. 주인은 벌써 촛불을 둘이나 켜 놓고 기다리고 있었습니다.

우리는 벽 앞으로 다가가서 족자를 벗겨 내리려 했습니다. 그러자 주인은 심부름하는 아이를 불러 막대기로 내려놓아 주었습니다. 나는 다시 한번 넌지시 물어보았습니다.

"이거 선생이 지은 글이지요?"

그는 고개를 흔들면서 말했습니다.

"그럴 리가 있겠습니까? 제가 마음에 부처님을 모시면서 어찌 함부로 거짓말을 하겠습니까?"

나는 더 보채지 않고 칭찬 비슷한 말을 건넸습니다.

"우리나라로 돌아가 사람들에게 읽어 주려고 합니다. 배꼽 잡고 뒤로 넘어지도록 웃게 하려는 것이지요. 입 속 밥알이 벌 날듯이 튀고, 갓끈이 썩은 새끼처럼 툭툭 끊어질 만큼 웃음을 터뜨려 보려고요."

주인은 알 듯 모를 듯한 미소를 지었습니다.

정 진사와 나는 글의 부분을 나누어 함께 베꼈습니다. 다 베껴 쓴 후 숙소로 돌아와 불을 켜고 읽어 보니, 정 진사가 베낀 데는 빠진 글자도 있고 틀린 글자도 적지 않았습니다. 그러다 보니 앞 뒤가 맞지 않는 대목이 꽤 있었지요. 할 수 없이 내가 조금 손질해서 한 편의 글이 되도록 하였답니다.

선비라는 고기

범은 영특하고 갸륵하고 문무를 고루 갖추었습니다. 자애로우면서 효성이 지극하고 사리에 밝고도 어진 동물이지요. 슬기로우면서 용맹스럽고 장하기까지 하니 천하에 맞설 자가 없습니다. 도무지 적수가 없는 것입니다.

그런데 비위가 범을 잡아먹습니다. 죽우라는 짐승도 범을 잡아먹고, 박도 범을 잡아먹습니다. 오색사자도 큰 나무둥치 구멍에 있다가는 범을 잡아먹으며, 자백이라는 놈도 범을 잡아먹고, 표견이란 짐승도 휘익 날아서 범을 잡아먹는답니다. 황요라는 놈도 범이나 표범의 염통을 꺼내 먹는다고 하지요. 활이라는 짐승은, 범이나 표범에게 일부러 먹힌 후에 배 속에서 그 간을 뜯어먹고, 추이라는 짐승은 범을 만나기만 하면 짓찢어서 씹어 먹습니다. 그중에서도 맹용이라는 짐승을 만나면 범은 무서워서 눈도 제대로 뜨지 못한다고 하네요.

그런데도 사람은 맹용을 무서워하지 않고 범을 무서워하니 이상한 일입니다. 도대체 범의 위풍이 얼마나 당당한 것이기에 그럴까요?

범이 개를 잡아먹으면 취하고, 사람을 잡아먹으면 신령스러워져서 조화를 부리게 된다지요. 범이 처음 사람을 잡아먹으면 그 사람의 넋이 '굴각'이라는 못된 귀신이 된답니다. 굴각은 범의 겨드랑이에 붙어 다음 먹이를 찾아 줍니다.

먼저 굴각이 몰래 남의 집으로 범을 이끌어 간답니다. 범이 그 집 솥의 가장자리를 핥으면 그 집 주인이 갑자기 배가 고파진다나요. 그러면 한밤중에도 아랑곳하지 않고 마누라를 부엌으로 내보내 밥을 짓게 하는 것입니다.

범이 그런 식으로 사람을 두 번째로 잡아먹고 나면 죽은 사람의 넋이 '이올'이라는 못된 귀신이 된대요. 이올은 범의 볼따구니에 붙어서 산다고 합니다.

이올은 범의 광대뼈 같은 데 올라붙어 있다가 사냥꾼이 골짜기에 올무나 덫을 놓으면 먼저 가서 그것들을 풀어 버린답니다.

마침내 범이 사람을 세 번째로 잡아먹으면 그 사람의 넋은 '육혼'이라는 못된 귀신이 됩니다. 육혼은 범의 턱에 붙어살면서 제가 아는 친구들의 이름을 주워섬기며 하나하나 범에게 알려 주는 것입니다.

하루는 범이 그 귀신들을 불러서 물었습니다.

"날이 저물어 가는구나. 어디서 끼니를 때워야 할까?"

굴각이 잽싸게 나서서 대답합니다.

"제가 벌써 점찍어 두었습니다. 뿔이 달린 짐승도 아니고 날개가 달린 짐승도 아닌데 머리는 새까만 놈이 있습니다. 눈길에 비틀거리면서 드문드문 발자국을 남기며 걷지요. 그놈은 꼬리가 뒤통수에 올라붙은 탓에 제 꽁무니도 가리지 못한답니다."

이번에는 이올이 나섰습니다.

"저기 동문 근처에 가면 의원이라는 먹이가 있습니다. 의원이란 놈은 온갖 풀을 먹어서 고기가 아주 향기롭지요. 또 서문 근처에 가 보면 무당이라는 먹을거리도 있습니다. 무당은 온갖 신을 섬기느라고 날마다 목욕을 해서 그런지 몸이 깨끗하답니다. 이 두 가지 고기 가운데서 무엇이든 골라 잡수십시오."

범은 못마땅해서 잔뜩 수염을 곤두세웠습니다. 그리고 화난 듯이 말했습니다.

"에이, 의원이라는 말의 그 '의(醫)' 자는 의심한다는 '의(疑)' 자와 같지 않으냐. 그러니 의원이라는 놈은 치료를 한답시고 스스로 의심나는 것을 시험해 보느라 여념이 없지. 그러다가 수많은 사람들을 해마다 수도 없이 죽이는 놈이 의원 아니냐?

그리고 무당이라는 것의 '무(巫)' 자는 속인다는 뜻의 '무(誣)' 자나 다름이 없다. 무당이 그렇게 귀신을 속이고 사람들을 꾀어서 해마다 수많은 사람들을 죽게 하지 않느냐?

의원과 무당에게 당하거나 속은 사람들의 노여움이 이들 두 놈의 뼈까지 스며들어 독이 든 누에가 되었을 것이다. 그렇게 독한 놈들을 내가 어떻게 먹겠느냐?"

그러자 이번에는 육혼이 나섰습니다.

"저 유림4이라는 숲에 가면 먹음직한 살코기가 있습니다. 어진 간과 의로운 쓸개, 충성스러운 심장을 지니고 있지요. 품행이 깨 끗하고 음악을 즐기며 예절 또한 바릅니다. 그뿐만이 아니라 입 으로 온갖 성현의 말씀을 외고, 정신은 만물의 이치에 통달하여 '덕이 높은 선비'라는 이름이 붙었습지요. 등에도 통통하니 살이 오르고 몸집이 기름진 놈이니 썩 좋은 맛을 보실 수 있을 것입니 다."

그 말을 들은 범은 눈썹을 실룩이며 호기심을 보였습니다. 입에 는 어느새 침이 고여 아래로 흐를 지경이었습니다. 범은 고개를 젖혀 하늘을 보고 웃으며 입을 열었습니다.

"그래? 내가 좀 더 듣고 싶으니 자세히 말해 보아라."

굴각과 이올이 이에 질세라 달려들어 육혼과 서로 다투어 가면 서 제가 더 잘 안다고 떠들어 대기 시작했습니다. 얼마나 기를 쓰 고 달려들었는지 입에 침이 마를 정도였습니다.

"하나의 음(陰)과 하나의 양(陽)을 '도(道)'라고 하는데, 선비는 이 런 이치를 하나로 꿰뚫었답니다."

"만물의 다섯 가지 요소인 오행5이 서로를 낳는 것을 선비가 깨

---

4 유림(儒林) : 유학을 신봉하는 선비의 무리. 또는 그러한 모임

달았다고 합니다."

"그뿐입니까? 우주 변화의 여섯 가지 기운인 육기6가 서로를 이끌어 가는 이치도 선비는 알고 있답니다. 세상의 먹이 가운데 이보다 좋은 것이 있겠습니까?"

그런데 범은 모두 듣고 나서 그만 실쭉해지고 말았습니다. 뿐만 아니라 얼굴빛이 달라지며 몸을 잔뜩 도사리기까지 합니다. 무엇이 잘못되었는지 눈치를 살피는 귀신들에게 범은 마땅치 않은 듯한 목소리로 이렇게 말했습니다.

"음양이라는 것은 하나의 기운이 줄거나 늘거나 하는 것인데, 그걸 둘로 나누었다면 그 고기는 잡스러운 것이 되지 않겠느냐? 그리고 오행은 저마다 자리가 정해져 있어서 서로 살려 갈 수가 없는 것인데, 뭘 낳고 말고 한다는 말이냐? 공연히 어미와 자식처럼 만들어 놓지 않나, 짜니 시니 하며 다섯 가지 맛으로 갈라놓지를 않나, 이러고야 어디 그 맛이 온전하겠느냐? 또 육기라고 하면 저마다 스스로 움직이니 누가 마음대로 이끌 수가 없는 것인데, 이끌어 주느니 도와주느니 어쩌고저쩌고 하면서 제 공을 내세우

---

5 **오행(五行)** : 동양 철학에서 우주 만물의 변화 양상을 5가지로 압축해서 설명하는 이론이다. 5행이라는 것은 인간 사회의 다섯 개 원소로 생각된 목(木)·화(火)·토(土)·금(金)·수(水)의 운행을 말한다.

6 **육기(六氣)** : 세상에 존재하고 있는 여섯 가지 기운, 즉 그늘인 음(陰), 바람인 풍(風), 비인 우(雨), 어둠인 회(晦), 밝음인 명(明), 볕인 양(陽)을 말한다.

호질

려 하다니……. 그따위 것을 먹다가는 질기고 딱딱해서 구역질이
나거나 체할 것만 같구나."

과부의 방을 찾아간 선비

정나라7 어느 고을에 벼슬을 욕심내지 않는 북곽 선생이라는 학자가 살았습니다. 나이 마흔 살에 이미 교정하여 펴낸 책이 일만 권이나 되고, 이와 더불어 사서오경8의 뜻을 해석하고 주석9을 달아 지은 책이 일만 오천 권이나 될 정도로 뛰어난 학자였습니다. 천자10도 그가 이룬 일을 훌륭하다고 칭찬하고 제후11들도 다 선생을 우러러볼 정도였답니다.

북곽 선생이 사는 고을 동쪽에 동리자라는 어여쁜 과부가 살고

---

7 정나라(鄭國, B.C. 806 - B.C. 375)는 서주 왕조와 춘추 시대에 걸친 주나라의 제후국 중 하나이다. 한나라(韓)에 의해 기원전 375년에 멸망했다.

8 사서오경 : 유교의 경전. 사서(四書)는 『논어(論語)』, 『맹자(孟子)』, 『중용(中庸)』, 『대학(大學)』을 말하고, 오경(五經)은 『시경(詩經)』, 『서경(書經)』, 『주역(周易)』, 『예기(禮記)』, 『춘추(春秋)』를 일컫는다.

9 주석(註釋) : 낱말이나 문장의 뜻을 쉽게 풀이함.

10 천자 : 하늘의 아들이라는 뜻으로 제국의 군주를 이르는 말. 「호질」의 시대적 배경을 고려한다면 주나라의 왕이 천자(天子)가 된다.

11 제후(諸侯) : 일정한 영토를 다스리는 작위를 말하며 제후가 다스리거나 제후가 황제로부터 받아서 통치하는 한 나라의 일부를 제후국(諸侯國)이라고 한다. 북곽 선생이 살던 정나라 또한 제후국이다.

있었습니다. 이 젊은 과부의 절개는 널리 알려져서 천자도 놀라워하며 칭찬할 정도였습니다. 각 나라의 제후들도 과부가 현숙하다고 칭송하며 갸륵하게 여겼습니다. 나라에서는 동네 이름도 '동리 과부의 마을'이라고 붙여 주었습니다.

이처럼 세상 사람들은 동리자를 절개를 지키는 과부로 믿고 있었지요. 그런데 사실은 아들이 다섯이나 되고, 그 아이들의 아비도 제각각이었습니다.

어느 날 밤의 일입니다. 동리자의 아들 다섯이 한자리에 모여 재잘거리고 있었습니다.

"강 건너 마을에서는 닭이 울고 먼 하늘에 샛별이 반짝이는 깊은 밤이구나. 그런데 안방에서는 누가 왔기에 아직도 두런두런 말소리가 들리나? 얘들아, 저건 꼭 북곽 선생의 목소리 같지 않니?"

다섯 아이들은 부쩍 호기심이 일었습니다. 그들은 몰래 안방으로 다가가 문틈으로 차례차례 들여다보았습니다. 과연 안방에는 북곽 선생이 와 있었습니다. 그리고 자신들의 어미가 북곽 선생에게 무엇인가를 부탁하고 있겠지요.

"오랫동안 선생님의 덕을 그리워해 왔습니다. 호젓한 이 밤, 선생님께서 글 읽는 소리를 한번 들으면 바랄 것이 없겠습니다."

그랬더니 북곽 선생은 꽤 점잖은 체하며 옷깃을 바로 여미고 단정히 앉아 다음과 같은 시를 읊는 것이었습니다.

병풍에는 원앙 한 쌍
반딧불이 반짝반짝,
가마솥 세발솥
무얼 본떠 만들었나.

북곽 선생은 시를 다 읊고 나서 어깨를 으쓱하며 덧붙입니다.
"이 시는 '흥'12이라는 기법으로 써 본 것이오."
다섯 아이들은 북곽 선생과 어머니의 모습을 보며 의아한 마음이 생겼습니다. 북곽 선생의 시가 무슨 뜻인지, 잘 쓴 것이기는 한지 그런 따위야 관심이 있을 턱이 있나요? 이 야심한 시각에 두 사람이 무엇 하러 만나서 저러는 것인지 도무지 알 수 없는 노릇이었지요.
아이들은 말소리를 한껏 죽여 서로 수군거렸습니다.
"저 사람이 정말 북곽 선생일까? 북곽 선생처럼 점잖은 어른이 설마 과부의 방에 찾아들 리가 있겠니?"
"우리 고을 무너진 성문 곁에 여우가 사는 굴이 있다지 않아? 여우가 천년을 묵으면 사람으로 둔갑을 한다는 말을 들었는데, 혹시 저것이 북곽 선생의 탈을 쓴 여우가 아닐까?"

---

12 흥(興) : 원래 일으킨다는 뜻으로, 처음에 어떤 대상을 말하고 그에 따라 주제를 연상시켜 노래하는 한시체이다. 먼저 객관적 사물을 노래하고 나중에 정서를 표현하는 방법을 『시경』에서는 '흥'이라 한다.

"그럴지도 모르지. 아니, 정말 그런 것 같아. 틀림없어."

점잖은 선비가 절개를 지키는 과부의 방에 앉아 있을 리는 없다고 아이들은 확신을 했습니다. 그리고 나니 선비의 탈을 쓴 저 여우를 어떻게 해야 하나 궁리를 해 보아야 할 일이었습니다. 아이들은 머리를 모으고 의논을 합니다.

"들리는 말로는 여우 머리를 얻으면 큰 부자가 된다고 하더라."

"여우 발을 가지고 있으면 대낮에도 남의 눈에 안 뜨일 수 있다던데?"

"얘, 그뿐인 줄 아니? 여우 꼬리를 가지면 애교를 잘 부리게 되어서 원하는 사랑을 얻을 수 있다더구나."

"그렇다면 마침 잘 된 일이 아니냐? 우리 저놈의 여우를 때려잡아 고루 나눠 가지는 게 좋겠다."

아이들의 가슴이 조금씩 더 세차게 콩닥거리기 시작했습니다. 둔갑을 할 줄 안댔자 저놈은 한 마리의 여우일 뿐이고 이쪽은 사내 다섯이니 충분히 잡을 수 있을 것 같은 자신이 생기기도 했습니다. 다섯 아들은 서로 얼굴을 마주보며 하나, 둘, 셋을 세고 일시에 우르르 방 안으로 쳐들어갔습니다.

방에 있던 북곽 선생은 소스라치게 놀랐습니다. 아이들이 에워싸려는 것을 간신히 뿌리치고 방을 탈출한 선생은 걸음아 날 살려라 하고 허겁지겁 도망을 칩니다. 그렇게 경황이 없는 중에도 행여나 제 얼굴이 탄로가 날까 걱정이 되는지, 머리를 가랑이 사이에 들이박다시피 하고 있었지요. 그 모습이 춤을 추고 낄낄거리며 문밖으로 줄행랑을 치는 도깨비처럼 보였습니다.

 그렇게 한참 미친 듯이 달아나던 북곽 선생은 이제야 살았는가 싶은 그 순간, 그만 깊은 똥구덩이에 풍덩 빠져 버리고 말았습니다.

범의 꾸중

  북곽 선생은 한참을 허우적거린 끝에 간신히 똥구 덩이에서 기어 나왔습니다. 인적이 드문 밤이라 다 행이지 큰 창피를 당할 뻔했지요. 그런데 이게 웬일 입니까? 머리를 들고 앞을 보니 커다란 범 한 마리가 그 앞을 턱 하니 버티고 앉아 있는 게 아니에요?

북곽 선생의 꼴을 보고 범은 이맛살을 찌푸리며 구역질을 합니 다. 뿐만 아니라 코를 싸쥐고 고개를 외로 꼰 채 소리를 지르는 것이었어요.

"어이쿠, 이놈의 선비 녀석. 구린내가 진동하는구나!"

북곽 선생은 참으로 큰일이다 싶었습니다. 우선 살기는 해야겠 으니 범을 달래 보는 수밖에요. 머리를 조아리고 엉금엉금 기어 나와서는 대뜸 범에게 절을 공손히 세 차례나 했습니다. 그러고는 꿇어앉아 주절주절 주워섬기는 것이었습니다.

"범님의 덕은 참으로 지극하옵니다. 세상의 큰 인물이라 하면 누구나 범님의 무궁한 조화를 본받고, 임금 된 자들은 범님의 점 잖은 걸음걸이를 따라 배웁니다. 자식 된 자들은 범님의 효성을 표본으로 삼으며, 장수는 범님의 당당한 위엄을 흠모하여 본받습니다. 그 거룩하신 이름은 신령한 용님과 짝이 되시며, 두 분이 함께 바람과 구름을 다스리시니, 땅바닥에 붙어사는 이 천한 놈이야 그저 엎드려 정성을 다해 받들 뿐이지요."

북곽 선생의 말에 범은 그만 질색을 하며 꾸짖는 것이었습니다.

"이놈아, 아예 내 앞에 가까이 오지를 말아라. 언젠가 선비 '유(儒)' 자가 아첨할 '유(諛)' 자와 한가지라는 소리를 들었는데 과연 그 말이 틀리지 않았구나! 전에는 온갖 악명을 죄다 내게 갖다 붙이던 놈이, 이제 다급하니까 낯간지럽게 아첨을 하는 것이냐? 대체 그 말을 누가 곧이듣겠느냐 말이다."

범의 호통에 북곽 선생은 그만 기가 콱 질렸습니다. 하지만 호랑이 굴에 들어가도 정신만 차리면 산다나요? 우선 정신은 차리고 볼 일이었습니다. 그런 가운데서도 범의 꾸중은 계속 이어졌습니다.

"천하의 이치라는 것은 모두 한가지이니, 범의 본성이 악하면 사람의 본성도 악할 것이고 사람의 성품이 착하다면 범의 성품도 착할 것이다. 그런데 너희 사람이라는 놈들이 하는 짓을 보면 가증스럽기 짝이 없다. 입으로는 천 소리 만 소리가 모두 오상13에

---

13 오상(五常) : 유교에서 말하는 사람이 지켜야 할 다섯 가지 기본적인 덕목. 인(仁), 의(義), 예(禮), 지(智), 신(信)을 말한다.

서 벗어난 것이 하나도 없고, 서로 경계하고 권면하는 말도 사강14에서 벗어나는 것이 없지.

그러면서도 사람이 북적거리는 거리에 나가 보면 코를 베인 놈, 발꿈치 잘린 놈, 얼굴에 먹물을 들이고 다니는 놈들이 수두룩하다. 그놈들은 모두가 오상이나 사강을 지키지 못한 놈들이니 이게 다 어쩐 일이란 말이냐? 죄지은 놈을 잡아들이고 벌주는 데 쓰이는 포승줄이며 먹 바늘은 물론이고, 도끼며 톱을 하루가 멀다 하고 써 대면서도 너희 놈들의 나쁜 짓은 도저히 막을 수가 없지 않더냐. 범의 세상에는 애초부터 이러한 악독한 형벌 따위는 찾아볼 수 없었다. 이것만 보아도 범의 성품이 사람보다 어질다 하지 않겠느냐?

범은 푸성귀나 과일을 입에 대지 않는다. 벌레나 물고기를 잡아먹지 않으며, 술 같은 것도 마시지 않는다. 새끼를 가지거나 알을 품은 짐승이면 하찮은 것들이라도 차마 건드리지 않는다.

산에 들어가면 노루나 사슴을 사냥하고, 들로 나가면 말이나 소를 잡아먹지만, 끼니를 채우려고 남에게 신세를 지는 일도 없고, 관청에 달려가서 소송을 걸지도 않는다. 범이야말로 도리에 밝고 반듯하지 않으냐.

---

14 사강(四綱) : 나라를 버티게 하는 덕목 4가지로, 예(禮), 의(義), 염(廉), 치(恥)를 말한다. 관포지교로 유명한 관중(管仲)의 저서 『관자(管子)』의 '목민 편'에 나오는 말이다.

그런데 너희 사람 놈들은 어떠하냐? 범이 노루나 사슴을 잡아먹으면 남의 일 보듯 가만히 있다가, 말이나 소를 잡아먹으면 무슨 철천지원수 보듯 한다. 그것이 다 노루와 사슴은 사람에게 이로울 게 없지만, 말이나 소는 너희들에게 이익이 되니까 그러는 것인 줄 내가 왜 모르겠느냐.

가만히 살펴보면 너희 사람이란 것들은 말이나 소가 허리가 부러져라 태워 주고 뼈 빠지게 일해 주며 한평생 사람을 따르고 섬긴 공을 한순간에 저버리기 일쑤더구나. 날마다 푸줏간이 미어터지도록 죽여서 뿔과 갈기까지 남기지 않으니 말이다.

그도 모자라서 내 끼닛거리인 노루와 사슴까지 마구 잡는 것은 무슨 경우란 말이냐? 내가 쫄쫄 굶도록 하려는 것이냐? 하늘이 내려다보고 공평하게 판결한다면 우리더러 네놈들을 잡아먹으라고 할 것 같으냐, 그러지 말라고 할 것 같으냐?"

그러지 않아도 무서워 견디지 못할 지경인데 잡아먹는다는 말까지 나오니 북곽 선생은 그만 움찔 오줌을 쌀 것만 같았습니다. 하지만 범은 와들와들 떨리는 몸을 주체할 수 없는 북곽 선생에게 아직도 가르칠 것이 많이 남았나 봅니다.

"제 것이 아닌 물건을 멋대로 가져가는 놈을 도둑이라고 하고, 남을 못살게 굴고 목숨을 함부로 빼앗는 놈을 강도라고 한다. 너희들은 밤낮을 가리지 않고 팔 걷어붙이고 눈 부릅뜨고 함부로 도둑질에 강도질이구나. 그렇게 남의 것을 빼앗고 훔치면서도 부끄러운 줄을 모르고 살지 않느냐? 심지어 돈을 형님이라고 부르며 모시지를 않나, 장군이 되겠다고 제 아내를 죽이는 놈까지 있으니, 이러고도 삼강15이니 오륜16이니 떠들 수 있단 말이냐.

어디 그뿐이냐. 메뚜기에게서 먹이를 빼앗거나 누에한테서 옷을 빼앗아 입기도 하고, 벌을 쫓아내어 꿀을 빼앗아 먹지를 않나, 심한 인간들은 개미 알로 젓갈을 담아서 제 조상께 제사를 지내기도 한다니, 너희 인간들보다 잔인무도한 것이 어디 있겠느냐.

너희 사람이라는 것들은 세상 이치를 말하고 성정을 이야기할 때마다 툭하면 하늘을 들먹이더구나. 그러나 하늘의 밝은 이치로 보자면 범이나 사람이나 다 같이 만물 가운데 하나일 뿐이다. 하늘과 땅이 만물을 낳아서 기르는 어진 이치로 보자면 범이나 메뚜기나 누에나 벌이나 개미나 사람이 모두 하늘이 함께 기르는 것이다. 그러니 서로 해칠 수 없는 것이다.

그리고 선악을 따져 보아도 뻔뻔스레 벌과 개미의 집을 노략질하고 긁어 가는 네놈들이야말로 천하의 제일 큰 도둑이 아니고 무

---

15 **삼강**(三綱) : 유교에서, 윤리의 근본이 되는 3가지 벼리. 곧 군신(君臣) 간의 도리를 말하는 군위신강(君爲臣綱), 부자(父子) 간의 도리를 말하는 부위자강(父爲子綱), 부부(夫婦) 간의 도리를 말하는 부위부강(夫爲婦綱)을 아울러 이르는 말이다. 벼리는 일이나 글의 뼈대가 되는 줄거리를 일컫는다.

16 **오륜**(五倫) : 유교에서 사람으로서 지켜야 하는 5가지의 윤리. 부자유친(父子有親), 군신유의(君臣有義), 부부유별(夫婦有別), 장유유서(長幼有序), 붕우유신(朋友有信)을 말한다.

엇이냐? 메뚜기와 누에의 살림을 마구 빼앗아 가는 것이야말로 가장 악독한 날강도가 아니냐?

우리네 범이 여태껏 표범을 잡아먹지 않는 것은 제 핏줄을 차마 해치지 못하기 때문이다. 그뿐 아니라 범이 노루나 사슴을 잡아먹은 것이 많다고 해도 사람이 노루와 사슴을 잡아먹은 것보다는 많지 않다. 마찬가지로 범이 말이나 소를 잡아먹은 것도 사람이 잡아먹은 것만큼 많지는 않을 것이다.

혹 범이 사람을 잡아먹은 것이 적지 않다고 하자. 그래도 너희들 사람이 저희끼리 서로 잡아먹는 것에 비하면 많지 않다.

지난해 중국 섬서성에 큰 가뭄이 들었다. 사람들끼리 서로 잡아먹은 것이 몇 만이 되었다지? 그리고 그 전해에는 산동 지방에 홍수가 났다. 그때도 사람들끼리 서로 잡아먹은 것이 몇 만이나 되었다.

이러니저러니 해도 사람들끼리 서로 잡아먹은 걸로 말하자면 춘추 시대[17]보다 더한 때가 없으리라. 춘추 시대에 정의를 위한다는 명목으로 싸운 난리가 자그마치 열일곱 번이나 된다. 게다가 원수를 갚는다고 벌인 싸움이 또 서른 번이나 되었다. 그때 흘린

---

17 **춘추 시대(春秋時代)** : 중국의 역사에서 기원전 770년에서 기원전 403년 사이의 시기를 말하며, 주나라의 동천 이후 진나라의 중국 통일까지의 시기를 부르는 춘추 전국 시대의 전반기에 해당된다.

피가 천 리를 붉게 물들였고 쌓인 시체는 백만이나 되었느니라.

그에 비하면 범의 집안은 홍수나 가뭄 걱정이 없으니 하늘을 원망할 것도 없고, 원한이니 은혜니 하는 것도 다 잊고 지내니 누구를 미워할 것도 없구나. 천명을 잘 알아서 잘 따르며 살아가니 무당이나 의원에게 속아 넘어갈 일도 없다. 또 타고난 천성대로 살아가기 때문에 세상의 잇속 다툼에 멍들거나 병들지도 않는다. 이런 이유로 다들 범을 이야기할 때 영특하다거나 거룩하다고 하는 것이겠지.

그뿐이겠느냐? 범의 가죽에 새겨진 얼룩무늬 한 점만으로도 선비들이 자랑하는 붓글씨 솜씨에 뒤지지 않는다. 사람들이 휘두르는 한 자 한 치짜리 칼이 없어도 범은 날카로운 발톱과 이빨만으로 천하에 용맹을 떨친다.

제사에 쓰는 그릇에 범을 그리는 것은 효도를 천하에 널리 가르치려는 뜻이리라. 하루에 한 번만 사냥을 하고도 까마귀나 솔개, 개구리나 개미들에게 찌꺼기를 남겨 주니 그 어진 마음이야 이루 말할 수가 없다. 모함을 당해 억울한 사람은 잡아먹지 않고, 병이 든 사람도 잡아먹지 않으며, 상중인 사람도 잡아먹지 않으니, 그 의로움을 어찌 다 말할 수가 있겠느냐?

그런 반면에 너희 사람이란 것들이 먹고사는 걸 보면 참으로 어진 것과는 거리가 멀더구나. 덫이나 함정을 놓는 것만으로도 모자라 새 그물, 노루 그물, 후릿그물, 반두 그물, 자 그물들을 만들어

놓은 것을 보아라. 도대체 맨 처음에 그런 그물 만들 생각을 한 놈은 누구란 말이냐? 그걸 만든 놈이야말로 세상에 가장 큰 재앙을 끼친 놈일 것이다.

그러고도 모자라서 또 온갖 창이며 도끼며 크고 작은 칼을 만들더니, 대포란 것까지 만들어 한번 터뜨릴 때마다 큰 산을 무너뜨리고 천지에 불을 지른다. 벼락보다 더 무서운 것을 만들었으나 그것으로도 결코 만족할 너희 놈들이 아니겠지.

그 못된 짓거리들로 성에 차지 않아 짐승의 보드라운 털을 빨아 놓고 아교를 붙여 '붓'이라는 걸 만들어 냈더구나. 붓이라는 물건은 끝이 대추씨처럼 뾰족하고 길이는 한 치도 못 되건만, 이 털뭉치 또한 무섭기 그지없다. 오징어 먹물처럼 시커먼 데다 적셔서 가로로 치고 세로로 찔러 대는구나. 굽은 모양은 세모창 같고, 날카롭기는 칼날 같으며, 두 갈래로 갈라진 것은 가시창 같고, 곧게 벋은 것은 화살 같고, 팽팽한 것은 활 같다. 이 무기를 한번 휘두르면 온갖 귀신들도 두려워하며 오밤중에 울부짖을 지경이다.

이렇게 붓이라는 무기로도 서로 잡아먹는 끔찍한 짓을 도무지 그치지 않으니, 그 잔혹함이 사람보다 더한 놈이 어디 있을까?"

범의 포효가 새벽하늘을 쩌렁쩌렁 울렸습니다.

발등에 불이 떨어진 북곽 선생은 자리를 비켜나 땅에 코를 박다시피 하며 두 번 세 번 절을 합니다. 그리고 머리를 조아리며 간절하게 아뢰었습니다.

"옛글에도 이르지 않았습니까? '아무리 악한 자라도 목욕재계하면 하느님을 모실 수 있다'고 했습니다. 땅바닥에 붙어사는 천한 몸이지만 아랫자리에서 삼가 높으신 가르침을 받들어 모실까 하옵니다."

북곽 선생은 숨을 죽이고 범의 처분을 기다렸습니다. 가만히 귀를 기울이고 납작 엎드려 있었는데요, 한참이 지나도록 아무런 분부가 없었습니다. 몹시 두려워진 북곽 선생은 한 번 더 엎드려 손을 맞잡은 채 머리를 조아렸습니다. 그래도 아무 기척이 없었습니다.

북곽 선생은 두근거리는 가슴을 억누르며 가만히 고개를 들어 보았습니다. 동쪽 하늘이 부옇게 밝아 오고 있었습니다. 범은 어느새 사라지고 보이지 않았습니다.

북곽 선생은 옷을 털고 일어나 얼른 자리를 떠나려 하였습니다. 자신의 꼴을 누구에겐가 들킬까 걱정이었기 때문입니다. 그런데 어쩌면 좋죠? 마침 이른 새벽 밭 갈러 나온 농부가 북곽 선생이 엎드려 있는 모습을 먼발치에서 보고 말았습니다. 농부는 의아하여 큰 소리로 물었습니다.

"선생님, 이 꼭두새벽에 벌판에 대고 웬 절을 그렇게 하고 계십니까?"

북곽 선생은 시치미를 뚝 떼며 말했답니다.

"옛 성인께서 말씀하시기를, '하늘이 높다 해도 머리를 아니 숙일 수 없고, 땅이 두텁다 해도 조심스럽게 딛지 않을 수 없다' 하셨느니라."

뒷이야기

옥전 고을에서 옮겨 적은 글의 내용은 위와 같습니다.

이 글을 지은 사람이 누구인지, 그 이름이 무엇인지는 알 수 없습니다. 아무튼 근세의 어느 중국 사람이 울분을 참지 못하여 지은 것이 아닐까 생각합니다.

세상 돌아가는 기운이 한밤중처럼 어두워 오랑캐의 행패가 맹수의 위협보다 더욱 심각한데도, 염치도 차릴 줄 모르는 선비 나부랭이들은 경전의 글귀나 들먹이면서 그저 학문을 뒤틀고 세상에 아부만 하고 있으니까요. 유학자 선비들이 하는 일을 보면 남의 무덤이나 파고 뒤지는 짓거리나 다름없으니, 그들이야말로 정말 범도 더럽다고 물어 가지 않을 놈들입니다.

다시 이 이야기를 읽어 보니, 말이 이치를 어지럽히는 점이 없지 않습니다. 마치 『장자』18의 '거협'이나 '도척' 편과 비슷해 보입

---

18 장자(莊子) : B.C. 290년경에 만들어진 책. 전국 시대의 사상가인 장주(莊周)의 저서로

니다. 그러나 천하에 뜻있는 사람이라면 어찌 하루인들 중국을 잊고 있을 수 있겠습니까?

지금 청나라는 4대를 거치면서 중국 대륙을 지배하고 있습니다. 문화로 국가를 다스리고 무력으로 변방을 막아 내며 백 년 동안이나 안정을 누리고 있는 것이지요. 이토록 세상이 평안하고 조용한 것은 한나라나 당나라 때에도 볼 수 없었던 일입니다. 이처럼 백성들을 잘 다스리고 보살피는 것을 보면, 오늘날의 천자도 하늘이 마련한 우두머리임에 틀림이 없습니다. 다 하늘이 명령하여 하는 일 아닌가 싶습니다.

옛날에 어떤 사람이 '하늘이 간곡히 일러 가르친다' 하는 말에 의문을 품고 성인에게 여쭈었답니다. 그랬더니 하늘의 뜻을 몸소 깨우친 성인은 '하늘은 말이 없이 행동과 사실로써 보여 줄 따름이다' 하고 대답했다지요.

성인에 비하기엔 부끄러울 만큼 어리석은 사람이지만 전부터 나는 이 대목에서 의심스러운 점이 많았습니다. 그리고 이제 또 감히 따져 묻고 싶어집니다. 하늘이 행동과 사실로 제 뜻을 드러낸다는 것을 믿는다고 할 때, 오랑캐가 중국을 정복하여 자기들 마음대로 뜯어고치고 바꾸는 것을 견디는 일은 천하의 커다란 치

'내편(內篇)', '와편(外篇)', '잡편(雜篇)'으로 구성되어 있다. '거협(胠篋)' 편은 '외편'에, '도척(盜跖)' 편은 '잡편'에 각각 수록됨.

욕임에 틀림이 없습니다. 그에 따라야 하는 백성들의 원망은 또 얼마나 혹독할까요?

제사상에 올라온 제물도 향기로운 것이 있고 비린 것이 있습니다. 저마다 그것을 차린 사람의 공덕이 다르기에 생기는 차이일 텐데요, 온갖 신령들이 제물을 받을 적에는 무슨 냄새로 가늠했을까요? 향기롭다고 했을까요, 아니면 비리다고 했을까요?

사람의 처지에서 보자면 중국과 오랑캐는 뚜렷이 다르지만, 하늘의 입장에서 생각해 본다면 은나라 때 머리에 쓰던 한관이나 주나라 때 쓰던 면류관이나 별다를 바가 없지요. 그저 당시의 제도일 뿐입니다. 그런데 어째서 청나라 사람이 쓰는 붉은 모자만을 못마땅해하고 의심해야 하는 것일까요?

세간에는 하늘이 정하면 사람은 어쩔 수 없이 따라야 한다느니, 또 많은 사람이 뜻을 모으면 하늘도 어찌할 수 없다느니 하는 이야기가 떠돌아다니나 봅니다.19 그러다 보니 이제는 사람과 하늘이 서로 돕는다는 이치도 무색해졌습니다. 그리하여 옛날 성현의 말씀을 현실 경험에 비추어 보고 서로 어긋나면, 그저 천지의 운수가 다 그런 거라고 넘겨 버립니다.

---

19 세간에는 하늘이 정하면 사람은 어쩔 수 없이 따라야 한다느니, 또 많은 사람이 뜻을 모으면 하늘도 어찌할 수 없다느니 하는 이야기가 떠돌아다니나 봅니다. : 사람의 무리가 많으면 하늘의 결정도 바꾼다는 이야기로, 사마천(司馬遷)의 『사기(史記)』 '열전'에 나온다.

아, 그것이 어떻게 참된 운수이겠습니까? 슬픈 일입니다. 이미 명나라가 남긴 문화는 사라진 지 오래되었고, 중국 한족의 선비들이 청나라 사람들처럼 머리를 깎는 풍습을 따른 지도 벌써 백 년의 세월이 흘렀습니다. 그런데도 아직 자나 깨나 가슴을 치며 명나라를 그리워하는 까닭은 무엇일까요? 중화사상[20]과 문화를 차마 잊지 못하기 때문입니다.

청나라가 자기들을 위해 하는 짓도 어설프기만 합니다. 지난날 오랑캐 왕조의 황제들이 중국을 본떠 보려다가 끝내는 중국에게 먹혀 버린 것을 기억하여 조심조심한다는 것이, 쇠로 만든 비석을 새겨 파수 보는 활터에 세우는 따위의 부질없는 일입니다. 그뿐 아니라 그 비석의 내용을 보면 자기 족속의 전통적인 옷과 모자를 부끄럽게 여기던 청나라가 이제 와서 새삼 그 옷차림을 한족에게 따르라고 강요합니다. 자기들의 힘을 보여 주는 표시로 삼으려는 것이지요. 실로 어리석기 짝이 없습니다.

뛰어난 문물과 강력한 군사력으로 세워진 나라도 결국은 쇠퇴하여 마지막 순간에 다다르는 법입니다. 그 나라의 마지막 임금은 날로 잦아드는 운수를 어떻게 해 볼 도리가 없는 것이지요. 그런

20 **중화사상**(中華思想) : 중국이 자국 특히 한족(漢族) 위주의 문화와 국토를 자랑스러워하며 타민족을 배척하는 사상이다. 여기서의 '중화'는 세계의 중심의 우수한 나라라는 뜻이며, 그 밖의 나라는 오랑캐로 여기어 천시한다.

호질

데 그까짓 옷차림새 따위로 구차하게 무언가를 도모해 보려고 하다니, 얼마나 쓸데없는 일입니까?

옷과 모자가 싸움하는 데에 가볍고 편리한 것이라면 북쪽 오랑캐나 서쪽 오랑캐들의 옷차림이라 해서 받아들이지 못할 까닭이 없지요. 천하에 홀로 우뚝 선 강대국이 되려면 도리어 서쪽이나 북쪽의 오랑캐들이 스스로 중국 풍속을 따르게 만들어야 할 것입니다.

하물며 천하 사람들을 수치스러움의 구렁텅이로 몰아넣는다면 어떻겠습니까? '잠깐 치욕을 참고 우리를 뒤따라 강해져라' 하고 으르딱딱거리는데[21], 나는 도무지 그 강해진다는 게 무엇인지 알 수 없습니다.

신시와 녹림의 도적 떼[22]만 눈썹을 붉게 칠하고 누런 수건을 두르며 남들과 다른 표식을 삼았던 것이 아닙니다. 옷과 모자가 그렇게 중요한 것이라면, 만일 어리석은 백성 한 사람이 청나라의 붉은 모자를 벗어 땅바닥에 팽개쳐 버리는 날, 청나라 황제는 가만히 앉아서 천하를 잃게 되는 것이나 다름이 없지요.

지난날 스스로 잘난 체하며 강자의 상징으로 삼은 그것이 도리

---

21 으르딱딱거리다 : 무서운 말이나 행동으로 겁을 먹도록 하다.
22 신시(新市)와 녹림(綠林)의 도적 떼 : 모두 중국 한나라 때 농민 반란군의 본거지가 된 곳이다.

어 나라의 패망을 재촉하는 계기가 되는 줄도 깨닫지 못하는 것입니다. 그리고 보면 쇠 비석을 세워서 후손에게 교훈을 삼으려고 하는 일이 얼마나 부질없는 것인지 잘 알 수 있습니다.

이 글에는 애초부터 제목이 붙어 있지 않았습니다. 그래도 제목이 필요할 것 같아 살펴보니 글 가운데에 범의 꾸중이라는 뜻의 '호질(虎叱)' 두 글자가 눈에 띄었습니다. 이것으로써 제목을 삼고자 합니다.

중국 땅이 맑아지는 날을 기다리는 마음으로 나는 이 글을 읽고 다듬고 정리하여 세상에 선보입니다.

작품 해설

「호질」 꼼꼼히 읽기

1. 「호질」의 작가는?

「호질」 역시 「허생전」과 마찬가지로 『열하일기』에 실려 있는 작품이다. 연암 박지원이 중국 열하를 여행했던 것은 그의 나이 44세 되던 해인 1780년의 일이다. 『열하일기』 안에서 박지원은 「호질」을 쓰게 된 계기를 밝히고 있어 주목된다.

한쪽 벽 위에 이상한 글이 걸려 있었습니다. 흰 종이 위에 작은 글씨로 벽 한 면이 가득 차도록 걸어 놓았습니다. 글씨들은 매우 반듯했습니다.

문득 호기심이 나서 가까이 다가가 읽어 보았는데요, 여태껏 본 적이 없는 아주 야릇한 글이었습니다. 나는 곧 주인에게 가서 물었습니다.

"저쪽 방 벽에 걸린 글은 누가 지은 것입니까?"

주인은 간단히 대답했습니다.

"모르겠습니다."

그러자 정 진사가 다시 물었습니다.

"읽어 보니 요즘 글 같은데 주인께서 지은 것이 아닙니까?"

주인은 고개를 저으며 말했습니다.

"저는 글자를 읽지 못합니다. 게다가 거기 보면 누가 썼다는 이름도 없지 않습니까? 한나라가 있는 줄도 모르는 놈이 위나라며 진나라를 어찌 이야기하겠습니까?"

(…중략…)

"괜찮으시다면 베껴 가도 될까요?"

주인은 고개를 끄덕이면서 승낙했습니다.

(…중략…)

"우리나라로 돌아가 사람들에게 읽어 주려고 합니다. 배꼽 잡고 뒤로 넘어지도록 웃게 하려는 것이지요. 입 속 밥알이 벌 날듯이 튀고, 갓끈이 썩은 새끼처럼 툭툭 끊어질 만큼 웃음을 터뜨려 보려고요."

주인은 알 듯 모를 듯한 미소를 지었습니다.

정 진사와 나는 글의 부분을 나누어 함께 베꼈습니다. 다 베껴 쓴 후 숙소로 돌아와 불을 켜고 읽어 보니, 정 진사가 베낀 데는 빠진 글자도 있고 틀린 글자도 적지 않았습니다. 그러다 보니 앞뒤가 맞지 않는 대목이 꽤 있었지요. 할 수 없이 내가 조금 손질해서 한 편의 글이 되도록 하였답니다.

위 인용문의 내용을 사실로 인정한다면 「호질」은 어느 이름 모를 중국인이 쓴 글이다. 중국 상점 주인의 말을 있는 그대로 믿을 경우 그가 시장에서 사 온 족자에 들어 있는 글일 뿐이고, 연암이 의심했던 것처럼 상점 주인이 직접 써서 걸어 놓은 것일 수도 있다.

만약 상점의 주인이 쓴 글이라 해도 자신의 신원을 정확히 밝히지 않으니 누구라고 분명히 말하기 어렵다. 마치「허생전」의 이름 모를 노인이 자신의 정체를 숨기려 애쓴 것과 비슷하다. 정체를 모르는 사람에게서 들은 이야기이거나 우연히 얻게 된 글이라면 원전의 작가를 특정할 수 없게 된다. 그런 걸 이야기 자체가 박지원이 꾸민 것일지도 알 수 없는 일이다.

박지원이 그 이야기를 우연히 듣거나 읽은 것이 아니라면 왜 그런 걸 이야기가 필요했을까? 유학자의 위선과 아첨, 이중인격 등과 열녀의 허상 등에 대하여 신랄하게 비판하고 있는 이 작품의 내용이 당대의 분위기에서는 받아들여지기 힘들었기 때문은 아닐까?

연암의 기록을 문면 그대로 받아들일 필요는 없을 것 같다. 이는 당시 유림의 비방을 피하기 위한 허구적인 장치일 것이다. 게다가 이러한 창작 기법이나 제재는「허생전」과 유사하기도 하니 두 작품의 작가를 연암으로 보는 데에는 별 무리가 없다고 하겠다.

2. 범의 위용, 그러나 범보다 강한 것들, 범에게 빌붙은 것들

작품 앞부분에서 범은 온갖 긍정적인 덕목을 두루 갖춘 데다가 용맹스럽기까지 한 천하무적의 존재로 그려진다. 그런데 바로 뒤를 이어 그 범조차 꼼짝 못 하고 쩔쩔매는 존재들이 하나하나 등장한다.

범은 영특하고 갸륵하고 문무를 고루 갖추었습니다. 자애로우면서 효성이 지극하고 사리에 밝고도 어진 동물이지요. 슬기로우면서 용맹스럽고 장하기까지 하니 천하에 맞설 자가 없습니다. 도무지 적수가 없는 것입니다.

그런데 비위가 범을 잡아먹습니다. 죽우라는 짐승도 범을 잡아먹고, 박도 범을 잡아먹습니다. 오색사자도 큰 나무둥치 구멍에 있다가는 범을 잡아먹으며, 자백이라는 놈도 범을 잡아먹고, 표견이란 짐승도 휘익 날아서 범을 잡아먹는답니다. 황요라는 놈도 범이나 표범의 염통을 꺼내 먹는다고 하지요. 활이라는 짐승은, 범이나 표범에게 일부러 먹힌 후에 배 속에서 그 간을 뜯어먹고, 추이라는 짐승은 범을 만나기만 하면 짓찢어서 씹어 먹습니다. 그중에서도 맹용이라는 짐승을 만나면 범은 무서워서 눈도 제대로 뜨지 못한다고 하네요.

그런데도 사람은 맹용을 무서워하지 않고 범을 무서워하니 이상한 일입니다. 도대체 범의 위풍이 얼마나 당당한 것이기에 그럴까요?

비위, 죽우, 박, 오색사자, 자백, 표견, 황요, 활, 추이, 맹용 등열 가지나 되는 짐승의 이름을 열거하고 있는 이유는 무엇일까? 범은 청나라 황제를 빗댄 것이라고 보는 견해가 있다. 그렇다면그 대단한 범조차 두려워 떨게 만드는 비위와 죽우, 맹용 같은 짐승들은 티베트, 몽골, 신장 등의 북방 이민족이라는 것이다.

오랑캐의 행패가 맹수의 위협보다 더욱 '심각'하다는 뒷이야기의 서술을 잘 살펴볼 필요가 있다. '오늘날의 천자도 하늘이 마련한 우두머리임'에 틀림이 없으나 '뛰어난 문물과 강력한 군사력으로 세워진 나라도 결국은 쇠퇴하여 마지막 순간에 다다르는 법'임을 잊지 말아야 한다는 것이다.

그런가 하면 범의 위용에 빌붙어 기생하는 귀신들을 서술하는대목도 재미있다. 굴각, 이올, 육혼 등의 못된 귀신은 범에게 잡아먹혀 죽은 인간들인데, 범에게 다른 인간들을 계속 잡아먹도록부추기는 간사한 무리이다.

범이 개를 잡아먹으면 취하고, 사람을 잡아먹으면 신령스러워져서조화를 부리게 된다지요. 범이 처음 사람을 잡아먹으면 그 사람의 넋이 '굴각'이라는 못된 귀신이 된답니다. 굴각은 범의 겨드랑이에 붙어다음 먹이를 찾아 줍니다.

먼저 굴각이 몰래 남의 집으로 범을 이끌어 간답니다. 범이 그 집솥의 가장자리를 핥으면 그 집 주인이 갑자기 배가 고파진다나요. 그

러면 한밤중에도 아랑곳하지 않고 마누라를 부엌으로 내보내 밥을 짓
게 하는 것입니다.

　범이 그런 식으로 사람을 두 번째로 잡아먹고 나면 죽은 사람의 넋
이 '이올'이라는 못된 귀신이 된대요. 이올은 범의 볼따구니에 붙어서
산다고 합니다.

　이올은 범의 광대뼈 같은 데 올라붙어 있다가 사냥꾼이 골짜기에
올무나 덫을 놓으면 먼저 가서 그것들을 풀어 버린답니다.

　마침내 범이 사람을 세 번째로 잡아먹으면 그 사람의 넋은 '육혼'이
라는 못된 귀신이 됩니다. 육혼은 범의 턱에 붙어살면서 제가 아는
친구들의 이름을 주워섬기며 하나하나 범에게 알려 주는 것입니다.

　범이 청나라 황제의 비유라면 범의 하수인 노릇을 하는 귀신들
은 한족(漢族)의 지식인들을 빗댄 것이라고 할 수 있겠다. 청나라
에게 정복당한 명나라 출신의 선비들을 떠올려 보면 좋겠다. 그
들이 청나라를 원수로 알고 되갚으려는 노력을 하는 게 아니라
그 위세에 빌붙어 자신의 민족을 팔아넘기는 상황을 풍자한 것으
로 해석할 수 있다는 뜻이다.

3. 「호질」의 풍자와 언어유희

　그런데 이 귀신들이 범에게 먹이를 권하는 것을 보면 말장난으

로 웃음을 유발하는 부분이 많아 흥미롭게 읽힌다.

"제가 벌써 점찍어 두었습니다. 뿔이 달린 짐승도 아니고 날개가 달린 짐승도 아닌데 머리는 새까만 놈이 있습니다. 눈길에 비틀거리면서 드문드문 발자국을 남기며 걷지요. 그놈은 꼬리가 뒤통수에 올라붙은 탓에 제 꽁무니도 가리지 못한답니다."

굴각이라는 귀신이 권하는 먹이란 바로 인간이라는 짐승이다. 뒤통수에 꼬리가 올라붙은 짐승 즉 머리를 묶고 다니는 인간을 말하는 것이다. 꽁무니에 달려 있어야 할 꼬리가 머리에 붙어 있으니 머리가 해야 할 일과 꽁무니가 해야 할 일을 분간하지 못한다. 꽁무니에 꼬리가 없으니 부끄러운 것을 가리지 못하는 것이라고 읽을 수도 있고 가려야 할 부끄러운 것이 머리에 있다는 뜻으로 읽을 수도 있다.

"에이, 의원이라는 말의 그 '의(醫)' 자는 의심한다는 '의(疑)' 자와 같지 않으냐. 그러니 의원이라는 놈은 치료를 한답시고 스스로 의심나는 것을 시험해 보느라 여념이 없지. 그러다가 수많은 사람들을 해마다 수도 없이 죽이는 놈이 의원 아니냐?
그리고 무당이라는 것의 '무(巫)' 자는 속인다는 뜻의 '무(誣)' 자나 다름이 없다. 무당이 그렇게 귀신을 속이고 사람들을 꾀어서 해마다 수많은 사람들을 죽게 하지 않느냐?

의원과 무당에게 당하거나 속은 사람들의 노여움이 이들 두 놈의 뼈까지 스며들어 독이 든 누에가 되었을 것이다. 그렇게 독한 놈들을 내가 어떻게 먹겠느냐?"

그러자 이번에는 육혼이 나섰습니다.

"저 유림이라는 숲에 가면 먹음직한 살코기가 있습니다. 어진 간과 의로운 쓸개, 충성스러운 심장을 지니고 있지요. 품행이 깨끗하고 음악을 즐기며 예절 또한 바릅니다. 그분만이 아니라 입으로 온갖 성현의 말씀을 외고, 정신은 만물의 이치에 통달하여 '덕이 높은 선비'라는 이름이 붙었습지요. 등에도 통통하니 살이 오르고 몸집이 기름진 놈이니 썩 좋은 맛을 보실 수 있을 것입니다."

이올이라는 귀신은 의원과 무당을 잡아먹으라고 권했다. 몸에 좋은 것을 많이 먹는 의원과 늘 몸을 깨끗하게 하는 무당이 좋은 먹잇감이라는 것이다. 하지만 범은 의원의 '의(醫)' 자와 의심의 '의(疑)' 자, 무당의 '무(巫)' 자와 속인다는 뜻의 '무(誣)' 자가 발음이 같다는 이유로 거리끼는 태도를 보인다.

이에 육혼이라는 귀신은 선비라는 이름의 살코기를 권한다. 유림(儒林)이라는 말은 선비의 무리를 일컫는 말인데 그 속의 '수풀림(林)' 자를 따서 선비라는 짐승이 유림이라는 숲에 산다고 하는 것도 능청스러운 말장난이다.

"이놈아, 아예 내 앞에 가까이 오지를 말아라. 언젠가 선비 '유(儒)' 자가 아첨할 '유(諛)' 자와 한가지라는 소리를 들었는데 과연 그 말이 틀리지 않았구나! 전에는 온갖 악명을 죄다 내게 갖다 붙이던 놈이, 이제 다급하니까 낯간지럽게 아첨을 하는 것이냐? 대체 그 말을 누가 곧이듣겠느냐 말이다."

범은 나중에 북곽 선생을 만난 자리에서 다시 한번 동음이의를 활용한 말장난을 구사한다. 선비 '유(儒)' 자와 아첨할 '유(諛)'자의 발음이 같으니 선비는 곧 아첨하는 무리라고 질타하는 것이다.

4. 유학자와 수절 과부의 불륜? 문제는 위선

범과 마주치던 날 밤 북곽 선생은 동리자라는 과부의 집에 갔었다. 북곽 선생은 이름난 도학자였고, 동리자라는 여인은 수절하는 과부로 명성을 떨치고 있었다. 그런 두 사람이 밤을 틈타 은밀히 만난 것은 두말할 필요 없이 정숙하지 못한 의도가 있었기 때문이다.

유학자라고 해서, 과부라고 해서 이성 간의 사랑을 멀리하고 금욕적인 삶을 살아야만 한다는 법이 있는가? 연암 박지원이 그렇게 꽉 막힌 생각으로 두 사람을 비판하고 풍자한 것은 아닐 것이다. 문제는 이들이 보이는 이중적 행동에 있다.

북곽 선생은 고매한 학식과 점잖은 몸가짐으로 존경을 받는 인물이다. 동리자 또한 정절을 귀하게 여기는 인물이라는 평판을 얻고 있다. 겉으로는 그런 척하면서 보이지 않는 곳에서는 전혀 다른 행동과 말을 하는 것이 비판의 이유가 된다.

"저 사람이 정말 북곽 선생일까? 북곽 선생처럼 점잖은 어른이 설마 과부의 방에 찾아들 리가 있겠니?"
"우리 고을 무너진 성문 곁에 여우가 사는 굴이 있다지 않아? 여우가 천년을 묵으면 사람으로 둔갑을 한다는 말을 들었는데, 혹시 저것이 북곽 선생의 탈을 쓴 여우가 아닐까?"

동리자의 다섯 아들들은 눈앞에 북곽 선생이 있는 것을 확인하고도 도무지 믿지를 못한다. 북곽 선생처럼 유명한 선비가 그럴 리 없다는 맹목적인 믿음을 가지고 있기 때문이다. 하지만 북곽 선생과 같은 선비는 이런 식으로 세상 사람들로부터 얻은 신뢰를 한순간에 저버리는 위선자이다.

병풍에는 원앙 한 쌍
반딧불이 반짝반짝,
가마솥 세발솥
무얼 본떠 만들었나.

북곽 선생이 동리자의 방에서 읊은 시는 상대방을 노골적으로 유혹하면서 한편으로는 은근히 비꼬는 내용을 담고 있다. 앞의 두 행이 두 사람의 사랑을 빗댄 것이라면 뒤의 두 행은 외모가 각기 다른 아들들의 아비가 누구인가를 여러 개의 솥에 비유하고 있기 때문이다. 아들들의 아비가 모두 다르다는 것을 포함하여 어차피 두 사람은 서로의 본색을 잘 알고 있으니 이런 농담이 아무렇지도 않게 오가는 것이리라.

5. 인간보다 어진 범, 범보다 악독한 인간

「호질」이 '범의 꾸지람'이라는 뜻인 이상, 그리고 범이 꾸짖는 직접적인 대상이 북곽 선생이라는 당대의 유생인 이상 가장 전면에 드러나는 주제는 선비 계급과 그들이 주도하는 사회에 대한 비판이다.

이전의 항목에서 잠깐 언급했듯이 범과 마주친 북곽 선생은 온갖 입에 발린 말로 위기를 모면하려 하다가 범의 호통을 듣는다. 만약 범이 청나라 황제의 비유라는 해석을 인정한다면 중화주의에 빠져 청나라 황제를 오랑캐라고 깎아내리던 도학자가 막상 그 위세를 직접 목격하고 나서는 꼬리를 내리는 격이라고 할 수 있겠다.

범은 계속해서 북곽 선생을 다그치는데 대체적으로 인간들의 본성이 악하고 그에 따라 행동이 흉포하다는 주장을 펴고 있다. 인간들은 범이 사납다고 무서워한다지만 사실 인간이 더욱 잔인한 존재라는 식이다.

"제 것이 아닌 물건을 멋대로 가져가는 놈을 도둑이라고 하고, 남을 못살게 굴고 목숨을 함부로 빼앗는 놈을 강도라고 한다. 너희들은 밤낮을 가리지 않고 팔 걷어붙이고 눈 부릅뜨고 함부로 도둑질에 강도질이구나. 그렇게 남의 것을 빼앗고 훔치면서도 부끄러운 줄을 모르고 살지 않느냐? 심지어 돈을 형님이라고 부르며 모시지를 않나, 장군이 되겠다고 제 아내를 죽이는 놈까지 있으니, 이러고도 삼강이니 오륜이니 떠들 수 있단 말이냐.

(…중략…)

너희 사람이란 것들이 먹고사는 걸 보면 참으로 어진 것과는 거리가 멀더구나. 덫이나 함정을 놓는 것만으로도 모자라 새 그물, 노루 그물, 후릿그물, 반두 그물, 자 그물들을 만들어 놓은 것을 보아라. 도대체 맨 처음에 그런 그물 만들 생각을 한 놈은 누구란 말이냐? 그걸 만든 놈이야말로 세상에 가장 큰 재앙을 끼친 놈일 것이다.

그러고도 모자라서 또 온갖 창이며 도끼며 크고 작은 칼을 만들더니, 대포란 것까지 만들어 한번 터뜨릴 때마다 큰 산을 무너뜨리고 천지에 불을 지른다. 벼락보다 더 무서운 것을 만들었으나 그것으로도 결코 만족할 너희 놈들이 아니겠지.

그 못된 짓거리들로 성에 차지 않아 짐승의 보드라운 털을 빨아 놓고 아교를 붙여 '붓'이라는 걸 만들어 냈더구나. 붓이라는 물건은 끝이 대추씨처럼 뾰족하고 길이는 한 치도 못 되건만, 이 털 뭉치 또한 무섭기 그지없다. 오징어 먹물처럼 시커먼 데다 적셔서 가로로 치고 세로로 찔러 대는구나. 굽은 모양은 세모창 같고, 날카롭기는 칼날 같으며, 두 갈래로 갈라진 것은 가시창 같고, 곧게 벋은 것은 화살 같고, 팽팽한 것은 활 같다. 이 무기를 한번 휘두르면 온갖 귀신들도 두려워하며 오밤중에 울부짖을 지경이다.

이렇게 붓이라는 무기로도 서로 잡아먹는 끔찍한 짓을 도무지 그치지 않으니, 그 잔혹함이 사람보다 더한 놈이 어디 있을까?"

삼강오륜 등 윤리와 도덕을 앞세우면서 욕심 때문에 나쁜 짓을 서슴지 않는 인간은 짐승만도 못하다. 온갖 그물과 무기를 만들어 짐승들은 물론 동족까지 무차별적으로 살상하는 것은 인간만이 하는 일이다. 그러면서도 도무지 만족이라는 것을 모른다.

무엇보다 주목되는 것은 글을 아는 사람, 글을 쓰는 사람의 위험성을 폭로하는 대목이다. 창이나 칼보다도 날카로운 붓은 일상적으로 휘둘러지며, 서로를 잡아먹는 데 이용될 만큼 무서운 무기이다. 귀신마저 두려워 떨게 하는 붓의 위력에 대한 지적은 연암이 「허생전」을 통해서도 드러낸 식자우환1의 견해와 상통한다. 글을 아는 자는 곧 글을 무기로 타인과 사회에 해악을 끼치는 화근이 될 수 있다.

6. 주변 인물, 동리자의 다섯 아들과 밭 갈러 가는 농부

「호질」은 범을 의인화하여 인간을 훈계하는 일종의 우화이다. 범과 직접 대면하는 북곽 선생 외에 열녀 아닌 열녀 동리자 등이 이야기의 중심을 이룬다고 할 때 주변에 배치된 인물로 동리자의 다섯 아들들과 북곽 선생을 목격한 농부를 들 수 있다.

점잖은 선비가 절개를 지키는 과부의 방에 앉아 있을 리는 없다고 아이들은 확신을 했습니다. 그러고 나니 선비의 탈을 쓴 저 여우를 어떻게 해야 하나 궁리를 해 보아야 할 일이었습니다. 아이들은 머리를 모으고 의논을 합니다.

"들리는 말로는 여우 머리를 얻으면 큰 부자가 된다고 하더라."

"여우 발을 가지고 있으면 대낮에도 남의 눈에 안 뜨일 수 있다던데?"

"얘, 그뿐인 줄 아니? 여우 꼬리를 가지면 애교를 잘 부리게 되어서 원하는 사랑을 얻을 수 있다더구나."

---

1 **식자우환(識字憂患)** : 아는 것이 탈이라는 말이니 학식이 있는 것이 도리어 근심을 사게 됨을 말함.

"그렇다면 마침 잘 된 일이 아니냐? 우리 저놈의 여우를 때려잡아 고루 나눠 가지는 게 좋겠다."

아이들의 가슴이 조금씩 더 세차게 콩닥거리기 시작했습니다. 둔갑을 할 줄 안댔자 저놈은 한 마리의 여우일 뿐이고 이쪽은 사내 다섯이니 충분히 잡을 수 있을 것 같은 자신이 생기기도 했습니다. 다섯 아들은 서로 얼굴을 마주보며 하나, 둘, 셋을 세고 일시에 우르르 방 안으로 쳐들어갔습니다.

방에 있던 북곽 선생은 소스라치게 놀랐습니다. 아이들이 에워싸려는 것을 간신히 뿌리치고 방을 탈출한 선생은 걸음아 날 살려라 하고 허겁지겁 도망을 칩니다. 그렇게 경황이 없는 중에도 행여나 제 얼굴이 탄로가 날까 걱정이 되는지, 머리를 가랑이 사이에 들이박다시피 하고 있었지요. 그 모습이 춤을 추고 낄낄거리며 문밖으로 줄행랑을 치는 도깨비처럼 보였습니다.

동리자의 아들들은 북곽 선생과 동리자의 위선적인 모습을 목격했으면서도 그 상황의 본질을 깨닫지 못한다. 자신들의 어머니가 과연 열녀인지 의심할 줄도 모르고 눈앞의 북곽 선생을 천 년 묵은 여우일 것이라고 믿는 등 허상에 빠져 있다.

어찌 보면 순진한 모습일 수도 있지만 관점을 달리하면 어리석은 모습이기도 하다. 이들의 순진한 모습에 주목하여 이 부분을 읽는다면 다섯 아들은 북곽 선생을 곤경에 빠뜨리고 결과적으로 그의 허위를 폭로하는 역할을 하는 주변 인물이라고 해석할 수 있다. 반대로 어리석은 모습에 주목한다면 이는 양반들의 이중성을 올바로 파악하지 못하고 현실 사회의 모순에 대해 의문을 갖지 못하는 우매한 백성들을 풍자한 것이라고 할 수 있겠다.

북곽 선생은 옷을 털고 일어나 얼른 자리를 떠나려 하였습니다. 자신의 꼴을 누구에겐가 들킬까 걱정이었기 때문입니다. 그런데 어쩌면 좋죠? 마침 이른 새벽 밭 갈러 나온 농부가 북곽 선생이 엎드려 있는 모습을 먼발치에서 보고 말았습니다. 농부는 의아하여 큰 소리로 물었습니다.

"선생님, 이 꼭두새벽에 벌판에 대고 웬 절을 그렇게 하고 계십니까?"

북곽 선생은 시치미를 뚝 떼며 말했답니다.

"옛 성인께서 말씀하시기를, '하늘이 높다 해도 머리를 아니 숙일 수 없고, 땅이 두텁다 해도 조심스럽게 딛지 않을 수 없다' 하셨느니라."

양반 사회의 본질을 알아보지 못하는 것은 이야기 후반부에 등장하는 농부도 마찬가지이다. 똥을 뒤집어쓰고 비굴한 자세로 엎드려 있는 북곽 선생을 발견하고도 그에 대한 고정 관념 때문에 눈앞의 현실을 그대로 받아들이지 못하는 어리석은 모습을 보이는 것이다.

하지만 이 역시 달리 보면 불륜이 들통나서 도망치다가 범에게 봉변을 당한 선비와 누구보다 먼저 밭을 갈러 나온 부지런한 농부의 새벽을 겹쳐 놓음으로써 모두가 잠든 시간을 활용하는 두 사람의 방법을 절묘하게 대조시킨 것으로 해석할 수도 있겠다.

양반전

양반 사고팔기

 양반이란 선비를 높여 부르는 말입니다.

강원도 정선 고을에 한 양반이 살고 있었습니다. 그는 어질고 글 읽기를 좋아하기로 이름난 선비였습니다. 그래서 정선 고을에 군수가 새로 부임해 오면 꼭 그 양반을 찾아가 인사를 하곤 했지요.

그 양반의 집은 매우 가난했습니다. 할 수 없이 해마다 관청에서 환곡1을 빌려 먹게 되었지요. 그런데 매년 빌려 먹기만 했지 갚을 능력은 없었습니다. 그러다 보니 어느새 빚은 눈덩이처럼 불어나 천 가마를 헤아리게 되었답니다.

고을에서 존경을 받는 선비였으니 정선 군수는 사정을 이해해 주고 싶었겠지만, 결국 탈이 나고 말았습니다. 이 고을 저 고을의 환곡 장부를 조사하던 강원도 관찰사가 정선 고을 양반의 터무니 없는 빚을 알고 몹시 화가 난 것이었습니다.

---

1 환곡(還穀) : 조선 시대에 있었던 구휼제도 가운데 하나이다. 봄에 곡식을 빌려주고 추수 때 받거나 흉년에 곡식을 빌려주고 풍년이 들면 갚게 하였다.

"어떤 놈의 양반이 군인들 먹을 곡식까지 축냈단 말인가?"

관찰사는 당장 그 양반을 잡아 가두라고 엄하게 명령을 내렸습니다. 그러나 정선 군수는 그 양반의 가난이 어제오늘 일이 아닌데다가 빚을 갚을 길이 전혀 없는 것을 잘 알고 있었습니다. 군수는 양반의 사정을 안타깝게 여긴 나머지 차마 감옥에 가두지 못하였습니다. 하지만 관찰사의 엄명을 무시할 수도 없어서 이 일을 어떻게 해결해야 할지 근심만 할 뿐 이러지도 저러지도 못하는 판이었지요.

양반 또한 근심스럽기는 매한가지였을 테지요. 하지만 묘책이 있을 리가 없으니 그저 밤낮으로 눈물만 흘리고 있었습니다. 그 꼴을 본 양반의 아내는 그만 분통이 터지고 말았습니다.

"당신은 평소에 그렇게도 글을 잘 읽더니만 빌린 쌀을 갚는 데에는 아무런 쓸모가 없구려. 쯧쯧, 그놈의 양반 따위, 한 푼어치도 못 되는 것이 아니우?"

참다 참다 모질게 몰아세운 아내의 심정도 짐작하지 못할 바는 아니었습니다. 양반은 차마 얼굴을 들지 못하고 자책만 할 뿐이었습니다.

그때 마침 그 마을에 사는 부자가 양반이 곤경에 빠진 사연을 듣게 되었습니다. 부자는 식구들을 모아 놓고 의논을 했습니다.

양반전

"양반은 아무리 가난해도 늘 높고 귀한 대접을 받는데, 우리네는 아무리 잘살아도 언제나 낮고 천한 취급만 받고 살지 않느냐. 돈이 있어도 눈치가 보여서 말도 한번 마음대로 탈 수가 없구나. 양반만 보면 기가 죽어 숨도 제대로 쉬지 못할 지경이라, 마당 아래 엎드려 절을 해야 하질 않나, 코를 땅에 박고 무릎으로 기어야 하질 않나, 대체 이런 치욕이 어디 있느냐.

우리 고을 양반이 관청에서 빌린 곡식을 갚지 못해 어려움이 이만저만한 게 아니라더라. 그러다 보면 감옥에 갇히게 될지도 모르고, 어쩌면 양반의 신분을 지키지 못할 수도 있겠다. 마침 잘 된 것이 아니냐. 이참에 우리가 그 양반이란 걸 사자꾸나."

부자의 식구들은 모두 눈이 휘둥그레졌습니다. 한 번도 양반이 될 수 있다고 생각해 본 적이 없었기 때문입니다. 재산이 넉넉하여 걱정 없이 살고는 있었지만, 늘 마음속에 갈증 비슷한 것을 느껴오던 터였습니다. 큰돈을 들여서라도 양반을 살 수만 있다면 남부러울 것이 없을 것 같았습니다.

"그래요, 그 양반이 진 빚 정도야 우리 곳간의 곡식으로 대신 갚아 준들 크게 표가 나지도 않을 거예요. 그렇게 해서 양반만 될 수 있다면, 내가 양반이 된다니……."

집안사람들은 모두 두 손을 들어 찬성했습니다. 그리고 그날 밤은 저마다 잠을 이루지 못할 정도로 마음이 설레었지요.

날이 밝자 부자는 양반의 집을 찾아갔습니다. 양반은 제 부끄러운 사정이 동네방네 소문난 탓에 방에 틀어박혀 하염없이 시간만 보내고 있었습니다. 그런데 밖에서 부른 적 없는 손님이 찾아오니 영문을 모르고 일단 대문 안으로 맞아들였습니다.

부자는 마당에 꿇어앉아 인사를 하고 양반에게 말했습니다.

"지금 환곡 때문에 고심이 깊으신 것으로 알고 있습니다. 제가 그것을 대신 갚아 드리면 어떻겠습니까?"

양반은 깜짝 놀랐습니다.

"내 빚을 왜 그대가 갚아 준다는 말이오?"

부자는 자칫 서두르다가 낭패를 볼 수도 있다는 생각에 무척 조심스럽게 대답했습니다.

"나리 빚이 천 가마 정도 된다고 들었습니다. 제 집 곡식으로 넉넉히 갚을 수 있으니 염려 마십시오. 대신 나리께서는 제게 무엇을 주시겠습니까?"

양반은 도무지 영문을 모르겠다는 표정을 지으며 말했습니다.

"보다시피 나는 가진 것이 아무 것도 없는데 당신한테 무엇을 줄 수 있겠소?"

부자는 마침내 속에 품고 있던 생각을 꺼내 놓았습니다.

"제가 가지지 못한 것을 나리께서 가지고 계시지요. 양반이라는 신분 말입니다. 그것을 제가 사겠습니다."

양반은 몹시 뜻밖이었으나 앞뒤를 잴 겨를이 없었습니다. 그저 반가워하며 당장 그렇게 하라고 했습니다. 그래서 부자는 양반이 빌린 환곡을 당장 관청에 바쳤습니다.

양반이 빌린 곡식을 단번에 갚았다는 사실은 정선 군수에게 곧 보고되었습니다. 군수는 웬일인가 몹시 놀랐습니다. 양반의 집안 형편을 잘 알고 있는지라 무슨 일이 일어난 것인지 믿을 수가 없었습니다. 그래서 곧 양반을 찾아가 보리라 마음먹었지요. 그간 마음고생을 했을 테니 위로도 할 겸, 어떻게 그 빚을 갚을 수 있었는지 알아도 볼 겸 어서 만나 보고 싶었습니다.

군수는 말을 타고 양반의 집으로 향했습니다. 멀리 양반이 사는 다 쓰러져 가는 집이 보일 때쯤이었습니다. 처음 보는 것 같은 웬 사람이 벙거지2를 쓰고 잠방이3를 입은 채 길에 엎드려 인사를 하는 것이었습니다.

군수는 깜짝 놀라고 말았습니다. 자신을 '소인'이라고 하며 엎드려 고개를 들지 못하는 사람은 다름 아닌 예전의 그 양반이었던 것입니다. 군수는 당장 말에서 내려 양반의 손을 붙잡아 일어나게 하고 물었습니다.

"어찌 이러십니까?"

양반은 어쩔 줄 모르고 벌벌 떨며 조아린 머리를 좀처럼 들지

---

2 **벙거지** : 조선조 궁중 또는 양반 집안의 하인이 쓰던 털로 만든 모자
3 **잠방이** : 가랑이가 무릎까지 내려오도록 짧게 만든 홑바지

못합니다. 그리고 다시 황송하다는 듯 땅에 엎드리고 마는 것이었습니다.

"황송하옵니다. 소인이 빌린 환곡을 갚으려고 제 양반을 팔았습니다. 이제 소인의 양반을 산 이 고을의 부자가 양반이 되었습지요. 저는 이미 양반이 아니니 어떻게 주제넘게 행세를 하면서 높은 척을 할 수 있겠습니까?"

군수는 그만 어안이 벙벙해졌습니다. 한 번도 양반을 사고팔 수 있다고는 생각해 본 적이 없었기 때문입니다. 아무튼 그런 생각을 한 것도 놀랍지만, 양반이 진 큰 빚을 단번에 갚아 준 부자의 배포 큰 행동에 감탄하지 않을 수 없었습니다.

"군자로다. 그 부자야말로 양반이로다. 부자이면서도 인색하지 않으니 의롭지 아니하오? 어려운 이를 보고 도와주었으니 또한 어질다 할 것이오. 게다가 천한 것을 싫어하고 존귀한 것을 원하였으니 이는 그가 지혜롭다는 뜻일 게요. 그 사람이야말로 참으로 양반의 자격을 갖추었다 하겠습니다."

양반은 군수의 말에 그저 고개만 끄덕일 뿐 감히 대꾸할 마음도 먹지 못하고 있었습니다. 그런데 군수는 무언가 골똘히 생각하는 듯하더니 다시 말을 이었습니다.

"아무리 그래도 그렇지 양반이라는 것이 눈에 보이는 물건도 아닌데, 그냥 개인끼리 사고판 후에 아무 증서도 만들지 않는다면 나중에 소송거리가 될지 누가 알겠소? 그러니 고을 백성들을 불러 모아 증인으로 세우고, 매매 문서를 만들어 두는 것이 좋겠습니다. 매매가 확실히 이루어졌다는 것을 증명하기 위해 군수인 내가 손수 서명을 하겠소."

양반 사고팔기

양반이 이런 거라면

군수는 양반과 헤어져 곧 관아로 돌아왔습니다. 그리고 아전들에게 명하여 고을 안의 선비와 농사꾼, 장인과 장사꾼들을 모조리 불러들이라고 했습니다.

관아의 뜰에 마을 사람들이 모두 모이니 웅성거리는 소리만으로도 정신이 없었습니다. 군수는 새로 양반이 된 부자를 향소⁴ 오른편에 앉히고, 양반을 팔아 버린 사람은 아전⁵ 아래에 서 있도록 했습니다. 주위의 소란을 가라앉힌 후에 군수는 다음과 같이 만든 증서를 발표했습니다.

건륭 10년(1725년, 영조21년) 구월 아무 날.

이 문서는 양반을 곡식 일천 가마에 팔아 관청에서 빌린 환곡을 갚기 위한 것이다.

---

4 향소(鄕所) : 고려 말기와 조선 시대, 지방 군, 현의 수령을 보좌하던 자문기관
5 아전(衙前) : 조선 시대 중앙과 지방의 각 관청에 근무하던 하급 관리

대체로 양반은 여러 가지 호칭으로 불린다. 글을 읽는 사람을 선비라고 하고, 벼슬살이를 하는 사람은 대부라고 부른다. 또 덕이 높은 사람에겐 군자라는 호칭을 붙이기도 한다.

무관들은 서쪽에 줄을 서고 문관들은 동쪽으로 줄을 서기 때문에 양쪽을 합쳐서 양반이라고 하는 것이다. 그대는 어느 쪽이든 마음대로 고를 수가 있다.

양반이 된 이상 천하고 너절한 일들은 모두 끊어 버려야 한다. 옛사람을 우러러 아름다운 뜻을 마음속에 지니고, 새벽 네 시쯤이면 잠에서 깨어 일어나 등잔에 불을 켜고, 두 발꿈치를 괴고 앉은 채 눈은 코끝을 내려다보며, 얼음판에서 박통 밀듯이 『동래박의』6를 줄줄 외워야 한다.

배고픈 것도 참고, 추운 것도 견디며, 가난한 사정을 남에게 하소연하지 않아야 한다. 윗니 아랫니를 마주치고, 머리 뒤를 손가락으로 퉁기며, 침을 입안에 머금고 가볍게 양치질하듯 한 뒤 삼킨다. 옷소매로 갓의 먼지를 털어서 옻칠이 드러나 보이게 하여야 한다. 세수할 때는 주먹을 쥐고 씻지 말아야 하고, 냄새가 나지 않게 이를 잘 닦아

---

6 『동래박의』: 중국 고전 중의 하나이다. 1168년에 중국 남송의 동래 여조겸이 『춘추좌씨전』에 대하여 논평한 책이다. 과거 시험을 준비하는 선비들의 수험 교재로 사용되었다.

야 한다. 종을 부를 때는 소리를 길게 늘여야 하며, 걸을 때는 신발을 끄는 것처럼 천천히 걸어야 한다.

『고문진보』[7]나 『당시품휘』[8]를 깨알같이 베껴 쓰되 한 줄에 백 글자씩은 써야 한다. 양반 체면에 손에 돈을 쥐어서는 안 되며, 쌀값이 얼마인지 물어서도 안 된다. 날이 더워도 맨발을 내어놓지 말고, 맨상투로 밥상을 받지 말아야 한다. 밥보다 국을 먼저 먹지 말아야 하며, 쩝쩝거리는 소리를 내며 먹거나 마셔서도 안 된다. 젓가락으로 방아를 찧지 말고, 생파를 먹어서도 안 된다. 술 마시고 나서 수염을 빨지 말고, 담배를 피울 때는 볼이 움푹 패도록 빨지 않는다.

분이 치민다고 아내를 때려서는 안 된다. 화가 난다고 그릇을 차서도 안 된다. 애들에게 주먹질을 하지 말고, 종에게 '나가 뒈져라' 하고 나무라지 말고, 소나 말을 꾸짖을 때 그놈을 판 원래 주인까지 싸잡아 욕하지 말아야 한다. 병났다고 무당을 불러 굿하지 말고, 제사 지낸다고 중을 불러 재 올리지 말아야 한다. 화롯불 가까이에서 손을 쬐지 말고, 말할 때에는 입에서 침을 튀겨서는 안 된다. 소를 잡아서는 안 되고, 노름을 해서도 안 된다.

---

7 「고문진보」: 중국 송나라 말기쯤에 만들어진 책으로, 한시와 문장을 배우는 선비들의 필독서였다.
8 「당시품휘」: 중국 당나라 시인의 작품을 구분하여 수록한 책

여기 적힌 행실을 양반이 어긋나게 하면 즉시 이 문서를 관청에 가져와서 따져 보아야 할 것이다.

고을 사또인 정선 군수가 서명하고 좌수9와 별감10도 증인으로 서명한다.

호장이 큰 소리로 읽어 내려가는 증서의 내용을 들으면서 부자가 어리둥절해 있는 동안 어느새 덜컥덜컥하는 소리가 나기 시작했습니다. 아전이 군수와 좌수, 별감 등의 도장을 여기저기 찍는 소리입니다. 그 소리가 부자에게는 임금이 행차하실 때 치는 큰북 소리처럼 들렸습니다. 그리고 그 모양은 북두칠성과 삼태성11이 가로세로로 늘어선 것 같았습니다.

부자는 하도 어처구니가 없어 한참을 멍하니 있다가 떨리는 가슴을 애써 진정시키며 가까스로 입을 열었습니다.

"양반이라는 것이 겨우 이것뿐입니까? 제가 듣기로는 양반이란 것이 신선 같다고 하던데, 정말 이런 것이라면 엄청나게 속은 것이 분명합니다. 온통 불편하고 어려운 것투성이 아닙니까? 편하고

---

9 **좌수(座首)** : 조선 시대 지방의 자치기구인 유향소(향청, 향소)의 가장 높은 임원. 고을의 양반 중 나이 많고 덕망이 있는 사람을 선출하는 경우가 많았으며 고을 수령이 임명했다.

10 **별감(別監)** : 좌수와 함께 향소의 임원으로 수령의 사무를 보좌했다. 대개 좌수가 추천하여 수령이 임명했다.

11 **삼태성(三台星)** : 큰곰자리에 속하는 상태, 중태, 하태의 세 별

좋은 것은 하나도 없군요. 큰돈을 들여 산 양반이니 제게 이로운 것도 넣어서 좀 고쳐 주십시오."

군수는 부자의 항의에 잠시 고개를 갸우뚱했습니다. 하지만 부자의 이야기를 듣고 나니 그도 그럴 듯하다는 생각이 들었습니다. 그래서 증서를 이렇게 고쳐 주었답니다.

하늘이 사람을 낼 때 네 종류의 백성으로 구분하여 내놓았는데, 그 중에서 선비가 가장 귀하도다. 선비 중에서도 양반이라 불리게 되면 그보다 더 이로울 수가 없는 것이다.

농사를 짓지 않아도 되고, 장사를 하지 않아도 되며, 책이나 좀 훑어보면 크게는 문과에 급제하고 못해도 진사는 하게 된다.

문과에 급제하면 홍패[12]라는 것을 받는다. 홍패란 무엇인가. 두 자 길이도 못 되지만 이것만 있으면 온갖 물건을 얻을 수 있게 되니 바로 돈주머니나 다름없다.

또 진사만 된다면 늦어도 서른 살쯤에는 첫 벼슬을 하게 된다. 조상 덕에 훌륭한 벼슬자리를 얻는 경우도 있으니, 잘만 하면 남쪽 큰 고을의 군수 자리를 꿰차기도 하는 것이다.

볕이 뜨거우면 양산으로 가리고 다니니 귀가 허예지고, 필요하면

---

12 홍패(紅牌) : 고려·조선 시대 과거시험의 대과에 급제한 사람에게 주던 합격증서. 붉은색을 띤 종이로 만들었으므로 홍패라고 한다.

언제든 방울 소리로 아랫것들을 불러 일을 시키니 배에 살이 올라 불룩해진다. 방 안에 널린 귀고리는 고운 기생의 것이요, 마당에 흘린 곡식은 두루미 모이로다.

과거 급제를 하지 못하고 가난한 선비로 시골서 산다 해도 제멋대로 무엇이든 할 수 있으니 나쁠 것이 없다. 이웃집 소로 자기 밭 먼저 갈고, 일꾼 뺏어다가 자기 논의 김을 매도 누구 하나 감히 불평할 사람이 없는 것이다. 뭐라고 하는 놈이 있으면 잡아다가 혼을 내면 될 일이다. 코에 잿물 붓고 상투 잡아 흔들어 대고 귀밑머리를 다 뽑아도 양반에게는 대들거나 원망할 수 없기 때문이다.

새로운 증서를 끝까지 다 듣기도 전에 부자는 두 손을 홰홰 젓고 혀를 내두르며 자리에서 벌떡 일어났습니다.

"그만두시오. 그만두시오. 양반이라는 게 참말로 맹랑한 것이군요. 이대로라면 양반이 도적과 무엇이 다르겠습니까? 나더러 도적놈이 되라는 말씀입니까?"

부자는 머리를 절레절레 흔들며 나가 버렸습니다. 그리고 죽는 날까지 다시는 양반 소리를 입 밖에 내지 않았답니다.

작품 해설

「양반전」 꼼꼼히 읽기

1. 조선 후기 사회의 계급 및 계층 질서 변혁과 시대착오적 양반

어질고 글 읽기를 좋아하는 양반이 있었다. 부임하는 고을의 군수마다 존경을 표할 정도로 이름난 선비였다. 하지만 생계를 이어나가는 데는 무능한 사람이었다. 「양반전」의 시대적 배경은 조선 후기이다. 양반의 수가 증가하면서 양반 계급 안에서도 계층적 분화가 진행되었고, 거상(巨商)이나 부농(富農) 등 신흥 부자들의 약진이 두드러진 시기였다.

　"당신은 평소에 그렇게도 글을 잘 읽더니만 빌린 쌀을 갚는 데에는 아무런 쓸모가 없구려. 쯧쯧, 그놈의 양반 따위, 한 푼어치도 못 되는 것이 아니우?"

시대적 분위기에 제대로 적응하지 못한 양반의 처지는 그야말로 초라하고 막막하다. 일천 가마나 되는 빌린 쌀을 갚기는커녕 끼니를 때우기도 힘든, 말 그대로 한 푼어치도 못 되는 양반이다.

강원도 정선 고을에 한 양반이 살고 있었습니다. 그는 어질고 글 읽기를 좋아하기로 이름난 선비였습니다. 그래서 정선 고을에 군수가 새로 부임해 오면 꼭 그 양반을 찾아가 인사를 하곤 했지요.

그 양반의 집은 매우 가난했습니다. 할 수 없이 해마다 관청에서 환곡을 빌려 먹게 되었지요. 그런데 매년 빌려 먹기만 했지 갚을 능력은 없었습니다. 그러다 보니 어느새 빚은 눈덩이처럼 불어나 천 가마를 헤아리게 되었답니다.

(…중략…)

관찰사는 당장 그 양반을 잡아 가두라고 엄하게 명령을 내렸습니다. 그러나 정선 군수는 그 양반의 가난이 어제오늘 일이 아닌데다가 빚을 갚을 길이 전혀 없는 것을 잘 알고 있었습니다. 군수는 양반의 사정을 안타깝게 여긴 나머지 차마 감옥에 가두지 못하였습니다. 하지만 관찰사의 엄명을 무시할 수도 없어서 이 일을 어떻게 해결해야 할지 근심만 할 뿐 이러지도 저러지도 못하는 판이었지요.

양반 또한 근심스럽기는 매한가지였을 테지요. 하지만 묘책이 있을 리가 없으니 그저 밤낮으로 눈물만 흘리고 있었습니다.

위 인용문에서 우선 눈에 띄는 것은 가난한 양반이 먹고살기 위해 선택한 방법으로서의 '환곡' 제도이다. 유사시에 관청에서 쌀을 빌렸다가 생활이 안정되면 갚을 수 있게 하는, 일종의 구휼 제도이다. 그런데 이 환곡이 양반의 목숨을 위태롭게 하는 계기로

작용한다.

빌리고 갚지 못했으니 빚이 쌓여 가는 것은 당연한 일이다. 그런데 그것이 천 가마라니, 상식적으로는 이해할 수 없는 일이다. 양반과 그의 아내가 매년 두 가마씩을 빌렸다고 하더라도 오십 년이 되어야 백 가마가 된다. 즉 몇십 가마밖에 안 되는 빚이 천 가마로 늘어난 것이다. 환곡을 빌려 먹은 백성들이라면 결국은 빚더미에 올라앉을 수밖에 없을 정도로 이자가 비쌌다는 것 말고는 설명이 불가능한 상황인 것이다.

작중의 양반이 그렇게 낭떠러지 끝으로 내몰리지 않으려면 비생산적인 글 읽기를 포기하고 현실적인 호구지책을 마련해야 했을 것이다. 하지만 양반은 아무 대책 없이 과거의 양반들이 그랬듯 공부에만 전념했다. 그렇다고 해서 벼슬살이를 한 것도 아니니, 변한 시대에 적응하지 못한 것은 필연적인 결과라고 할 수 있다.

2. 공허한 관념과 허례허식에 빠진 비생산적 양반

그 한 푼어치도 못 되는 양반을 곡식 일천 가마 값으로 사겠다는 사람이 나타났다. 고을의 부자가 양반의 빚을 대신 갚아 주고 신분 상승을 꾀한 것이다. 남부럽지 않은 재산을 모았지만 신분의 한계 때문에 늘 갈증을 겪었던 터라 그의 가족 모두 쉽게 동의했고, 양반 또한 달리 대안이 없었으므로 기꺼이 부자의 제의를 수락한다.

그런데 그 소식을 들은 고을 군수가 매매 증서를 작성할 것을 제안한다. 그리고 여러 증인들이 보는 앞에서 그 증서를 발표하고 서명하는 의식을 가진다.

양반이 된 이상 천하고 너절한 일들은 모두 끊어 버려야 한다. 옛사람을 우러러 아름다운 뜻을 마음속에 지니고, 새벽 네 시쯤이면 잠에서 깨어 일어나 등잔에 불을 켜고, 두 발꿈치를 괴고 앉은 채 눈은 코끝을 내려다보며, 얼음판에서 박통 밀듯이 『동래박의』를 줄줄 외워야 한다.

배고픈 것도 참고, 추운 것도 견디며, 가난한 사정을 남에게 하소연하지 않아야 한다. 윗니 아랫니를 마주치고, 머리 뒤를 손가락으로 퉁기며, 침을 입안에 머금고 가볍게 양치질하듯 한 뒤 삼킨다. 옷소매로 갓의 먼지를 털어서 옻칠이 드러나 보이게 하여야 한다. 세수할 때는 주먹을 쥐고 씻지 말아야 하고, 냄새가 나지 않게 이를 잘 닦아야 한다. 종을 부를 때는 소리를 길게 늘여야 하며, 걸을 때는 신발을 끄는 것처럼 천천히 걸어야 한다.

『고문진보』나 『당시품휘』를 깨알같이 베껴 쓰되 한 줄에 백 글자씩은 써야 한다. 양반 체면에 손에 돈을 쥐어서는 안 되며, 쌀값이 얼마인지 물어서도 안 된다. 날이 더워도 맨발을 내어놓지 말고, 맨상투로 밥상을 받지 말아야 한다. 밥보다 국을 먼저 먹지 말아야 하며, 쩝쩝거리는 소리를 내며 먹거나 마셔서도 안 된다. 젓가락으로 방아를 찧지 말고, 생파를 먹어서도 안 된다. 술 마시고 나서 수염을 빨지 말고, 담배를 피울 때는 볼이 움푹 패도록 빨지 않는다.

분이 치민다고 아내를 때려서는 안 된다. 화가 난다고 그릇을 차서도 안 된다. 애들에게 주먹질을 하지 말고, 종에게 '나가 뒈져라' 하고 나무라지 말고, 소나 말을 꾸짖을 때 그놈을 판 원래 주인까지 싸잡아 욕하지 말아야 한다. 병났다고 무당을 불러 굿하지 말고, 제사 지낸다고 중을 불러 재 올리지 말아야 한다. 화롯불 가까이에서 손을 쬐지 말고, 말할 때에는 입에서 침을 튀겨서는 안 된다. 소를 잡아서는 안 되고, 노름을 해서도 안 된다.

양반이 해야 할 일들, 양반이 해서는 안 되는 일 등을 구구절절이 늘어놓은 증서의 내용에 부자는 경악한다. 아무리 생각해도 천 가마 값을 내고 산 양반이라는 것이 어렵고 귀찮은 조건들로 가득 차 있었기 때문이다. 선비요 양반이라는 신분의 본질이나 실질적 효용과 거리가 먼 형식주의의 극단이다.

이 부분을 두고 허례허식에 빠진 양반의 모습을 풍자한 것이라는 견해가 있다. 아무튼 양반을 산 부자의 입장에서는 참으로 난감한 상황이 아닐 수 없다.

3. 개인적 이익만을 탐하며 부당한 특권을 남용하는 양반

　그래서 부자는 큰돈을 들여 산 만큼 이로운 것도 있어야 한다는 주장을 한다. 그의 요구 조건을 받아들여 매매 증서는 다시 작성된다.

　하늘이 사람을 낼 때 네 종류의 백성으로 구분하여 내놓았는데, 그 중에서 선비가 가장 귀하도다. 선비 중에서도 양반이라 불리게 되면 그보다 더 이로울 수가 없는 것이다.

　농사를 짓지 않아도 되고, 장사를 하지 않아도 되며, 책이나 좀 훑어보면 크게는 문과에 급제하고 못해도 진사는 하게 된다.

　문과에 급제하면 홍패라는 것을 받는다. 홍패란 무엇인가. 두 자 길이도 못 되지만 이것만 있으면 온갖 물건을 얻을 수 있게 되니 바로 돈주머니나 다름없다.

　또 진사만 된다면 늦어도 서른 살쯤에는 첫 벼슬을 하게 된다. 조상 덕에 훌륭한 벼슬자리를 얻는 경우도 있으니, 잘만 하면 남쪽 큰 고을의 군수 자리를 꿰차기도 하는 것이다.

　볕이 뜨거우면 양산으로 가리고 다니니 귀가 허예지고, 필요하면 언제든 방울 소리로 아랫것들을 불러 일을 시키니 배에 살이 올라 불룩해진다. 방 안에 널린 귀고리는 고운 기생의 것이요, 마당에 흘린 곡식은 두루미 모이로다.

과거 급제를 하지 못하고 가난한 선비로 시골서 산다 해도 제멋대로 무엇이든 할 수 있으니 나쁠 것이 없다. 이웃집 소로 자기 밭 먼저 갈고, 일꾼 뺏어다가 자기 논의 김을 매도 누구 하나 감히 불평할 사람이 없는 것이다. 뭐라고 하는 놈이 있으면 잡아다가 혼을 내면 될 일이다. 코에 잿물 붓고 상투 잡아 흔들어 대고 귀밑머리를 다 뽑아도 양반에게는 대들거나 원망할 수 없기 때문이다.

이 부분에서 주목되는 것은 신분이 낮은 백성들을 착취하고 특권을 악용하여 제 배를 불리는 일에만 골몰하는 양반의 횡포와 수탈이다. 양반을 사서 얻을 수 있는 이로움이 그것이라면 도적과 다를 바가 없다는 것을 알고 부자는 모든 것을 포기해 버린다.

4. 부자가 지불한 비싼 수업료, 곡식 일천 가마

부자가 처음 양반을 사려고 했던 것은 신분 상승을 통해 인간적인 대접을 받아 보려는 순진한 의도에서였다. 곤경에 빠진 고을 양반을 도와주고 대신 천한 신분 탓에 겪었던 치욕을 씻어 보려는 것이었다.

"양반은 아무리 가난해도 늘 높고 귀한 대접을 받는데, 우리네는 아무리 잘살아도 언제나 낮고 천한 취급만 받고 살지 않느냐. 돈이 있어도 눈치가 보여서 말도 한번 마음대로 탈 수가 없구나. 양반만 보면 기가 죽어 숨도 제대로 쉬지 못할 지경이라, 마당 아래 엎드려 절을 해야 하질 않나, 코를 땅에 박고 무릎으로 기어야 하질 않나, 대체 이런 치욕이 어디 있느냐.

우리 고을 양반이 관청에서 빌린 곡식을 갚지 못해 어려움이 이만저만한 게 아니라더라. 그러다 보면 감옥에 갇히게 될지도 모르고, 어쩌면 양반의 신분을 지키지 못할 수도 있겠다. 마침 잘 된 것이 아니냐. 이참에 우리가 그 양반이란 걸 사자꾸나."

그렇게 매매가 순조롭게 이루어진 것처럼 보였지만, 그 과정에 고을 군수가 개입함으로써 상황은 급변한다. 소송 가능성 등을 염려한 군수가 공증을 통해 매매를 확정하려 시도했던 것이다. 그런데 매매 증서가 발표되는 날 양반의 본모습을 알게 된 부자는 크게 당황하게 되었다.

"양반이라는 것이 겨우 이것뿐입니까? 제가 듣기로는 양반이란 것이 신선 같다고 하던데, 정말 이런 것이라면 엄청나게 속은 것이 분명합니다. 온통 불편하고 어려운 것투성이 아닙니까? 편하고 좋은 것은 하나도 없군요. 큰돈을 들여 산 양반이니 제게 이로운 것도 넣어서 좀 고쳐 주십시오."

사실 첫 번째 증서의 문제는 양반으로서 갖추어야 할 여러 가지 조건들을 굳이 제시한 그 내용에만 있는 것이 아니다. 그것을 어길 경우에 자격을 박탈할 수 있다는 일종의 협박에 가깝다. 만약 그것들을 모두 감당할 수 있다 해도 이미 산 양반의 자격을 유지할 수 있다는 것뿐 그 이상의 실리가 없다면 부자가 불만을 가질 것은 당연하다. 그런데 다시 작성된 두 번째 증서의 내용은 더 기가 막힌 것이었다.

"그만두시오. 그만두시오. 양반이라는 게 참말로 맹랑한 것이군요. 이대로라면 양반이 도적과 무엇이 다르겠습니까? 나더러 도적놈이 되라는 말씀입니까?"

부자는 머리를 절레절레 흔들며 나가 버렸습니다. 그리고 죽는 날까지 다시는 양반 소리를 입 밖에 내지 않았답니다.

부자가 천 가마의 곡식을 지불한 것은 양반이 되는 대가가 아니었다. 사실상 그것으로 얻은 대가는 양반의 실상을 알게 된 것뿐이었다. 어찌 보면 재물의 힘을 믿고 신분을 바꾸는 일을 시도한 부자에게 고을 군수가 일종의 벌금을 물린 것이나 다름없다.

「허생전」, 「호질」 등의 작품과 마찬가지로 「양반전」 또한 양반의 허위와 위선을 풍자한 작품으로 읽는 데 별 무리가 없다. 그럼에도 불구하고 조금 더 세심하게 들여다보아야 할 것은 연암 박지원이 신분 계급의 타파에 의한 평등 사회를 지향한 사람은 아니라는 사실이다. 연암은 하늘이 내린 신분을 인위적인 방법으로 바꾸려는 시도를 부당한 것으로 여겼다. 그런 면에서 「양반전」의 풍자 대상에는 무능력한 양반뿐 아니라 재물의 힘을 믿고 터무니없는 욕심을 채우려 한 부자도 포함된다.

이름 없는 사람들을 기리는 이야기

광문자전

광문이라는 거지가 있었습니다.

광문은 어려서부터 종로 거리에서 빌어먹고 살았습니다. 거지 아이들은 그를 우두머리로 삼아 소굴을 지키게 하였습니다.

어느 춥고 눈이 펑펑 내리는 겨울날이었습니다. 거지 아이들은 모두 저마다 구걸을 하러 거리로 나가고 광문은 병을 앓고 있는 아이와 단둘이 남게 되었습니다. 아픈 아이를 돌보고 있던 광문은 아이가 점점 병이 심해져서 오들오들 떨며 끙끙 앓는 소리를 내는 게 여간 딱하지 않았습니다.

환자의 머리맡에 앉아 있던 광문은 보다 못해 자리에서 벌떡 일어섰습니다. 아이에게 밥이라도 한 그릇 얻어다 먹이려는 것이었습니다. 그러면 아이가 힘을 차리고 일어나 앉을 수도 있을 것 같았습니다. 거지 소굴 밖의 찬바람이 할퀴듯 광문의 몸을 파고들었습니다. 광문은 걸음을 재촉하여 가까운 곳의 인심 좋은 집 쪽으로 내달렸습니다.

얼마 지나지 않아 밥을 얻어 돌아온 광문은 그만 맥이 쭉 빠져 버렸습니다. 앓던 아이가 이미 죽어 있는 것이었습니다. 광문은 아이를 붙잡고 넋이 나간 듯 구슬프게 흐느꼈습니다.

그러던 중 구걸을 나갔던 아이들이 돌아왔습니다. 그런데 이게 웬일입니까? 아이들은 광문이 앓던 아이를 죽인 것이라고 생각하고는 우르르 달려들어 마구 때리기 시작했습니다.

광문은 그만 기가 막혔습니다. 억울한 것은 둘째 치고 계속 맞다 보면 죽을 수도 있을 것 같았습니다. 눈이 펑펑 내리는 바깥으로 광문은 쫓겨나듯 달려 나와 정처 없이 도망쳤습니다.

캄캄한 밤이었습니다. 광문은 엉금엉금 기다시피 해서 어느 집으로 들어갔습니다. 낯선 사람이 들어오는 것을 본 개가 사납게 짖기 시작했습니다. 개 짖는 소리에 밖으로 나온 집주인은 도둑이라고 생각하고 광문을 잡아서 꽁꽁 묶었습니다.

광문은 울면서 소리쳤습니다.

"저는 도둑이 아닙니다. 저를 죽이려는 아이들을 피해서 도망 온 것이에요. 정 믿지 못하시겠다면 날이 밝는 대로 거리에 나가서 무슨 사정인지 한번 알아보십시오."

집주인은 광문의 얼굴을 물끄러미 들여다보았습니다. 표정이나 목소리가 퍽 순진하고 거짓말을 할 것 같지는 않았습니다. 그는 광문을 묶은 줄을 다시 풀어 주었습니다.

몸이 자유로워진 광문은 꾸벅, 고맙다는 인사를 하고는 밖으

이름 없는 사람들을 기리는 이야기

나가려다가 다시 돌아서서 집주인에게 말했습니다.

"나리, 저에게 필요한 데가 있어 그러니 거적 한 장만 주시면 안 될까요?"

주인은 광문의 부탁을 선선히 들어 주었습니다. 광문은 다시 한 번 고맙다는 인사를 하고는 돌아서서 걸어갔습니다.

광문의 뒷모습을 한참 바라보고 있던 집주인은 문득 궁금증이 일었습니다. 그래서 몰래 광문의 뒤를 밟아 보았습니다. 광문은 거적을 들고 터덜터덜 한참을 걸었습니다.

광문의 뒤를 따르던 집주인은 멀리서 거지 아이들이 시체 하나를 끌고 와서 수표교[1] 아래로 던져 버리는 것을 보았습니다. 광문 또한 다리 뒤에 숨어서 그 광경을 지켜보고 있는 것 같았습니다. 거지 아이들이 떠나자 숨어 있던 광문은 얼른 달려가 그 시체를 거적으로 둘둘 쌌습니다.

광문은 거적으로 싼 시체를 메고 서문 밖의 묘지로 발걸음을 옮겼습니다. 그리고 거기 땅을 파서 묻어 주고는 슬피 우는 것이었습니다.

광문이 하는 일을 뒤에서 모두 지켜보던 집주인은 광문에게 다가가서 무슨 일이 있었느냐고 물었습니다. 광문은 그제야 자신의

---

1 **수표교** : 조선 세종 때에 청계천에 놓은 돌다리. 홍수 때 물이 얼마나 차오르는지 재기 위해 눈금, 즉 수표(水標)를 새겨 두었으므로 이런 이름이 붙었다.

주위에서 일어난 일과 억울한 사정을 소상히 털어놓는 것이었습니다.

집주인은 광문이 의리 있는 사람이라고 여기고 자신의 집으로 데려갔습니다. 그리고 새 옷을 주어 입게 하고 대접을 잘 해 주었습니다. 그뿐 아니라 약방을 하는 부잣집에 추천하여 심부름꾼으로 취직할 수 있도록 도와주었습니다.

광문이 부잣집 약방에 나가 일하기 시작한 지 얼마 되지 않은 어느 날이었습니다. 약방 주인인 부자의 표정이 어쩐지 심상치 않았습니다. 집을 나서다가 자꾸 뒤를 돌아보기도 하고, 그러다가는 도로 방으로 들어가 자물쇠를 몇 번이나 살펴보는 것이었습니다. 무언가 미심쩍은 점이 있는 것 같았습니다.

밖에 나갔다가 돌아와서도 부자는 초조한 기색을 감추지 못하고 광문을 살펴보며 무슨 말을 하려다가 그만두는 것이었습니다. 광문은 무슨 영문인지 몰라 답답했지만, 그렇다고 당장 일을 그만두겠다고 말할 형편도 못 되었습니다.

그런데 며칠 후 약방 주인의 처갓집 조카가 찾아와서는 다짜고짜 돈 꾸러미를 건네면서 부자에게 말했습니다.

"전에 급히 돈을 빌리러 왔었는데 마침 안 계시기에 말씀드릴 여유가 없어 제가 아저씨 방에 들어가 돈을 그냥 꺼내 가져갔습니다. 아저씨는 아직 모르고 계셨지요?"

조카는 대수롭지 않게 말하고 고맙다는 인사를 하며 돌아갔지만 부자는 영 마음이 개운치 않았습니다. 그래서 곧 광문을 불러 진심으로 사과를 하며 미안한 마음을 전했습니다.

"내가 참 소인배였네. 돈이 없어진 걸 알고 공연히 자네를 의심했지 뭔가. 자네 볼 낯이 없네. 정말 미안하네."

그제야 광문은 주인의 행동이 왜 전과 달라졌던가를 이해할 수 있었습니다.

그날 이후 부자는 주변의 아는 사람들이며 부자들, 큰 장사꾼들을 만날 때마다 침이 마르도록 광문을 칭찬하였습니다. 그가 신의 있는 사람이라고요.

뿐만 아니라 왕족의 집이나 높은 벼슬아치의 집에 드나드는 식객들에게도 광문의 일을 이야기하고 다녔습니다. 그 사람들은 밤마다 자기가 머무는 집주인들에게 재미난 이야기를 들려주는 일을 하는지라, 그들 귀에 들어갔다는 것은 그 집주인들에게도 광문의 일이 전해진다는 것과 다름이 없었습니다. 실로 두어 달 만에 웬만한 높은 양반들까지도 광문의 이름을 다 알게 되었습니다.

마침내 광문이라는 참 희한한 사람이 있다는 소문이 장안에 널리널리 퍼졌습니다. 광문의 사연을 들은 사람들은 광문을 후하게 대접한 주인도 사람 볼 줄 아는 사람이라고 칭찬을 했습니다. 그 바람에 약방 부자까지 점잖은 사람이라는 평판을 얻게 되었답니다.

그 당시에는 돈놀이하는 사람들이 비녀나 패물, 값나가는 옷이나 그릇붙이, 집이나 논밭 문서, 노비 문서처럼 돈이 될 만한 것들을 저당으로 잡고 돈을 꾸어 주곤 했습니다. 그렇게 인색한 사람들도 광문이 보증을 서기만 하면 아무것도 묻지 않고 그저 말 한마디로 천 냥 돈을 빌려 줄 정도였지요.

광문은 얼굴이 참 못생겼습니다. 게다가 말주변도 없었지요. 그 입은 두 주먹이 들락거릴 만큼 컸는데 말입니다. 그는 그저 만석중 놀이[2]를 잘하고 곱사춤을 제법 추는 정도였습니다.

얼굴이 그 지경인 데다 별 재주도 없다 보니 장안의 건달패들이 서로 놀릴 적에 '너 달문이 동생이지?' 하며 약을 올릴 정도였습니다. '달문이'는 바로 광문의 별명이었지요.

광문은 길을 가다가 싸우는 사람을 보면 옷을 벗어부치고 싸움판에 끼어듭니다. 그런데 누구를 거들거나 사이에 끼어들어 말리는 것이 아니고, 무어라 더듬더듬 떠들며 땅에다 금을 긋는 시늉을 하는 것이었습니다. 그 모양이 꼭 잘못을 따지기라도 하는 것처럼 엉뚱하고 우스워서 보는 사람마다 웃음을 터뜨립니다. 그러니 싸우던 사람들마저 웃음을 참지 못하고 떠드느라 싸움이 흐지부지되기 일쑤였습니다.

---

2 만석중 놀이 : 개성 지방에서 사월 초파일에 즐기던 인형극 놀이. 대사가 없는 무언극

광문은 마흔이 되도록 장가를 못 갔습니다. 그래서 상투를 틀지 못하고 길게 머리를 땋고 다녔습니다. 누가 광문에게 '이젠 자네도 장가 좀 가게' 하면 이런 대답이 돌아옵니다.

"남자고 여자고 할 것 없이 다들 잘생긴 사람만 좋아하는 세상인데, 누구더러 이 못생긴 얼굴을 바라보며 살라고 하겠습니까? 영 염치없는 일이지요."

제 얼굴 제가 못생겼다고 하니 할 말이 없지요. 또 누군가 나서서 '그럼 집이라도 한 채 장만해 보게' 하면 이렇게 대꾸합니다.

"부모형제도 없고, 처자식도 없는데 집이 대체 무슨 소용이 있나요? 아침나절에 콧노래를 부르며 거리를 돌아다니다가 해가 지면 아무 집에나 들어가서 자면 되지요. 한양에만도 집이 팔만 채나 된다고 합디다. 하루도 빠짐없이 한 집씩 얻어 잔다 해도 내 생전에 그 집들을 다 못 돌지요."

광문이 하는 말이라면 사람들이 철석같이 믿다 보니 장안에서 제아무리 얌전하고 예쁘다고 소문난 기생이라 해도 광문이 소문을 내 주지 않으면 한 푼도 값어치가 없었습니다.

어느 날 궁궐을 호위하는 우림위3 군사들과 대궐의 별감들, 부마도위4 댁 하인들이 한데 어울려 운심이라는 이름의 기생을 찾아

---

3 우림위(羽林衛) : 궁궐을 호위하던 금군의 하나. 서얼 출신만으로 편성

갔다지요. 운심은 꽤 이름난 기생이었던 만큼 콧대가 높았습니다. 술상을 차려 놓고 가야금을 뜯으며 춤을 청해도 머뭇거리기만 할 뿐 선뜻 춤을 추려 들지 않는 것이었습니다.

그런데 그날 밤이 되어 광문이 운심을 찾아왔습니다. 광문은 한참 마루 아래서 서성거리는 것 같더니 어느새 불쑥 마루로 올라갔습니다. 그리고 아무에게도 허락받을 필요가 없다는 듯 제멋대로 윗자리에 앉는 것이 아니겠어요?

광문은 다 떨어진 옷을 입고 있었지만 도무지 조금도 꺼리는 바가 없이 당당했습니다. 눈가에는 눈곱이 잔뜩 끼었고, 술에 취해 연신 게트림을 하는데다가 곱슬머리를 땋아 뒤통수에 아무렇게나 붙인 꼴이 정말 가관이었습니다.

자리에 있던 사람들은 어이가 없었습니다. 그래서 누가 먼저랄 것도 없이 광문을 혼내 주려고 서로 눈짓을 주고받고 있었습니다.

그때였습니다. 광문이 무릎을 쳐 가며 장단을 맞추고 콧노래를 부르기 시작했습니다. 그런데 이게 웬일입니까? 내내 풀이 죽은 듯이 앉아 있던 운심이 자리에서 일어난 것입니다. 운심은 옷매무시를 가다듬더니 한바탕 신나게 칼춤을 추었습니다.

자리에는 갑자기 활기가 돌기 시작했습니다. 모인 사람들은 모두 흥이 나서 즐겁게 어울려 놀았습니다. 그리고 자리를 파하기

---

4 부마도위(駙馬都尉) : 임금의 사위

전에 앞으로 광문과 잘 지내자는 약속들을 하고 헤어졌답니다.

　나는 열여덟 살 무렵에 병을 몹시 앓았습니다.5 잠을 이루지 못해 밤마다 하인들을 불러 세상에 떠돌아다니는 이야기를 해 보라고 시키곤 했지요. 그들 대부분이 광문을 알고 있었고 광문에 대해서 보고 들은 이야기를 들려주었답니다.

　하긴 나도 어려서 광문의 얼굴을 한 번 본 적이 있었는데요, 과연 그는 못생겼습니다. 그때 나는 글짓기를 공부하고 있던 터라, 광문이 이야기를 글로 지어 어른들께 보여 드린 적이 있어요. 어른들이 그 글을 보고 잘 썼다는 칭찬을 듬뿍 해 주셨던 기억이 납니다.

　그 당시 광문은 충청도와 경상도의 고을들을 이리저리 떠돌아다니는 중이었다고 합니다. 두말할 필요 없이 그가 가는 곳마다 그에 관한 소문이 자자했겠지요. 하지만 한양에 올라오지 않은 지는 벌써 수십 년이 되었습니다.

　언젠가 떠돌이 거지 아이 하나가 개령6에 있는 수다사라는 절에 얻어먹으러 들어왔답니다. 밤마다 중들이 모여 이야기를 나누는

---

5 나는 열여덟 살 무렵에 병을 몹시 앓았습니다. : 「광문자전」의 1인칭 서술자는 연암 박지원 자신이다. 연암은 청년기에 심한 우울증을 앓았다고 한다.
6 개령 : 지금의 경북 김천 지방

것을 옆에서 들었지요. 중들은 하나같이 광문을 입에 올리고, 그를 흠모하여 한번 만나 보지 못한 것을 안타까워했다는군요. 그런데 곁에서 듣고 있던 거지 아이가 갑자기 울음을 터뜨렸답니다.

중들은 의아하여 물었습니다.

"너 왜 그러느냐?"

거지 아이는 울먹이며 대답했습니다.

"제가 바로 광문의 아들이랍니다."

그 말이 얼마나 천연덕스러웠던지 중들은 깜짝 놀랐습니다. 그리고 거지 아이를 대하는 태도가 달라졌습니다. 그전에는 더러운 바가지에 밥을 담아 주더니, 그날 이후로는 깨끗이 닦은 사발에 밥을 담고 반찬과 나물을 곁들여 수저를 놓은 소반에 한 상 차려 주곤 했더랍니다.

그 무렵 경상도 지방에 역적질을 꾸미는 사람이 있었습니다. 그는 수다사에서 거지 아이가 융숭한 대접을 받는다는 이야기를 전해 들었습니다. 옳거니 하고 무릎을 치며 그 아이를 이용해 사람들을 속이려고 마음먹었습니다. 그는 몰래 거지 아이를 찾아가 꼬드겼습니다.

"나를 작은아버지라고 불러라. 그러면 좋은 수가 생길 것이다."

그렇게 그 사람은 광문의 아우 행세를 하기 시작했습니다. 이름도 돌림자에 맞추어 광손이라고 바꾸었습니다. 그것을 들은 몇몇 사람은 의아하게 여겼습니다. 광문은 제 성씨도 모르고 형제나 처자도 없는 것으로 알고 있는데, 어디서 난데없이 아우와 아들이 나왔느냐고 의심하게 된 것이지요.

마침내 사람들은 관가에 가서 광문의 아우와 아들이라 우기는 자를 고발했습니다. 관가에서는 즉시 두 사람을 잡아들였지요. 그리고 광문을 불러 마주 앉히고는 심문을 했습니다. 물론 서로 얼굴도 모르는 사이라는 것이 금세 밝혀졌고요. 관가에서는 아우를 사칭한 사람의 목을 베고, 거지 아이는 먼 시골로 귀양을 보내 버렸습니다.

조사를 마치고 광문이 풀려난다고 하자 광문의 소식을 궁금해하던 사람들은 모두 찾아가 구경을 했답니다. 늙은이 젊은이 할 것 없이 광문을 보러 가는 바람에 한양은 며칠 동안 텅 비다시피 했다지요.

어느 날 광문은 길을 가다가 우연히 전에 알고 지내던 표철주7를 만났습니다.

"네가 사람 잘 치던 표 망둥이 아니냐? 이제는 너도 늙어서 기운을 못 쓰겠구나."

망둥이는 표철주의 별명이었습니다. 두 사람은 반가워하며 서

---

7 **표철주** : 조선 시대의 범죄자이다. 영조가 임금이 되기 전에 세자궁 별감을 지냈는데, 사실 범죄 조직의 일원이었다고 한다.

로 지내 온 이야기를 나누기 시작했습니다.

"영성군8과 풍원군9은 모두 평안들 하신가?"

"벌써 다 세상 떠났네."

"김경방이는 지금 무슨 벼슬을 하고 있나?"

"용호장10이라네."

"그 녀석이 아주 미남이었지. 몸은 뚱뚱했지만 기생을 안고 담을 훌쩍 뛰어넘곤 하지 않았나? 돈을 똥이나 흙덩이처럼 여기며 펑펑 쓰더니만, 이제는 귀한 자리에 올랐다니 만나 보기도 힘들겠네그려. 그건 그렇고 분단이는 어디 있나?"

"벌써 죽었다네."

뜻밖의 소식에 광문은 길게 한숨을 지었습니다. 그리고 옛이야기 한 자락을 펼치기 시작합니다.

"옛날에 풍원군이 밤에 기린각에서 잔치를 벌이고 난 후 모두 돌려보내고 분단이만 남겨서 함께 잔 적이 있었다네. 새벽에 일어나 대궐로 들어갈 채비를 하는데 분단이가 촛불을 잡다가 그만 잘못해서 담비 가죽 모자를 태워 먹었지 뭔가. 분단이가 황송해서 어쩔 줄 몰라 하니까 풍원군이 껄껄 웃으면서 말했어.

---

8 **영성군** : 조선 후기의 문신 박문수를 이름.
9 **풍원군** : 조선 후기의 문신 조현명을 이름.
10 **용호장(龍虎將)** : 임금을 호위하고 궁궐을 지키는 용호영(龍虎營)의 정삼품 벼슬

'네가 부끄러운가 보구나.'

그러면서 압수전11을 오천 푼이나 턱 내주겠지? 나는 그때 분단이의 머릿수건과 덧치마를 들고 난간 아래에 서 있었다네. 그런데 방 안에서 보기에는 아마 시꺼먼 게 귀신같았나 봐. 풍원군이 창문을 열고 침을 탁 뱉다 말고 분단이에게 귓속말로 묻는 거야.

'저기 시커먼 게 무어냐?'

분단이는 빙그레 웃으면서 대답했지.

'천하의 광문이를 모르는 사람도 있습니까?'

풍원군은 껄껄 웃더군. 그러면서 분단이에게 명했다네.

'네 기둥서방이로구나. 이리 불러 들여라.'

나야 어쩔 수 있나? 시키는 대로 하는 수밖에. 풍원군은 커다란 잔으로 내게 술을 한 잔 따라 주더니 자기도 감홍로12를 일곱 잔이나 연거푸 마시더군. 그리고 나서야 초헌13을 타고 가데그려. 그나저나 이젠 모두 옛이야기가 되고 말았네."

이야기를 마치고 잠시 감회에 젖어 있던 광문은 이내 다시 표철주에게 물었습니다.

"요즘 장안의 어린 기생으로는 누가 제일 유명한가?"

---

11 **압수전(壓羞錢)** : 기녀에게 부끄러움을 달래 주느라고 주는 돈
12 **감홍로** : 지치 뿌리와 꿀을 넣어서 담근 붉은색 소주. 평양 지방의 특산물
13 **초헌(軺軒)** : 종이품 이상의 벼슬아치가 타는 수레

"작은아기라네."

"조방꾼14은 누군가?"

"최박만일세."

광문은 마침 생각이 났다는 듯이 표철주에게 이야기합니다.

"그렇지 않아도 아침나절에 상고당15에서 사람을 보내어 안부를 물어 왔다네. 둥구재 아래로 이사를 갔다지? 대청 앞에 벽오동을 심어 놓고 그 아래에서 손수 차를 달이면서 쇠돌이16를 불러 거문고를 뜯게 한다더군."

"아무렴. 요새 쇠돌이 형제가 한창이라네."

"그래? 그 아이들이 김정칠이 아들 아닌가. 내가 그 아이들 애비와 퍽 가깝게 지내는 사이였다네."

광문은 서글픈 기색으로 입을 다물었습니다. 무슨 생각을 골똘하게 했는지 한참만에야 다시 말을 잇는 것이었습니다.

"내가 떠난 뒤로 세월이 많이 흐르고 일들도 많았구면."

표철주도 말없이 광문을 바라보았습니다. 머리숱이 눈에 띄게 줄었지만 그래도 쥐꼬리만 하게 땋아 늘였는데 이가 빠지고 입도

---

14 **조방꾼** : 기방에서 남녀 사이의 일을 주선하고 잔심부름을 하는 사람

15 **상고당** : 상고당은 영조 때의 문인 김광수의 당호이다. 군수를 역임했으나 예술가로 명성을 떨쳤다. 글씨와 그림에 뛰어났으며, 고서화의 수집가로 감식안이 높았다고 한다.

16 **쇠돌이** : 당대 거문고의 명인이었던 김철석을 이름.

오므라들어서 전처럼 주먹이 들락거릴 수 없게 된 것 같았습니다.

광문이 표철주에게 다시 물었습니다.

"자네도 이렇게 늙었는데 어떻게 먹고사나?"

표철주가 쓸쓸히 대답합니다.

"살기가 어려워 집주름17 노릇을 하고 있다네."

"자네가 이제는 가난을 면하려는가 보네만 그것이 얼마나 오래 갈까. 예전에는 자네 집 재산이 수만금이어서 자네를 '황금투구'라고 불렀는데 그 투구는 어디다가 벗어 두었나?"

"이제 나도 세상 돌아가는 것을 안다네."

광문은 웃으면서 말했습니다.

"자네야말로 재주 배우고 나니 눈이 어두워진 격일세그려."

표철주와 반갑게 만나 이야기를 나눈 광문은 기약 없는 인사를 나누고 헤어져 어디론가 떠났습니다.

그 후로는 광문이 어떻게 되었는지 아는 이가 없다고 합니다.

---

17 **집주름** : 집 흥정 붙이는 사람

예덕선생전

조선 후기 실학자 가운데 한 사람인 이덕무1 선생님을 주위 사람들은 '선귤자'라는 별호로 부르곤 했습니다. 선귤자 이덕무 선생님에게는 '예덕2 선생'이라는 별명을 가진 벗이 한 사람 있었답니다.

예덕 선생은 서울 종로의 탑골공원 원각사 터에 있는 종본탑의 동쪽에 살았습니다. 그는 마을에서 똥을 쳐내는 일을 했습니다. 동네 사람들은 그를 '엄 행수', '엄 행수' 하고 불렀습니다.

'행수'라는 말은 일꾼 무리의 우두머리를 이르는 말인데, 예덕 선생에게 그런 호칭을 붙이는 것이 그를 높이려는 뜻은 아니었을 테지요. 나이 많은 사람의 이름을 그냥 입에 올리기는 무엇하고

---

1 이덕무(李德懋, 1741-1793) : 조선 후기의 실학자. 규장각에서 활동하면서 많은 서적을 정리하고 조사하여 교정하였고, 고증학을 바탕으로 한 많은 저서를 남겼다. 박지원, 박제가, 유득공, 홍대용 등 북학파 실학자들과 교유하였으며, 서자 출신이었던 탓에 중용되지는 못하였으나 그 독서량과 박식함으로는 타의 추종을 불허할 정도였다고 한다.

2 예덕(穢德) : 더럽다는 뜻의 예(穢) 자와 높은 수양을 뜻하는 덕(德) 자를 나란히 써서 대상의 인품을 드러낸 것으로 보인다.

그냥 그의 성씨인 엄 자 뒤에 반 농담 식으로 '행수'를 붙여서 부른 것인가 봅니다.

엄 행수라고 부르는 것이 좋은 뜻이든 놀리는 말이든 간에 동네 사람들이 그를 가까이 하고 친하게 지낼 까닭은 없었습니다. 그런데 선귤자 선생님은 심지어 존경의 의미까지 담아 예덕 선생이라고 부른 것입니다.

어느 날 선귤자 선생님의 집에 '자목'3이라고 불리는 제자가 찾아왔습니다. 선귤자 선생님은 반갑게 자목을 맞이하였지만, 어쩐지 자목의 안색은 그리 밝지 않았습니다. 무슨 속상한 일이 있었나 봅니다. 자목은 벌겋게 상기된 얼굴로 작정한 듯 말을 꺼냈습니다.

"전에 선생님께서 말씀하셨지요. '벗이란 함께 살지 않는 아내와 같다. 달리 말하면 핏줄을 나누지 않은 형제와 마찬가지다', 저는 선생님의 말씀을 듣고 함께 살지는 않더라도, 핏줄을 나눈 것은 아니라도 벗은 아내나 형제처럼 소중한 존재라는 것을 알게 되었습니다."

선귤자 선생님은 자목이 무슨 말을 하고 싶은 것인지 궁금했습

---

3 **자목** : 조선 후기 문신 이서구(李書九)의 사촌동생이며 이덕무의 제자인 이정구(李鼎九, 1756-1783)이다.

니다. 불만이 가득한 제자의 표정을 보아서는 벗의 의미를 되새기는 말 정도로 그치지 않고 무언가 심각하게 따지려 들 것 같았습니다.

"그랬지. 그런데 무엇이 잘못되었는가?"

선생님은 웃는 낯으로 제자의 얼굴을 찬찬히 들여다보고 있는데, 제자는 선생님의 눈길을 애써 피하면서 내내 굳은 얼굴을 풀지 못하고 있었습니다.

"요즘 내로라하는 양반들이 선생님을 가까이 모시며 아랫자리에 앉아 배우고 싶어 안달을 내는데, 그들 중 누구도 상대하지 않으셨지요. 선생님께서 그런 사람들은 멀리하면서 엄 행수 같은 자를 벗으로 여기신다니 말이 됩니까?"

선귤자 선생님은 그제야 제자의 의중을 헤아리고 미소를 지으며 고개를 끄덕였습니다.

"난 또 무어라고. 그것 때문에 찾아온 게로군. 그런데 말일세. 엄 행수가 나와 친구 되지 말라는 법이 있는가?"

자목은 흥분한 듯 목소리가 조금 더 커졌습니다.

"그는 지저분한 곳에 살면서 천한 일을 하는 막일꾼이 아닙니까? 게다가 그가 하는 일이란 차마 입에 올리기도 부끄러우니, 저는 엄 행수 같은 사람과는 잠깐 마주치기도 싫습니다. 그런데 그를 벗으로 삼아 사귀기를 주저하지 않으시고, 심지어는 선생이라고까지 부르며 칭찬하시니 무슨 까닭입니까? 사람들이 선생님과 엄 행수의 이야기를 하며 뒤돌아서서 수군거리는 것을 보면 제 얼굴이 다 뜨거울 지경입니다. 더는 창피해서 못 참겠습니다. 이제 그만 저는 선생님 곁을 떠날까 합니다."

선귤자 선생님은 제자의 마음을 짐작할 수 있을 것 같았습니다. 그래서 더 자상한 태도와 목소리로 말했습니다.

"그러지 말고 거기 잠깐 앉게나. 자네에게 이야기해 줄 것이 있네."

자목은 선생님의 권유에 못 이겨 자리에 다시 앉았습니다. 선귤자 선생님은 제자에게 차근차근 벗과의 사귐에 관한 이야기 꾸러미를 풀어 나가기 시작했습니다.

"의원이 제 병을 못 고치고 무당이 제 굿을 못한다는 속담도 있네. 그렇지 않은가? 사람들은 다들 자기 잘난 것을 남들이 알아주었으면 하고 바란다네. 그래도 영 몰라주는 것 같으면 답답한 나머지 그만, '제가 무슨 단점이 있는지 좀 가르쳐 주십시오' 하며 슬쩍 돌려서 부탁하기도 하지. 이런 부탁을 하는 사람이 정말 자기 허물을 알고 싶은 경우는 별로 없네. '단점이라니 그게 무슨 말이오? 당신에겐 장점이 더 많다오' 하는 소리를 듣고 싶은 것이겠지.

그럴 때 듣기 좋으라고 마냥 칭찬만 해 주면 아첨하는 것 같아 보기 좋지 않고, 그렇다고 곧이곧대로 타박만 하면 흉보는 것 같아 무정한 사람이라는 소리를 듣게 되네. 그러니 귀에 거슬리지 않을 정도로 그의 허물을 대강 얼버무려 말하지. 아무리 속으로는 크게 꾸짖고 싶은 마음이 있다 해도 그렇게 얼버무려 놓으면 듣는 사람도 화를 낼 일은 없어. 그가 정말 꺼리는 것을 콕 집어 건드리지는 않았기 때문이네. 그런 다음 숨겨 놓은 물건을 알아맞히듯이 슬쩍, 그 사람이 자랑하고 싶었던 것을 추어올려 주면, 그는 마치 가려운 데를 긁어 주어 고맙다는 듯이 감격하기 마련일세.

그런데 가려운 곳을 긁어 주는 데에도 비결이 있다네. 등을 시원하게 두드려 주더라도 겨드랑이 근처까지는 가지 말고, 가슴을 어루만져 주더라도 목 가까이까지 올라가서는 안 되네. 칭찬을 할 때도 마찬가지일세. 언뜻 들어서는 칭찬인 줄 모르게 은근히 칭찬을 해 주면, 그 사람은 틀림없이 자기를 알아주는 이를 만났다고 왈칵 손목을 잡으며 기뻐할 것이네. 그렇게만 하면 자네도 아주 쉽게 벗을 만들 수가 있을 거야."

자목은 선생님의 말씀을 듣고 있다가 차마 듣지 못할 말을 들었다는 듯이 손으로 귀를 막고 멀찍이 물러나 앉았습니다.

"지금 선생님께서는 저에게 시장 바닥의 잡놈들이나 집안 머슴들이 하는 짓거리를 가르치고 계십니다."

선귤자 선생님은 제자의 모습을 너그럽게 지켜보면서 말을 이었습니다.

"그렇게 말하는 걸 보니 자네가 부끄러워하는 것이 무언지 알겠네. 아까 자네는 내가 천한 사람과 사귀는 것이 부끄럽다고 찾아왔지? 하지만 사실은 시장 바닥의 잡배처럼 잇속만을 챙기거나 머슴이 상전 대하듯 아첨하는 것을 부끄러워하는 것이로군.

과연 그렇지 않은가? 요즘 사람들은 잇속으로 벗을 사귀거나 얼굴을 맞대기만 하면 아첨하는 것으로 서로 사귀네. 그러니 아무리 친한 사이라고 하더라도 세 번만 손을 벌려서 부탁을 하면 멀어지게 되고, 아무리 원수 같은 사이라 해도 달라는 것을 세 번만 주면 친해지지 않을 사람이 없는 법이지. 잇속을 염두에 둔 사귐이 좀처럼 지속되지 않고, 아첨으로 사귄 벗이 오래가지 못하는 것은 바로 그 때문일세."

자목은 알 듯 모를 듯한 표정을 지었습니다. 아무튼 선귤자 선생님의 이야기에 점점 빠져들고 있는 것은 틀림없었습니다.

"생각해 보게. 꼭 가까이서 얼굴을 마주 대하고 만나야 좋은 벗을 사귀는 것은 아니네. 친절을 베풀어야만 벗이 생기는 것도 아니라네. 오직 마음으로 사귀고 덕으로 벗하는 것이 도덕과 의리의 사귐인 것이네. 그렇게만 한다면 천 년 전의 옛사람과도 벗이 될 수 있고, 만 리 떨어진 곳에 사는 사람이라도 늘 가까이 있는 것처럼 사귈 수 있네."

선귤자 선생님은 다시 은근히 엄 행수 이야기를 꺼냈습니다.

"그런 점에서 보면 자네가 말한 엄 행수는 어떤 사람인가? 그분은 한 번도 자기를 알아 달라고 하지 않았지만 나는 늘 그를 존경하며 칭찬하고 싶어 견디지 못할 지경일세. 그는 음식을 가리지 않고 무엇이든 꿀떡꿀떡 잘 먹고, 길을 걸을 때에는 서두르는 법이 없이 어청어청 걸어 다니지. 잠을 잘 때에는 모든 근심을 잊은 채 쿨쿨 태평하게 코를 골며, 웃음이 나면 나는 대로 아무 막힘도 없이 껄껄 웃는다네.

그러니 그가 가만히 있을 때에는 그저 바보처럼 보이기도 하지. 토담을 쌓고 지붕을 풀로 덮은 움막집에 문이랍시고 조그만 구멍 하나 뚫어 놓은 곳에 사는데, 새우처럼 등을 구부리고 그리 들어가서 개처럼 웅크리고 잠을 자는 걸 보면 처량해 보이기도 하지. 그러나 아침만 되면 누구보다 개운하게 일어나 삼태기를 지고 마을로 훨훨 내려가 똥을 친다네.

서리가 내리는 구월이 지나 살얼음이 어는 시월이 되면 뒷간의 사람 똥, 마구간의 말똥, 외양간의 소똥, 집 안 구석구석의 닭똥, 개똥, 거위 똥, 돼지우리의 돼지 똥은 물론 비둘기 똥, 토끼 똥, 참새 똥까지 똥이란 똥은 모조리 귀한 보물인 양 긁어모으지. 그런다고 해서 누가 그에게 염치가 없다고 손가락질하겠는가? 그 똥으로 저 혼자 이익을 남겨 먹는다고 의리 없다 말할 사람이 있겠나? 똥이라고 생긴 것은 모두 독차지한다더라도 그에게 양보할 줄 모르는 욕심쟁이라고 손가락질할 사람이 없다네.

손바닥에 침을 탁 뱉어 삽을 집어 들고 새가 모이를 쪼듯 허리를 구부린 채 일에만 매달리는 엄 행수를 보게. 그는 잘 차려입는 것에 관심이 없고 노래를 부르며 흥겹게 노는 것도 즐기지 않는다네. 세상에 부귀영화를 바라지 않을 사람이란 없을지 모르지만, 바란다고 해서 누구나 얻는 것은 아니지. 그걸 알고 있으니 애초부터 부러워하지 않는 것일세. 그런 분이니 그를 칭송한들 지금보다 영예로워질 것도 없고, 혹 헐뜯는다고 해서 욕될 것도 없지 않은가?

왕십리의 무, 살곶이의 순무, 석교의 가지나 오이, 참외, 호박이며 연희궁의 고추, 마늘, 부추, 파, 그리고 염교와 청파의 미나리, 이태인의 토란4이 그저 그냥 생기는 줄 아는가? 그렇지 않네. 농부가 아무리 좋은 밭에 정성껏 씨를 뿌리고 가꾼다 해도 그것만으로는 충분치 않지. 엄 행수가 가져다주는 똥거름을 써야 밭이 비옥해지고 많은 수확을 올릴 수 있는 것이라네. 그렇게 하고서야 한 해 육천 냥 가량 되는 돈을 벌어들이게 되는 걸세."

선귤자 선생님의 이야기를 곰곰이 듣고 있던 자목은 고개를 젓고 싶어도 저을 수가 없었습니다. 스승의 말에 틀린 것이 하나도 없었기 때문입니다. 하지만 여전히 얼굴에는 못마땅한 표정이 다

---

4 왕십리의 무 ~ 이태인의 토란 : 살곶이는 지금 서울의 뚝섬, 석교는 석관동, 연희궁은 연희동, 청파는 청파동, 이태인은 이태원에 해당

가시지 않았습니다.

선생님의 말씀이 아니더라도 조금만 생각해 보면 과연 엄 행수는 동네 사람들에게 꼭 필요한 일을 하는 존재임에 틀림없었습니다. 하지만 꼭 그와 친해야 한다거나 그를 존경까지 해야 할 이유는 없을 것 같았습니다. 선귤자 선생님은 제자의 마음을 아는지 모르는지 하던 이야기를 이어 나갔습니다.

"그런데 정작 그는 아침에 밥 한 사발 먹으면 충분하고 저녁에 또 한 사발 먹으면 그만이라고 늘 말하네. 누가 고기를 좀 먹으라고 권하면, '목구멍을 넘어가기만 하면 배를 채우기로는 고기반찬이나 나물 반찬이나 마찬가지인데 무엇 하러 맛을 따집니까?' 하고 마네. 살림이 쪼들리는 것도 아닐 텐데 옷이라도 보기 좋게 차려입는 것이 어떠냐고 권하면, '소매가 넓은 옷은 공연히 일하는 데에 거추장스럽기만 하답니다. 게다가 새 옷을 입고서 어떻게 똥거름을 지고 다닙니까?' 하고 손사래를 치면서 마다하지.

엄 행수도 해마다 설날이 되면 이른 아침에 잠깐 의관을 갖춰 입고 이웃을 찾아다니며 두루 세배를 한다네. 하지만 그뿐, 집에 돌아오자마자 헌 옷을 도로 꺼내 입고는 언제 그랬느냐는 듯이 삼태기를 메고 마을로 들어간다네.

엄 행수를 업신여겨서는 안 되는 이유가 단지 그가 쓸모 있는 사람이기 때문만은 아니네. 엄 행수 같은 분이야말로 더러운 막일로 자신의 덕을 숨긴 채 세속에 숨어 사는 큰 인물이 아니겠는가?"

자목은 스승의 말씀을 머리로는 이해할 수 있었습니다. 하지만 엄 행수의 행색을 떠올리기만 하면 얼굴부터 찡그려지는 것을 어쩔 수 없었습니다.

"그 사람이 숨기고 있는 덕이라는 것은 대체 무엇입니까? 그 자신도 알지 못하는 것을 선생님께서 넘겨짚고 굳이 과장하는 것은 아닐까요?"

선귤자 선생님은 제자를 바라보며 미소를 잃지 않았지만 천천히 고개를 저었습니다.

"『중용』에 이런 말이 있네. '부귀를 타고나면 부귀하게 지내고, 빈천하게 타고나면 빈천한 대로 지낸다', 그에 따르면 사람의 팔자는 하늘이 이미 정해 좋은 것 아니겠는가. 또 『시경』에는 '이른 새벽부터 늦은 밤까지 맡은 일을 돌보느라 다 같이 열심히 노력한다 해도 사람마다 똑같은 운이 따르는 것은 아니다' 하는 말이 있네. 운이니 복이니 하는 것은 각각의 사람마다 다르게 정해져 있다는 말이네.

사람들마다 세상에 태어날 때 각자 정해진 운명이 있네. 그러니 혹시 복이 없다 한들 그걸 누구에게 하소연하고 원망하겠는가. 사람의 마음이란 누구나 마찬가지여서 새우젓을 먹게 되면 달걀찜이 먹고 싶고, 베옷을 입게 되면 모시옷이 탐나게 되는 것일세. 이런 욕심 때문에 세상이 어지러워지고 마침내 사람들이 들고 일어나면 전란으로 농토가 황폐해지기도 하는 것이네.

진승이나 오광5이나 항적6 같은 무리가 농사짓는 걸로 만족하며 살아갈 사람들이었겠는가. 『주역』의 말씀 중에 '짐을 짊어진 사람이 수레에 앉으니 스스로 도적을 불러들인다'7는 것은 이를 두고 한 말이네. 그러니 분수에 맞지 않게 살면 아무리 높은 벼슬에 오른다 해도 더러울 수밖에 없고, 힘들이지 않고 거저 재물을 얻어 부자가 된다면 그 이름에서 썩는 냄새가 나지 않을 수 없는 법일세. 그래서 사람이 죽으면 입 속에 구슬을 넣어 주고 그 사람이 평생 깨끗이 살았던 것을 칭송하지 않나?

누군가는 엄 행수가 똥거름을 나르며 먹고사는 것이 더럽다고 여길지 모르지만 누가 뭐래도 그의 삶은 지극히 향기롭다 할 수 있겠네. 그가 일하는 곳이 지저분하다지만 의리를 지키는 삶의 태도는 지극히 고결하다 하지 않을 수 없네. 누군가 그에게 지극히 높은 벼슬을 준다고 유혹하더라도 달라질 사람이 아니지. 어떤 유혹에도 그는 흔들리지 않을 걸세."

---

5 진승(陳勝)이나 오광(吳廣) : 중국 진나라 때 농민 봉기를 일으킨 사람이다.
6 항적(項籍) : 중국 초나라의 임금 항우의 이름
7 짐을 짊어진 사람이 수레에 앉으니 스스로 도적을 불러들인다 : 짐을 지고 가는 사람은 신분이 낮은 사람을 일컬으니 그런 자가 분수에 맞지 않게 수레에 올라탄 것을 빗댄 말

이름 없는 사람들을 기리는 이야기

제자의 얼굴은 점점 붉어졌습니다. 처음 스승을 찾았을 때의, 분하고 창피한 마음 때문만은 아니었을 것입니다. 선귤자 선생님의 깊은 뜻을 알면 알수록 오히려 자신이 초라해지고 부끄러워지는 것을 느끼고 있었나 봅니다.

"알겠는가? 깨끗한 가운데서도 깨끗하지 못한 것이 있네. 더러운 가운데도 더럽지 않은 것이 있다네. 나는 그동안 먹고사는 일에 어려움이 있을 때마다 나보다 형편이 어려운 사람들을 생각하며 견디곤 했었지. 그런 가운데에서도 특히 엄 행수만 생각하면 어떤 어려움이라도 이겨 낼 수 있었다네.

나는 엄 행수를 믿네. 남의 것을 탐내거나 도둑질할 마음이 전혀 없는 분이지. 바로 그런 깨끗한 마음을 잘 지키고 키워 나가는 사람이야말로 성인의 경지에 이를 수 있을 걸세."

자목은 그만 어안이 벙벙해지고 말았습니다. 밤낮으로 책을 읽고 공부하여 지식과 교양을 쌓은 선비보다도 똥 지게꾼 엄 행수가 성인에 가깝다는 스승의 말씀이 믿기지 않을 만큼 충격적이었던 것입니다.

"선비가 좀 가난하게 산다고 해서 그걸 겉으로 드러내는 것도 부끄러운 일이고, 행여나 좀 출세했다 해서 거드름을 피우는 것도 부끄러운 일일세. 선비랍시고 행세하는 사람들 가운데 엄 행수와 견주어 부끄럽지 않을 사람은 거의 없을 거야. 나라고 그보다 낫다고 할 수 있겠나? 그래서 나는 엄 행수를 선생으로 모시려 하는 걸세. 어떻게 감히 벗으로 삼아 사귀겠다는 마음을 가지겠나? 내가 그분을 엄 행수라고 감히 부르지 못하고 예덕 선생이라고 부르는 이유를 이제는 알겠지?"

제자는 선생님의 말씀이 끝난 후에도 아무 말도 하지 못한 채 묵묵히 고개를 숙이고 앉아 있었습니다.

민옹전

남양[1] 사람 중에 민씨 성을 가진 노인이 있었습니다.

영조 임금 때인 1728년 무신년에 이인좌, 정희량 등이 반란을 일으켰을 때, 민 노인은 반란군을 진압하기 위해 출정한 공로로 첨사 벼슬을 한 일이 있습니다. 하지만 그 뒤로는 집에 들어앉아 아무 벼슬도 하지 않았습니다.

민 노인은 어려서부터 영리하고 총명하였습니다. 옛사람의 뛰어난 업적이나 갸륵한 충절을 본받으려고 애를 쓸 만큼 진지한 선비였지요. 그래서 옛사람의 전기를 읽을 때면 가끔 감격에 북받쳐 눈물을 흘리거나 탄식하는 일이 많았습니다.

민 노인은 어릴 때부터 자신의 삶에 지침이 될 만한 구절을 써서 곁에 두고 늘 마음에 새겼습니다.

향탁[2]이 일곱 살에 공자님 스승이 되었다.

---

1 남양 : 지금의 경기도 화성 지방

이것은 불과 일곱 살 때 큰 글씨로 써서 벽에 붙인 글귀입니다. 그렇게 해가 바뀔 때마다 쓰고 붙이기를 계속했습니다. 열두 살 때는 또 써서 이어 붙였습니다.

감라3가 장수가 되었다.

자신의 나이에 옛사람들이 했던 일을 기록하고 본받으려 했던 것입니다. 열세 살이 되니 머리맡의 글귀는 또 한 줄이 늘어났습니다.

외황 고을의 아이가 항우에 맞서 유세를 했다.4

그는 계속 나이를 먹었고 벽에 붙인 글귀도 점점 많아졌습니다.

곽거병5이 흉노를 정벌하러 기련산을 넘었다.

---

2 **향탁** : 공자가 향탁이라는 일곱 살 어린아이에게 한 수 배웠다는 고사
3 **감라** : 중국 진나라 때 열두 살 때의 감라는 조나라에 사신으로 가서 조나라가 진나라에 성을 바치고 섬기도록 했다.
4 **외향 고을의 아이가 항우에 맞서 유세를 했다** : 중국 진나라 말기에 외황 고을을 함락한 항우가 저항한 사람들을 모조리 죽이려 할 때 고을의 열세 살 소년이 찾아가 설득하고 항우의 마음을 돌린 이야기

이름 없는 사람들을 기리는 이야기

곽거병이 흉노를 쳐서 공을 세운 것은 열여덟 살 때의 일입니다.

항우가 강을 건넜다.

진나라 군대에 포위당한 조왕을 구하기 위해 오강을 건너던 때 항우의 나이는 스물네 살이었지요.

그렇게 민 노인은 나이를 먹어 갔습니다. 옛사람의 발자취를 마음에 새기고 본받으려는 태도를 잃지 않았건만 정작 그가 세상에 나서서 나라와 백성을 위해 공을 세우거나 이름을 떨칠 일은 별로 없었습니다. 민 노인은 나이 마흔이 되어서도 이렇다 할 공을 세우지 못하자 이렇게 적었습니다.

맹자가 마흔 살이 되어서 마음의 동요를 일으키지 않았다.

해마다 글을 적어 붙이다 보니 벽은 온통 새카맣게 되어 버렸습니다. 민 노인이 일흔 살 되던 해입니다. 아내는 민 노인에게 농담을 던졌습니다.

"영감, 어째 올해는 벽에 까마귀를 그리지 않으시오?"

---

5 곽거병(霍去病) : 중국 전한의 무제 시절에 활약한 무관

민 노인은 아내의 말이 끝나자마자 마치 무언가 좋은 생각이 났다는 듯이 무릎을 치며 말했습니다.

"여보, 빨리 먹을 갈아 주시오."

그러고는 이내 큰 글씨로 다음과 같이 적었습니다.

범증6이 일흔 살에 기묘한 계책을 세웠다.

이번에는 무슨 글귀를 적는 건가 궁금해서 지켜본 아내는 그만 답답한 마음에 화를 내고 말았습니다.

"아무리 꾀가 뛰어나면 무얼 하오? 어디에든 써먹을 수 있어야지요."

민 노인은 허허 웃으면서 농담 반 진담 반으로 대답했습니다.

"강태공7은 여든 살이 되어서야 한몫을 했다 하지 않소. 그에 비하면 지금의 나는 당시 강태공의 셋째나 넷째 아우뻘밖에 되지 않을 나이이니, 좀 더 기다려 보시구려."

내가 열일고여덟 살 되던 때, 그러니까 계유년(1753)과 갑술년

---

6 **범증(范增)** : 중국 진나라 말 항우의 모사. 일흔 살에 항우의 숙부인 향량을 찾아가 진나라에 반란을 일으키라고 종용했다.

7 **강태공(姜太公)** : 중국 주나라 건국의 일등 공신. 여든 살에 주나라 무왕을 도와 은나라를 쳐서 없애는 데 성공했다.

이름 없는 사람들을 기리는 이야기

(1754) 무렵의 일입니다. 나는 당시 오랫동안 병을 앓느라 적잖이 지쳐 있었지요.[8]

하릴없이 집에 들어앉아 노래나 그림에 취미를 붙여 보기도 하고, 옛날 칼이나 거문고 같은 골동품을 모아 보기도 했습니다. 집에 우스갯소리나 옛이야기를 잘하는 사람들을 불러들여 보기도 했지만, 울적한 기분은 좀처럼 풀리지 않았습니다.

그때 누군가가 민 노인을 소개해 주었습니다. 민 노인은 노래도 잘하고, 말재주도 좋다고들 했습니다. 그가 재미있게, 그리고 거침없이 이야기하는 것을 들으면 속이 시원해진다던가요? 나는 그 말을 듣고 무척 반가워서 얼른 노인을 만나게 해 달라고 부탁했습니다.

며칠 후 민 노인이 찾아왔습니다. 마침 그때 나는 사람들과 어울려 음악을 즐기고 있었답니다. 나는 연주되고 있는 곡을 중간에서 끊기가 멋쩍어서, 곧 연주가 끝나면 민 노인을 안으로 맞아들이려 마음먹고 있었습니다. 그런데 노인은 인사도 하는 둥 마는 둥 퉁소 부는 사람을 물끄러미 들여다보더니 다짜고짜 그의 뺨을 철썩 후려갈기는 게 아니겠어요?

---

8 내가 열일고여덟 살 되던 때, 그러니까 계유년(1753)과 갑술년(1754) 무렵의 일입니다. 나는 당시 오랫동안 병을 앓느라 적잖이 지쳐 있었지요. : 「민옹전」 또한 「광문자전」처럼 1인칭 서술자는 연암 박지원 자신이다.

사람들은 모두 깜짝 놀랐습니다. 민 노인은 어안이 벙벙한 사람들을 신경 쓰지도 않고 도리어 큰 소리를 내며 퉁소 부는 이를 꾸짖기까지 합니다.

"이놈아, 듣는 주인은 즐거워하는데 어째서 너는 성을 내고 있느냐?"

잠시 방 안에는 정적이 흘렀습니다. 모두가 깜짝 놀랐습니다. 나는 노인에게 물었습니다.

"별일 없었던 것 같은데, 왜 그러시오?"

노인이 대답합니다.

"저놈이 눈을 부릅뜨고 얼굴에 핏대까지 올리는 걸 보시오. 저게 성난 것이 아니면 무엇이겠소?"

나는 어처구니가 없어서 그만 실없이 웃음을 터뜨리고 말았습니다. 하지만 노인은 따라 웃지도 않고 정색한 채 말을 이었습니다.

"가만히 보니 퉁소 부는 놈만 괜히 성이 난 게 아니구려. 피리를 부는 놈은 얼굴을 돌리는 품이 꼭 우는 것 같고, 또 장구 치는 놈을 보시오. 무슨 걱정이 그리 많다고 잔뜩 얼굴을 찌푸리고 있답니까? 게다가 한데 모여 음악을 듣는 사람들은 어떻습니까? 쥐 죽은 듯이 앉아 잔뜩 겁에 질린 듯하구려. 마당의 하인 놈들도 끽소리 한번 못하고 눈치를 보느라 웃지도 못하니……."

노인은 급기야 혀를 끌끌 찹니다.

"어디 이래서야 음악을 즐긴다고 할 수 있겠습니까?"

나는 잠시 연주를 쉬게 하고 민 노인을 방 안으로 맞아들였습니다. 노인은 옷깃을 활활 털며 들어옵니다. 자세히 보니 키는 작달막한데 흰 눈썹이 수북하니 눈을 덮었습니다. 내가 이름을 묻자 노인은 서슴없이 대답하는데요, 이름은 '있을 유(有)', '믿을 신(信)' 자를 써서 '유신'이라고 한답니다. 나이는 일흔셋이나 되었다지요.

그렇게 통성명을 하자마자 노인은 또 대뜸 내게 물었습니다.

"어디 아프시오? 머리가 아픕니까?"

나는 역시 듣던 대로 재미있는 영감님이군, 하고 속으로 생각하며 대답했습니다.

"아니요."

민 노인은 고개를 갸우뚱거리더니 자못 심각하게 다시 묻습니다.

"그러면 배가 아프오?"

나는 엷은 미소를 띠며 고개를 저었습니다.

"아닌데요."

노인은 내 얼굴을 들여다보느라 앞으로 숙였던 고개를 들면서 자리에서 일어났습니다.

"그러면 병이 든 건 아니로구먼."

그러면서 누가 시키지도 않았는데 저 혼자 창문을 활짝 열어 버립니다.

걷어 올린 들창으로 낯선 손님처럼 시원한 바람이 불어 들어왔습니다. 늘 답답했던 내 마음속이 조금은 후련해지는 것 같았습니다.

나는 어쩐지 제멋대로인 데다 고집불통인 이 노인에게 조금씩 마음이 이끌리는 것을 느꼈습니다. 그래서 긴한 의논을 하는 것처럼 진지한 목소리로 말했습니다.

"밥을 잘 못 먹고 잠을 잘 못 자는 것이 내 병이랍니다."

그런데 이건 또 웬일일까요? 내가 그렇게 말하자마자 노인은 벌떡 일어나 허리를 굽히며 축하 인사를 하는 게 아니겠어요? 나는 의아해서 다시 물어볼 수밖에 없었습니다.

"아파서 죽겠다는 사람더러 무슨 축하를 하십니까?"

노인은 능청스럽게 잘도 둘러댑니다.

"보아 하니 그대는 집안 살림도 그다지 넉넉지 못한 것 같은데, 밥을 잘 먹지 못한다니 이제 재물이 남아돌 것 아니오? 게다가 잠을 못 잔다니 잠 잘 자는 사람보다 갑절을 더 사는 셈이로구려. 재물이 남아돌고 남보다 갑절을 더 살면 오복 가운데 장수하는 복과 재물 복 두 가지나 갖춘 셈이 아니오?"

그렇게 이런저런 이야기를 나누면서 소일을 하다 보니 날이 저물었습니다. 민 노인은 집에 갈 생각도 하지 않고 넉살 좋게 자리

이름 없는 사람들을 기리는 이야기

를 잡고 앉아 제가 하고 싶은 이야기를 아무 때나 하고 있는 중입니다.

그러다가 저녁 밥상이 들어왔으나 도무지 식욕이 없었습니다. 나는 신음 소리를 내며 인상을 잔뜩 찌푸리고, 음식 이것저것을 집어서 냄새를 맡아 보았지만 무엇 하나 내키는 것이 없었습니다.

병이 나으려면 잘 먹어야 할 터인데, 먹고 싶은 것이 없으니 입이 짧아지고, 병이 나을 기미는 보이지 않는 것이지요. 그런데 가만히 앉아 있던 민 노인이 갑자기 화를 버럭 내면서 일어나 가려고 합니다. 나는 영문을 모르고 놀라서 물었습니다.

"왜 벌써 가려고 하십니까? 그리고 어째서 그렇게 화가 나셨습니까?"

노인은 입을 삐죽 내어 물고 되묻습니다.

"손님을 불러 놓고 혼자만 먹으려 하다니 이건 예의가 아니지 않소?"

그러고 보니 틀린 말은 아니었습니다. 나는 노인에게 얼른 사과를 했습니다.

"몸이 아프고 마음이 번잡하다 보니 실례를 했습니다. 그러지 마시고 어서 앉으십시오."

나는 사람을 불러 얼른 상을 차려 내오라고 했습니다. 상이 들어오자 노인은 조금도 사양하는 법이 없이 척척 소매를 걷어 올리더니, 이내 부지런히 수저를 놀려 먹기 시작했습니다.

그런데 이게 웬일입니까? 노인이 맛있게 먹는 모습을 물끄러미 보고 있자니 나도 모르게 입에서 군침이 돌고 구미가 당겼습니다. 나는 노인이 먹는 것을 따라 하나씩 집어 맛보다가 나도 모르게 덩달아 밥그릇을 싹 비웠습니다. 아픈 곳이 없던 예전처럼 말이지요.

이윽고 밤이 되었습니다. 노인은 눈을 내리감고 꼿꼿이 앉아 있었습니다. 무어라고 말을 걸어 보기도 했지만 노인은 입을 꾹 다문 채 아무 말도 하지 않았습니다. 나는 꽤 답답해졌습니다.

한참이 지나서야 노인은 벌떡 일어나더니 촛불을 밝히고는 마침내 입을 열었습니다.

"내가 젊어서는 무엇이든 한 번만 보면 금방 외우곤 했는데, 이제는 다 늙었지 뭐요. 그러거나 말거나 우리 처음 보는 글을 두어 번 읽고 나서 외우는 내기를 한번 해 봅시다. 한 자라도 틀리면 벌을 받기로 하고 말이오."

나는 속으로 자신만만했습니다. 상대는 늙은 노인인 데다 기억력은 누구보다도 낮다고 스스로 생각하고 있었기 때문입니다.

"그럼 한번 겨뤄 볼까요?"

우리는 책장에서 아무 책이나 뽑아 들었습니다. 노인은 『주례』9

---

9 주례(周禮) : 중국 주나라 왕실의 관직 제도와 전국 시대(戰國時代) 각국의 제도를 기록한 책

의 「고공기」를 골랐고, 나는 『주례』의 「춘관」 편을 골랐습니다. 우리는 동시에 책을 들여다보고 읽기 시작했습니다.

부지런히 책을 읽고 있는데, 순식간에 책을 덮은 노인이 큰 소리로 외쳤습니다.

"나는 벌써 다 외웠소."

다 외우기는커녕 아직 한 차례도 읽지 못했던 나는 깜짝 놀랐습니다. 어쨌든 끝까지 읽기는 해야 외우는 내기를 할 테니, 자존심이 상하기는 했지만 나는 노인에게 잠시 기다리라고 부탁했습니다.

"젊은 사람이 뭐 그렇게 굼뜨단 말이오?"

노인은 태연하게 앉아 잠깐 기다리는 듯하더니 이내 좀이 쑤시는지 자꾸 말을 걸고 방해를 합니다. 나는 도무지 책에 집중을 할 수 없었습니다. 낮에 노인이 온 뒤로 잠시 눕거나 쉬지도 못하고 분주했던 탓에 갑자기 피로가 몰려왔습니다. 노인이 방해하는 목소리가 점점 가물가물해지는가 싶더니 나도 모르게 깜박 잠이 들고 말았습니다.

잠을 깨고 보니 이튿날이 되어 있었습니다. 노인은 먼저 일어나서 내 얼굴을 들여다보고 있었습니다. 나는 노인에게 어제 외운 것을 아직 잊지 않았느냐고 물어보았습니다. 노인은 빙글빙글 웃으면서 말했습니다.

"그런 건 외워서 무엇에 쓰려고요? 나는 처음부터 외울 생각도 없었다오."

생각해 보니 노인은 참 신통했습니다. 정말 그가 나를 그렇게 생각해 주어서 한 일들인지는 모르지만 노인 덕분에 밥도 잘 먹고, 참으로 오랜만에 꿀맛 같은 잠도 잘 수 있었던 것이니까요.

우리 집 사랑방에는 늘 방문한 사람들로 북적였습니다. 늘 힘이 없고 울적한 나를 위로해 주기 위해 오는 손님들이었습니다. 민 노인도 언제나 그들 사이에 끼어 있었습니다. 시간이 흐를수록 나는 민 노인의 매력에 흠뻑 빠지게 되었습니다.

어느 늦은 저녁이었습니다. 노인은 늘 그랬듯이 둘러앉은 사람들을 놀리기도 하고 꾸짖기도 하며 자리의 주인공 노릇을 하고 있었습니다. 그 자리에 있는 누구도 민 노인의 입담을 이길 수가 없었습니다. 한 사람이 노인의 입을 막아 볼 셈으로 불쑥 물었습니다.

"노인은 귀신을 본 적이 있소?"

민 노인은 이번에도 자신 있는 목소리로 대답했습니다.

"그럼, 보다마다."

질문을 했던 이가 입을 삐죽하며 다시 묻습니다.

"에이, 세상에 귀신이 어디 있소?"

그러자 민 노인은 눈을 크게 뜨고 두리번두리번 무언가 찾는 시늉을 합니다. 그러더니 갑자기 등잔불 너머에 조용히 앉아 있던

이름 없는 사람들을 기리는 이야기

손님을 가리키며 크게 소리를 지르는 것이 아닙니까?

"저기, 저기 귀신이 앉아 있지 않소?"

깜짝 놀란 손님들이 일제히 시선을 모아 한곳을 바라보니, 그곳에 있던 손님은 더 놀랐습니다. 그 손님이 정신을 차리고 성을 내며 따지자 노인은 빙긋이 웃으며 둘러댑니다.

"대개 사람은 밝은 데에 있지. 하지만 귀신은 어두운 데를 좋아하는 법이라오. 지금 그대가 껌껌한 데 앉아서 밝은 데를 내다보며 제 모습을 숨긴 채로 사람들을 엿보고 있으니, 그게 바로 귀신이 아니고 무엇이겠소?"

사람들 사이에서 한바탕 웃음이 터졌습니다. 구석에 있던 손님도 어이가 없는지 그만 멋쩍은 웃음을 짓고 말았습니다. 손님들은 저마다 경쟁적으로 노인이 대답하지 못하거나 최소한 머뭇거릴 만한 질문이 무엇인가 하고 모두 골몰하기 시작했습니다. 여기저기서 질문이 쏟아져 나오고, 그때마다 노인은 누구에게랄 것 없이 서슴지 않고 대답하는 흥미로운 풍경이 펼쳐졌습니다.

"그러면 노인께서는 신선을 본 적도 있습니까?"

"가난뱅이가 다 신선이지. 부자는 늘 세상에 애착을 갖고 살지만 가난한 사람은 세상에 싫증을 느끼거든. 세상에 싫증을 느끼는 이가 신선이 아니고 무어요?"

"노인은 이 세상에서 가장 장수한 사람을 본 적이 있소?"

"말해 뭐하오? 어느 날 아침나절에 숲 속에 들어갔는데, 두꺼비하고 토끼가 서로 제가 더 어른이라고 다투고 있겠지? 토끼가 '나는 팔백 살을 산 팽조[10]와 동갑이다. 그러니 너는 까마득하게 아랫것이야' 하니까, 두꺼비가 고개를 푹 숙이면서 우는 거요. 놀란 토끼가 물었지. '왜 갑자기 우느냐?' 그러니까 두꺼비가 이렇게 대답하더군.

'나는 동쪽 집 어린애와 동갑일세. 그 어린애는 다섯 살에 글을 배웠는데, 그 뒤로 책을 참 많이도 읽었다네. 그 애는 천황씨가 목덕(木德)으로 왕이 되는 『십팔사략』을 읽었고, 상고시대부터 주나라 때까지의 역사를 담은 『춘추』를 읽었고, 진나라로 이어져 한나라와 당나라를 거쳤으니 몇 년의 시대를 산 것인지 모르겠군. 그러고도 아침에는 송나라, 저녁에는 명나라 때의 역사와 함께하였네. 그러는 동안에 온갖 일을 다 겪으면서 기뻐하기도 하고 놀라기도 했지. 위인의 죽음을 한탄하며 조문하기도 하고 또 장례도 치르면서 지금까지 지루하게 살아온 셈이네. 그런데도 여전히 어린애처럼 귀와 눈이 밝아. 지금도 새 이가 나고 머리카락이 자란다네. 나이가 많기로는 그 아이만 한 사람이 없지. 팽조는 기껏 팔백 살밖에 못살고 일찍 죽었다지? 그 바람에 겪은 시절도 짧고, 요새 일어난 일밖에 경험하지 못했으니 참 안타깝고 슬프군. 생각

---

10 팽조(彭祖) : 이름이 전갱(錢鏗)이며 요순 시대부터 주나라 초기까지 8백여 년을 살았다고 한다.

이름 없는 사람들을 기리는 이야기

할수록 눈물이 다 나네', 토끼가 이 말을 듣고는 두꺼비에게 넙죽 절을 올리면서 '어르신, 저희 할아버지뻘이십니다' 하고 허둥지둥 달아납디다. 뭐니 뭐니 해도 가장 오래 산 사람이라 하면 누구보다도 글을 가장 많이 읽은 사람을 꼽아야 하지 않겠소?"

"이것도 한번 물어 봅시다. 세상에서 가장 맛있는 것은 무엇이오? 그것을 먹어 본 적이 있소?"

"당연하지. 달마다 그믐이 되면 썰물이 빠져나가 갯벌이 드러나는데, 그 땅을 갈아 염전을 만들고 소금을 굽지 않소? 알갱이가 거친 것은 수정 같은 소금이 되고, 알갱이가 고운 것은 싸라기 같은 소금이 되오. 온갖 음식을 맛있게 하는 것이 바로 이 소금이니, 세상에서 가장 맛있는 건 소금일 것이오."

모인 사람들은 저도 모르게 고개를 끄덕끄덕하고 입을 모아 말했습니다.

"참으로 일리 있는 말입니다."

그중 누군가가 갑자기 생각났다는 듯이 불쑥 끼어들었습니다.

"아무리 그렇더라도 영영 죽지 않는 약은 못 보았겠지요."

민 노인은 소리 나는 쪽을 돌아보며 빙그레 웃었습니다.

"불사약이라, 그거야 내가 아침저녁으로 늘 먹는 것인데 어찌 모르겠소."

사람들은 속으로 놀라면서도 노인이 또 무슨 꾀로 둘러대는 것일까 의심했습니다.

"불사약을 아침저녁으로 먹는단 말이오?"

"안 먹고서 먹는다고 할까? 깊은 산골짜기에 있는 소나무에 아침마다 맺히는 달콤한 이슬을 감로라고 하오. 그것이 땅에 떨어지고 떨어져 천 년쯤 지나면 복령이라는 신묘한 버섯이 되지요. 또 인삼은 영남 지방에서 나는 것이 가장 좋은데 모양이 고르고 붉은 빛을 띠며, 두 팔 두 다리를 다 갖추고 양 갈래 머리를 땋은 어린 아이처럼 생겼소. 구기자는 천 년쯤 묵으면 사람을 보고 짖기도 한다지요.

한때 내가 이런 것들을 먹고 다른 것은 백일 동안 아무것도 먹지 않은 채 지냈다오. 그런데 그 전보다 더 숨이 차고 마치 곧 죽을 것 같았소. 그걸 본 이웃 할머니가 한숨을 푹 쉬며 나에게 말합디다. '그대의 병은 굶주려서 생긴 것이오. 옛날 신농씨가 온갖 풀을 다 맛본 다음에 다섯 가지 곡식을 뿌렸다지 않소? 병이란 걸 낫게 하는 것이 약이고 굶주려 생긴 병을 고치는 것이 밥이니, 그대의 병에는 오직 오곡으로 지은 밥이 약이오. 그게 아니면 낫지 못할 거요' 그리고는 밥을 지어 먹여 주는 게 아니겠소? 그 덕분에 나는 겨우 살아났다오.

불사약으로 말하자면 밥보다 나은 것이 없지요. 나는 아침에 밥 한 그릇, 저녁에 밥 한 그릇을 먹고 지금껏 칠십 년을 넘게 잘 살아왔다오."

내내 이런 식이었습니다.

이름 없는 사람들을 기리는 이야기

사실 민 노인은 뭘 물을 때마다 말을 길게 늘어놓으며 이리저리 둘러대기는 하지만, 그래도 그럴듯하게 사람의 마음을 움직이고, 말속에 은근히 돌려 꼬집는 구석도 있어서 무엇보다 우선 재미가 있었습니다. 말 잘하는 재주를 타고난 사람이어서 무슨 화제에도 막히는 법이 없었습니다. 따져 물을 것이 바닥나자 한 사람이 분하다는 듯이 물었습니다.

"그러면 노인은 무서운 것을 보았소?"

웬일인지 노인은 한동안 잠자코 있었습니다. 모두 궁금하여 노인의 입에 주목하고 있는데, 갑자기 버럭 큰 소리가 방 안을 울렸습니다.

"무섭다, 무섭다 해도 자기 자신만큼 무서운 것이 없다오. 내 오른쪽 눈은 용이 되고, 왼쪽 눈은 호랑이가 되고, 혓바닥 밑에는 도끼를 감추어 놓고, 팔목은 활처럼 휘어져 있지 않소? 깊이 잘 생각하면 갓난아기처럼 순수한 마음을 지니게 되지만, 조금만 생각이 비뚤어져도 사나운 오랑캐처럼 되고 말지. 잘 다스리지 않으면 자기 자신마저 잡아먹거나 물어뜯고, 쳐 죽이거나 베어 버릴지도 몰라. 그래서 성인들은 자신을 다스려 '예'의 가치를 지킨 것이며, 사악함을 막아서 진실한 자신을 지켜 나간 것이라오. 행여 내가 무슨 일을 할지 어떻게 알겠소? 나는 언제나 나 자신을 가장 두려워한다오."

수십 가지의 질문이 쏟아졌지만, 노인의 대답은 매번 마치 메아리처럼 되돌아왔습니다. 누구도 민 노인을 궁지에 몰아넣을 수 없었습니다. 제 자랑을 하며 스스로 추어올리다가, 빈정거리며 남들을 놀려대기도 했습니다.

사람들이 노인의 말을 듣고 배꼽을 잡고 웃어도 노인은 낯빛 하나 변치 않았습니다.

웃고 떠들기를 한참 만에 한 사람이 나서서 화제를 바꾸었습니다.

"요즘 황해도에는 황충이라는 벌레가 들끓는다지요. 관청에서 백성들을 풀어 그걸 잡느라고 야단이랍니다."

민 노인은 고개를 갸웃거리며 물었습니다.

"황충을 뭐 하려고 잡는다던가?"

"황충이라는 벌레가 크기는 첫잠 잔 누에[11]보다 작은데, 색깔은 알록달록하고 털이 나 있습니다. 날아다니는 것을 며루라 하고, 벼 줄기에 달라붙어 기어오르는 것을 계심이라고 하는데, 벼농사에 큰 해를 끼칩니다. 멸구라고도 부르지요. 농사를 망치지 않도록 땅에 파묻으려고 잡는 것이랍니다."

그러자 노인은 절레절레 고개를 저으며 말했습니다.

"난 또 뭐라고. 그런 작은 벌레들이 무슨 걱정이람. 내가 보기에는 종로 거리를 가득 메우고 돌아다니는 것들이 모두 황충일세.

---

11 누에 : 누에는 그 한살이에서 네 번 잠을 자고 잠을 잘 때마다 허물을 벗는다.

그 벌레들이 어떻게 생겼는지 아는가? 길이는 모두 칠 척 남짓이고, 머리는 검고 눈은 반짝거리는데 입은 커서 주먹이 들락날락할 정도이지. 웅얼웅얼 소리를 내고 꾸부정한 모습으로 줄줄이 몰려다니면서 곡식이란 곡식은 죄다 먹어 치운다네. 이것들을 잡으려고 해도 퍼 담을 만큼 큰 바가지가 어디 있나? 그래서 아쉽게도 잡지를 못했다네."

민 노인이 얼마나 실감나게 말했던지 사람들은 정말로 이런 벌레가 있는 줄 알고 속으로 두려워하는 것 같았습니다.

어느 날이었습니다. 그날도 나는 노인이 오는 것을 멀찍이서 보고 있다가 글자 수수께끼놀이12삼아 '춘첩자방제(春帖子狵嗁)'라고 써서 보여 주었습니다. 그것을 보고 노인이 말했습니다.

"춘첩(春帖)은 입춘 날 글씨라는 뜻이니 문(門)에다 붙이는 글(文)이오. 문(門)과 문(文)을 합치면 내 성인 민(閔)이니 춘첩자(春帖子)란 곧 날 일컫는 것이구려. 방(狵)은 개 견(犭) 변에 삽살개 방(尨)을 합친 글자로 늙은 개를 뜻하니 바로 늙은이인 나를 욕하는 말일 게요. 제(嗁)는 입 구(口) 변에 임금 제(帝)를 합친 글자로 운다는 뜻을 가졌으니, 내 이가 다 빠져서 웅얼거리는 소리를 비꼰 말이겠지.

---

12 글자 수수께끼놀이 : 한자 글자를 쪼개 가면서 다른 뜻을 찾아내며 노는 것. '파자(破字)'라고도 부른다.

아무리 그렇다고는 해도 늙은 개가 무섭다면 글자에서 개 견 (犭) 변을 떼어 버리면 될 것이고, 또 우는 소리가 싫다면 그 입 구(口) 변을 막아 버리면 그만이 아니오? 그러고 나서 남는 것을 보면 제(帝)와 방(㡀)인데, 제(帝)라는 글자는 조화를 부린다는 뜻을 지니고 있고 방(㡀)이라는 글자는 큰 물건을 뜻하니 그 둘을 합치면 용(龍) 자와 같아지지 않소? 그대가 나를 놀리고 욕하려 했는지 몰라도 결국 나를 크게 칭송한 것이 되어 버린 것 같소."

노인은 거침없이 말을 마친 후에 껄껄 웃었습니다.

그 이듬해에 민 노인은 세상을 떠났습니다. 생각해 보면 노인은 비록 엉뚱했고 거침없이 살기도 했지만, 천성이 곧고 착한 일 하기를 좋아하는 사람이었습니다. 『주역』을 잘 알고 노자의 말을 좋아할 뿐 아니라 책이란 책은 안 본 것이 없을 정도였다고 합니다. 그에게는 두 아들이 있었는데, 모두 무과에 급제하였지만 아직 벼슬을 받지는 못했습니다.

올 가을에 나는 다시 건강이 나빠졌습니다. 하지만 다시는 민 노인을 만나 위로받을 수 없게 되었습니다. 노인과의 추억을 그냥 묻어 두기는 아까워 그와 주고받은 수수께끼와 우스갯소리, 이야기와 풍자 따위를 모으고 이 이야기를 짓게 되었습니다. 정축년(1757년, 영조 33년) 가을의 일입니다.

민 노인을 기리는 마음을 담아 다음과 같이 추모의 뜻을 적어 둡니다.

아아! 민 노인이여!
괴상하고, 기이하고, 놀랍고 기막히며,
기쁘기도 하고, 화나기도 하고, 게다가 밉살스럽기도 합니다.
벽에 그린 까마귀가 매가 될 수 없는 것처럼
민 노인 당신은 뜻있는 선비였지만
늙어 죽기까지도 가슴에 품은 뜻을 펴지 못했습니다.
내가 그대를 위해 이 전기를 썼습니다.
아아! 당신은 세상을 떠났지만 내 기억 속에 이렇게 살아 있는 것입니다.

김신선전

'김 신선'이라고 불리는 사람이 있었습니다. 그의 이름은 홍기(弘基)인데요, 나이 열여섯에 장가를 들었지만 아내와 꼭 하룻밤 동침하여 아들을 낳고는 다시 가까이하지 않았다고 합니다.

언제부터인가 불에 익힌 음식을 끊고, 벽을 마주보고 앉아 여러 해 동안 수행을 하더니 몸이 갑자기 가벼워지게 되었다지요. 그후 나라 안의 이름난 산들을 두루 구경하러 다녔는데, 항상 수백 리 길을 걷고서야 얼마나 시간이 지났는지 해를 쳐다볼 만큼 도무지 힘든 줄을 몰랐습니다.

그렇게 늘 먼 길을 걸어 다녔는데도 미투리 한 켤레를 다섯 해씩이나 신었답니다. 게다가 험한 길을 만나면 오히려 걸음이 더욱 빨라졌습니다. 그런 모습을 본 사람들은 누구나 감탄하여 마지않았는데요, 그럴 때마다 그는 태연하게 말했습니다.

"더 일찍 왔어야 할 것을, 물을 만나 바지를 걷고 건너기도 하고 배를 타고 건너기도 하느라 이렇게 더뎌졌구려."

사람들은 그저 놀란 입을 다물지 못했습니다.

이름 없는 사람들을 기리는 이야기

그는 정처 없이 여러 곳을 떠돌아다니면서 많은 사람들을 만났는데요, 누구를 찾아가든 먹을 것을 달라고 하지 않으니 그가 찾아오는 것을 부담스러워하는 사람이 없었습니다.

그는 겨울에도 솜옷을 입지 않았고, 여름에도 부채질을 하는 법이 없었습니다. 그러다 보니 사람들은 그를 기이하게 여기지 않을 수 없었고, 언젠가부터 모두들 신선이라고 여기게 되었다.

나는 전에 우울증을 앓은 적이 있었습니다. 그때 신선의 도술이 내 병에 특효가 있으리라는 얘기를 들었습니다. 마침 김홍기라는 신선이 있다고 하기에 그를 꼭 만나고 싶었지요.

나는 지푸라기라도 잡는 심정으로 윤 군과 신 군을 시켜서 조용히 그를 찾아보게 하였답니다. 윤 군과 신 군은 나름대로 한양 곳곳을 열흘이나 샅샅이 뒤졌다고 하더군요. 하지만 끝내 김 신선을 찾지는 못했습니다.

수소문을 하고 발품을 팔다가 돌아온 윤 군은 이렇게 말했습니다.

"김홍기라는 사람이 서학동[1]에 산다는 말을 듣고 찾아가 보았습니다. 그런데 그의 집이 아니라 그의 사촌 집이더군요. 김홍기

---

[1] 서학동 : 나라에서 서울 안에 둔 사학(四學) 중 하나인 서학(西學)이 있던 곳. 지금의 태평로 1가 근처를 일컫는다.

의 아내와 아들이 거기서 더부살이하고 있었습니다. 김흥기의 아들에게 물어보니 제 아비는 한 해에 서너 번 찾아올 뿐이랍니다. 그래서 알 만한 사람이 없느냐고 또 물어보았지요. 김흥기의 아들은,

"아버지의 친구 분이 체부동에 살고 계신데 술을 좋아하고 노래를 잘하는 김 봉사2라는 분입니다. 또 누각동3의 김 첨지는 바둑을 좋아하고, 그 뒷집 이 만호4란 분은 거문고를 좋아하고, 삼청동 사시는 또 다른 이 만호란 분은 친구들과 어울리는 것을 좋아합니다. 미원동의 서 초관5과 모교에 사는 장 첨사6와 사복천7 부근에 사는 지승이란 분도 있는데, 모두 친구들과 어울려 술 마시는 것을 좋아하시지요. 이문 안8에 사는 조 봉사도 아버지의 친구이신데 그 집에는 이름난 화초가 가득 심어져 있고, 계동의 유 판관은 진기한 책이나 오래된 칼을 가지고 있습니다. 아버지께서 늘 그분들 집에서 지내시니, 만나 뵙고 싶으면 그런 집들을 두루 찾아가

---

2 봉사(奉事) : 조선 시대 중앙 관아의 종8품 관직
3 누각동 : 인왕산 아래에 있던 마을
4 만호(萬戶) : 고려, 조선 시대 외침 방어를 목적으로 설치된 만호부의 관직
5 초관(哨官) : 조선 시대의 종9품 무관직
6 첨사(僉使) : 조선 시대의 종3품 무관직
7 사복천 : 궁궐의 말과 가마를 맡아 보던 관아인 사복시가 있던 곳. 지금의 수송동에 해당
8 이문 안 : 지금의 공평동 근처

보시지요' 하더군요."

나는 윤 군에게 재우쳐 물었습니다.

"그래, 그 집들을 찾아가 보았는가?"

윤 군은 아직 할 말이 많다는 듯이 숨을 크게 쉬어 가며 대답합니다.

"찾다마다요. 그가 일러 주는 대로 그 집들을 찾아가 일일이 물어보았지요. 하지만 김홍기는 어디에도 있지 않았습니다. 어느 날 저물녘에 그중 한 집에 들렀는데요, 주인은 거문고를 타고 있고 허연 머리에 관도 쓰지 않은 손님 둘이 조용히 듣고 있더군요. 그걸 보고 드디어 김홍기를 찾았구나 싶어 한참 동안 서서 기다렸습니다.

거문고 가락이 끝나자마자 제가 그들에게 다가가 물었습니다. '어느 분이 김 선생님이십니까?' 그런데 주인이 한쪽으로 거문고를 밀쳐놓더니 '여기엔 김씨 성 가진 사람은 없소. 그건 왜 묻소?' 하지 않겠어요? 저는 '사정이 있어 정성을 다해 찾아뵈려고 하는 것입니다. 그러니 혹 아시면 일러 주시기 바랍니다' 하고 공손히 부탁했습니다. 그제야 주인이 웃으면서 말하더군요. '당신은 아마 김홍기를 찾는가 보오. 그러나 홍기는 여기 오지 않았소' 제가 다시 '언제 오시는지 알 수 있을까요?' 물었습니다. 그랬더니 주인은,

'당신이 찾는 김홍기라는 사람은 거처가 따로 없는데다가 놀러

다니는 곳도 일정하지가 않다오. 혹 온다고 해도 예고하는 법이 없고, 갈 때도 언제 다시 오리라는 약속을 하지 않는 사람이라오. 하루에도 몇 번씩 들를 때가 있는가 하면 해가 바뀌도록 오지 않는 적도 있지요. 들리는 소리로는 요즘 창동9이나 회현방에 주로 머문다고 하더군요. 동관이나 배오개10, 구리개11, 자수교12, 사동13, 장동14, 대릉과 소릉15 같은 데도 오락가락하며 논다던가요. 혹은 그런 곳에서 자고 가기도 한답디다. 하지만 나는 그쪽 사람들과 안면이 없어 이름은 거의 모르오. 단 창동 쪽의 집주인만 알고 있으니 그리로 가서 물어보시구려' 하였습니다."

들을수록 김홍기라는 사람을 찾는 것은 용한 술래를 잡아야 하는 숨바꼭질 놀이 같았습니다. 윤 군의 끝나지 않을 것 같은 이야기를 더 들어 볼 수밖에요.

"그래서 지체 없이 창동으로 찾아가 보았습니다. 그 집 주인에게 김홍기라는 사람이 거기 있느냐고 물었지요. 그랬더니 '벌써 두어 달 동안이나 오지를 않았소. 내가 듣기로는 장창교16에 사는

---

9 **창동** : 선혜청 창고 근처에 있는 동네라는 뜻. 오늘날 남대문시장 부근
10 **배오개** : 오늘날의 종로4가 근처
11 **구리개** : 오늘날의 을지로 입구 근처
12 **자수교** : 오늘날의 옥인동, 효자동, 궁정동이 만나는 언저리
13 **사동** : 오늘날의 사직동 근처
14 **장동** : 오늘날의 효자동과 청운동 근처
15 **소릉** : 오늘날의 정동 근처

이름 없는 사람들을 기리는 이야기

임 동지17가 술 마시기를 좋아해서 요즘 날마다 홍기와 술 겨루기를 한다던데, 아직 그 집에 있는지 모르겠구려' 하며 알려 주지 않겠습니까?

이번에는 김홍기를 찾을 수 있으리라 간절히 바라면서 임 동지의 집을 찾았습니다. 그런데 임 동지라는 사람은 나이가 여든 살이 넘은 노인이었습니다. 그이에게 김홍기 이야기를 물었는데요, 귀가 어두워 잘 듣지도 못하더군요. 겨우겨우 제 이야기를 듣던 노인은 혀를 끌끌 차더군요.

'이를 어쩌나, 어젯밤에 나와 술을 잔뜩 마시고 오늘 아침에 술도 덜 깬 채 강릉으로 간다고 떠났다오.'

노인의 말에 하도 어처구니가 없어 한참 멍하니 있었습니다. 당장 강릉으로 따라갈 수도 없어 그만 그 집에 주저앉아 버렸지요. 저도 김홍기라는 사람이 궁금하기도 해서 노인에게 이것저것 물어보았습니다.

'김홍기라는 분에게 남다른 점이 있습니까?'

'그저 평범한 사람이오만, 남다른 점이라면 그 사람이 밥 먹는 것을 한 번도 본 적이 없다오.'

'생김생김은 어떻습니까?'

---

16 장창교 : 관철동 근처의 다리
17 동지(同知) : 동지중추부사의 준말로 조선 시대의 종2품 벼슬

'키는 일곱 척이 넘고 몸집은 여윈 편인데 수염이 보기 좋게 길고, 눈동자는 벽옥 빛이고 귀는 길고 누렇지요.'

'술은 잘 드시는 편인가요? 얼마나 마십니까?'

'한 잔만 마셔도 취하지만, 한 말을 마셔도 그보다 더 취하지는 않소. 전에 한번 술에 취하여 길바닥에 쓰러져 있는 것을 포졸이 잡아다가 옥에 가두었는데, 이레가 지나도 깨어나지 않아 그냥 놓아주고 말았다오.'

'그분 말재주는 어떻습니까?'

'글쎄, 여러 사람이 모여 이야기를 하면 앉은 채 졸다가, 이야기가 다 끝난 후에 불쑥 웃음을 터뜨리기도 합디다.'

'몸가짐은 어떻습니까?'

'꼭 참선하는 중처럼 조용하고 수절하는 과부처럼 수수하다오.'

임 동지라는 노인의 집에서 그 이야기만 듣고, 더 이상 찾아볼 도리가 없어 돌아온 것입니다."

나는 윤 군의 말을 듣고 나서 좀 맥이 빠졌습니다. 가끔씩은 윤 군이 열심히 찾으러 다니지 않은 것 아닐까 생각하기도 했습니다. 하지만 같은 심부름을 했던 신 군 역시 별다른 소득이 없이 돌아오고 말았습니다. 그도 수십여 집을 찾아다녔지만 모두 허탕이었다지요. 찾아다닌 곳이나 만난 사람들, 들은 말들까지도 크게 차이가 나지 않았습니다.

몇 년의 세월이 흘렀습니다. 나는 끝내 김홍기를 만나지 못했습니다. 그에 대한 소문들만 간간이 들려올 뿐 그의 모습은 나타나지 않았습니다.

그의 나이를 정확히 아는 사람은 없었습니다. 어떤 이는 그가 백 살이 넘었을 것이라고 합니다. 함께 어울리는 사람들도 모두 노인들이라면서요. 그런가 하면 또 어떤 사람은 김홍기가 열아홉에 장가를 들어 아들을 낳았는데 그 아들이 이제 스물 몇 살을 먹었으니 기껏해야 그는 쉰 살쯤일 것이라고 했습니다.

과장되어 믿을 수 없는 말들도 흔히 떠돌곤 했습니다. 어떤 이는 김 신선이 지리산으로 약초를 캐러 갔다가 벼랑에서 떨어져 돌아오지 못한 지가 벌써 몇 십 년이 된다고 하고요, 어떤 이는 지금도 컴컴한 바위굴에 번쩍번쩍하는 게 있는데, 그게 바로 김 신선의 눈빛이라고도 하지요. 산골짜기에서 이따금 김 신선이 길게 하품하는 소리가 들린다고도 하니까요.

하지만 지금 생각해 보면 김 신선은 무슨 도술이 있는 것도 아니고, 그저 술을 잘 마시는 사람일 뿐인데, 어쩌다 신선이라는 별명이 생긴 끝에 가타부타 말이 없이 그냥 지냈던 것일지도 모릅니다.

그런 의심을 하면서도 한 번쯤은 그를 만나 보고 싶었습니다. 나는 복이란 아이를 시켜서 그를 찾아보게 했지만 끝내 보지 못하고 말았습니다. 계미년(1763년, 영조 39년)의 일입니다.

그 이듬해 가을 나는 동해 바닷가로 여행을 갔습니다. 어느 저녁 무렵에는 단발령에 올라서 금강산을 구경하였습니다. 일만 이천 개나 된다는 흰빛을 띤 봉우리들이 장관을 이루고 있었습니다. 나는 중들이 메고 가는 가마에 몸을 싣고 이리저리 경치를 구경하고 다녔습니다.

조금 더 깊은 산에 들어가 보니 붉게 우거진 단풍나무 숲이 불타오르는 듯합니다. 싸리나무며 가시나무, 녹나무, 예장나무는 모두 서리를 맞아 누렇게 물들었습니다. 그에 비하여 삼나무와 노송나무는 더욱 푸르러 보였고요, 군데군데 사철나무도 적잖이 눈에 띄었습니다. 산중의 갖가지 기이한 나무들에 누렇고 붉은 단풍이 들어 둘러보는 것만으로도 매우 즐거웠습니다.

나는 가마를 멘 중 한 사람에게 물었습니다.

"이 산중에 도가 높은 중이 있소? 만약 있다면 그 도승과 몇 마디 이야기를 나누어 볼 수 있겠소?"

중이 대답했습니다.

"도승이라고 할 만한 사람이 있는지 모르겠습니다. 다만 선암18이라는 곳에 밥을 먹지 않는 사람이 있다는 이야기는 들었습니다. 영남에서 온 선비라고 누가 그러던데, 자세한 사정은 듣지 못했습니다. 게다가 선암은 길이 험해서 찾는 이가 거의 없습니다."

---

18 선암 : 유점사에 부속된 절인 표훈사에 딸린 암자

하룻밤 묵기로 한 장안사에 돌아와 나는 그곳의 중들에게도 물어보았습니다. 그들도 앞서 들은 말과 같이 대답합니다. 선암에 머물고 있는 밥을 먹지 않는 사람이 백일을 채우고 떠나겠다고 했는데 지금 구십 일이 좀 넘었다는 것이었습니다.

나는 속으로 옳거니, 하고 외쳤습니다. 그 사람이 곧 신선일 것이라는 생각이 들어서이지요. 이야기를 들은 김에 당장 밤길이라도 나서서 찾아가고 싶은 마음이었습니다. 나는 몇몇 중들에게 다음날 아침 일찍 선암으로 데려다 달라고 부탁했습니다. 그리고 뜬눈으로 밤을 새우다시피하며 초조하게 아침을 기다렸습니다.

이튿날 아침 나는 진주담19 아래에 앉아 같이 갈 사람들을 기다렸습니다. 한참 동안 움직이지도 않고 앉아 주위를 돌아보며 기다려 봤지만 모두 약속을 어기고 단 한 사람도 오지 않았습니다.

알고 보니 관찰사가 고을을 시찰하러 다니다가 마침 이 산에 들어와 절들을 하나씩 돌아보며 쉬고 있었다는군요. 그러니 고을 수령들이 가만히 있을 턱이 있나요? 관찰사가 가는 곳마다 모여들어 잔치를 벌이고, 음식과 수레를 바치고 하느라 온통 난리가 났던 게지요.

고을 수령들뿐 아니라 중들도 관찰사의 행차를 그냥 보고 있지 않았습니다. 수백 명의 중들이 뒤를 따라다니니 온통 어수선하기

---

19 진주담 : 금강산 만폭동의 여덟 연못 가운데 가장 크고 이름난 연못

짝이 없었습니다.

인적이 드문 선암은 길마저 끊기고 산세가 험준하여 도저히 혼자서는 갈 수가 없는 곳이었습니다. 나는 영원과 백탑[20] 사이를 오가면서 그저 애만 태워야 했습니다.

하루를 완전히 공친 나는 초조한 마음이 더욱 심해졌습니다. 그런데 이게 웬일입니까? 바로 다음날부터는 며칠 동안 계속해서 비가 내리는 것이었습니다. 그렇게 속절없이 산속에서 엿새를 묵고 나서야 간신히 선암을 향해 출발하게 되었습니다.

선암은 수미봉 아래에 있는 암자입니다. 내원통에서도 이십여 리를 더 들어가야 하는 곳이지요. 큰 바위가 솟아 천 길이나 될 것처럼 산세가 험준하니, 군데군데 길이 끊어질 때마다 쇠줄을 부여잡고 공중에 매달려서 가다시피 했습니다.

마침내 선암에 이르렀습니다. 하지만 모든 노력이 허무해지는 순간이었습니다. 뜰에는 새 한 마리도 날아와 지저귀는 놈이 없고, 제단 위에는 조그마한 구리 부처가 놓여 있었습니다. 그리고 그 앞에 금방 벗어 놓은 듯한 신발 두 짝이 나란히 남아 있습니다.

서운한 노릇이 아닐 수 없었습니다. 나는 괜스레 서성거리며 우두커니 주변을 둘러보았습니다. 하지만 어쩔 도리가 없었습니다. 그래도 누군가 언제든 보게 될지도 몰라 바위벽에 이름을 써

---

20 백탑 : 명경대 근처의 명승지

놓고 떠나왔습니다. 늘 구름이 감도는 곳, 늘 바람이 쓸쓸하게 불어오는 곳이었습니다.

어떤 책에는 '신선(仙)이란 산사람(山人)을 뜻한다'고 씌어 있습니다. 또 다른 어떤 책에는 '산에 들어가 있는(入山) 사람을 신선이라 한다'고 했습니다. 너울너울 가볍게 날아오르는 사람이 있다고 믿고, 그쯤 돼야 신선이라고 여길 수 있다고 주장하는 사람도 있지요.

모두 그럴 듯한 이야기입니다. 아무튼 지금 돌이켜보면 단지 익힌 음식을 먹지 않는다는 이유로 누군가를 신선이라고 부를 수는 없을 테지요.

김홍기에 대해 사람들이 분명히 아는 것은 익힌 음식을 먹지 않고 지낸다는 그 정도뿐이었습니다. 그것만으로 그를 신선이라고까지 추켜세울 수는 없을지도 모른다는 것입니다. 내 생각에는 그도 뜻을 얻지 못해 울적하게 살다 간 사람들 중 하나가 아닐까 합니다.

마장1전

'말 거간꾼2과 집 거간꾼 따위들이 손뼉을 치면서 옛날 관중3, 소진4을 흉내 내고, 닭이나 개, 말이나 소의 피로써 맹세한다'더니 과연 그 말이 과히 틀리지 않습니다.

이별이 가까웠다는 말을 듣자마자 가락지를 팽개치고 수건을 찢어 버리며, 등불을 등진 채 바람벽을 향하여 머리를 숙이고 구슬프게 울먹이는 여인이 있다면? 그야말로 믿음직스러운 첩으로 여겨지겠지요. 또한 간을 토할 듯이 쓸개를 녹일 듯이, 손을 마주 잡고 속마음을 뒤집어 보이듯 하는 자들은 믿음직스러운 벗이라

---

1 마장(馬駔) : 말 거간꾼
2 거간꾼(居間-) : 물건을 팔고 사는 사람 사이에서 흥정을 붙이는 일을 직업으로 하는 사람
3 관중(管仲) : 중국 춘추 시대 제나라의 재상. 제나라 환공을 춘추 5패 최초의 패자로 만들었다. 죽마고우 포숙아(鮑叔牙)와의 깊은 우정으로 '관포지교(管鮑之交)'라는 고사성어가 유래되었다.
4 소진(蘇秦) : 중국 전국 시대 연나라 문후의 책사. 전국 7웅 중 가장 강한 진나라를 견제하기 위해 나머지 6국이 동맹하여 대항해야 한다는 합종책을 설파했다.

이름 없는 사람들을 기리는 이야기

는 말을 듣곤 합니다.

그러나 콧마루를 부채로 가린 채 양쪽 눈을 깜박거리는 것이 거간꾼의 술수랍니다. 위험한 말로 듣는 사람의 마음을 움직여 보기도 하고, 아름다운 말로 핥아 주기도 하며, 상대방이 꺼리는 것을 꼬집어 내기도 하지요. 강한 자를 만나면 위협하고, 약한 자를 만나면 억압합니다. 고만고만한 자들끼리 흩어지게 하거나, 제각각 따로 노는 자들을 합치게 해 주는 거간꾼의 솜씨는 그때그때의 상황에 따라 절묘하게 들어맞는답니다.

옛날에 심장병을 앓는 사람이 있었습니다. 그는 아내에게 약을 달여 달라고 했습니다. 그런데 약그릇을 받아 보니 매번 들쭉날쭉한 것이었어요. 어떤 때는 많고 어떤 때는 적어서 그 분량이 대부분 적당하지 않았습니다.

그는 화가 나서 아내 대신 첩을 불렀습니다. 과연 첩에게 약을 달이라고 시킨 후부터는 약의 많고 적음이 딱 먹기 적당할 만큼 한결같았습니다. 그는 첩을 기특하게 여기면서 어느 날 문구멍을 뚫고 몰래 엿보았습니다.

그런데 이게 웬일입니까? 약을 달여 그릇에 짜놓은 첩은 그 양이 좀 많다 싶었는지 땅바닥에 조금 따라 버리는 것이었습니다. 다음 날 다시 엿보았더니 이번에는 양이 적다 싶은지 맹물을 타서 휘휘 젓고 있었습니다. 이것이 바로 약물의 분량을 적당하게 맞추는 비법이었던 것이지요.

그러니 귀에다 입을 대고 속삭이는 소리를 지극히 솔직한 말로 믿어서는 안 될 것입니다. '이건 너와 나만의 비밀이야. 소문내면 안 돼' 하고 부탁하는 말도 사려 깊은 사람이 할 소리는 아니지요. 상대방을 생각하는 마음이 얼마나 깊은지를 굳이 드러내려고 애쓰는 사람도 참된 벗은 아닐 것입니다.

송욱, 조탑타, 장덕홍 세 사람이 광통교5 위에서 벗을 사귀는 것에 대하여 이야기하고 있었습니다. 먼저 탑타가 나서서 말했습니다.

"내가 아침나절에 바가지를 두드리면서 밥을 빌러 가다가 시전6 거리의 어떤 가겟집에 들렀거든. 때마침 가게 이층 누각에 올라가 보니 옷감을 흥정하는 사람이 있더군. 그는 옷감을 골라서 혀로 핥아 보고는, 공중을 쳐다보며 햇빛에다 비추어서 그 두터운 정도를 따져 보았어.

아무튼 그 옷감의 값은 그들이 입을 열어 흥정하기에 달린 것이 아닌가? 그런데 서로 사양하면서 먼저 불러 보라고 하더라고. 얼마 지나자 두 사람 다 마치 옷감에 대한 일은 잊어버린 것처럼 구는 게 아닌가? 옷감 가게 주인은 갑자기 먼 산을 바라보며 노래를

---

5 **광통교** : 서울 무교동 근처에 있던 다리. 지금은 장충단 공원에 이전되어 있다.
6 **시전(市廛)** : 조선 시대에 지금의 종로 네거리를 중심으로 설치된 시장. 국가에서는 이곳에 행랑을 세워 상인들에게 세를 받고 임대해 주었다.

부르지 않나. 사러 온 사람도 뒷짐을 지고 어정거리면서 벽 위에 걸린 그림만 보고 있더라고.

주인의 노랫소리는 구름 위로 퍼져 나가고, 아무튼 그렇게 서로 조심스럽게 흥정하는 사람들도 있더라는 말일세."

탑타의 말이 끝나자 송욱이 받아서 이야기합니다.

"자네가 본 벗 사귀는 방법도 그럴듯하군. 하지만 참된 도리에 이르려면 멀었네."

그러자 덕홍도 어깨를 으쓱하며 아는 체를 합니다.

"허수아비라고 해서 장막을 드리우지 못할까? 그것을 당기는 노끈이 있는데 말이지."

송욱이 다시 말을 받아서 탑타에게 말했습니다.

"자네가 아는 방법이란 말하자면 얼굴로 사귀는 법일 테지. 참된 방법을 가르쳐 줄까? 대개 군자의 우정은 세 가지이고, 그 방법으로는 다섯 가지가 있다지. 나는 아직 그중 하나도 능하지 못하기 때문에 나이 서른이 되도록 아직 친구가 한 사람도 없는 걸세. 그러나 이 이야기를 들어 알게 된 지는 이미 오래 되었어. 팔이 바깥쪽으로 굽지 않는 이유가 무엇인지 아는가? 술잔을 잡기 위해서라네."

덕홍이 또 끼어들었습니다.

"그렇고말고. 옛 시에 이런 구절이 있다지 않나?

저 숲 그늘에 학이 우니

그 새끼가 어미를 따라 우네.

나는 벼슬이 아름다워 보이니

우리 함께하여 보세.

이 모든 게 다 마찬가지 뜻이거든."

탑타는 두 사람의 이야기가 무슨 뜻인지 도무지 아리송하기만 한데, 송욱은 옳거니 하며 맞장구를 칩니다.

"이야, 자네하고는 벗에 대하여 논할 만하구먼. 내가 아까 그중 하나를 말했는데 자네는 벌써 두 가지를 알고 있으니 말일세.

온 천하 사람들이 함께 뒤를 쫓아가는 것은 세력이요, 서로 머리를 맞대고 모의하여 얻으려 하는 것은 명예와 이익이지. 술잔과 입이 처음부터 함께하자고 계획한 게 아니었는데도 팔이 저절로 굽어든 까닭이 무엇이겠나? 그것은 세력을 따라 자연스럽게 응한 결과일 거야.

노랫말 속의 학들이 서로 소리를 맞추어 우는 것도 명예를 위해서가 아니겠나? 벼슬이 아름다워 보인다는 말도 이익을 뜻하는 것이겠지. 하지만 뒤쫓는 사람이 많을수록 세력은 나누어지기 마련이야. 명예와 이익을 얻으려 모의하고 작당하는 사람들이 많아질수록 누구의 공인지 알 수 없겠지.

그러다 보니 군자가 이 세 가지에 대하여서는 말하기조차 싫어

한 지 오래되었다네. 내가 일부러 속뜻이 드러나지 않는 말로 이야기했는데, 덕홍이 자네는 용케 알아듣는구먼."

송욱은 고개를 돌려 탑타에게 말했습니다.

"이제부터 남과 사귈 때에 앞으로 잘할 수 있는 것을 칭찬해야하네. 이미 잘해 놓은 것들만을 칭찬한다면 그는 게을러져서 숨은 장점을 발휘하기 어려울 테니까. 그리고 그가 미처 생각지 못하는 점을 대신 깨우쳐 주어서도 안 돼. 그가 앞으로 그 일을 한 후에 성취감을 느끼지 못하고 시무룩해질 수 있으니까 말일세. 또 여러 친구들이나 많은 사람들이 모인 자리에서 어느 한 사람을 '제일' 이라고 칭찬하지도 말게. '제일'이라는 말은 보다 더 나은 것이 없다는 뜻이니만큼, 그 자리에 가득 찬 사람들을 모두 쓸쓸하고 기운이 없게 만들고 말지.

벗을 사귀는 데는 다섯 가지 방법이 있어. 언젠가 그를 칭찬하려는 마음이 있다면 먼저 잘못을 드러내어서 꾸짖어야 하고, 나중에 그를 기쁘게 하기 위해서는 먼저 노여움을 드러낼 필요가 있네. 장차 친하게 지내려고 한다면 먼저 내 뜻을 꼿꼿이 내세우고 몸가짐은 수줍은 듯이 가져야 하네. 남들이 나를 신뢰하도록 만들려면, 먼저 의심스러운 듯이 말해서 그것이 사실로 밝혀지는 것을 기다려야 하는 걸세.

대개 장부는 슬픔이 많고 미인은 눈물이 많지. 영웅이 잘 우는 까닭은 사람의 마음을 움직이는 데 있다네. 말하자면 이 방법들은 군자가 감추어 둔 처세술이라고 할 수 있네."

탑타는 곰곰이 그 말을 듣고 나서 덕홍에게 말했습니다.

"송 군의 말은 너무 어렵고 수수께끼 같아서 나는 도무지 알아듣지 못하겠네."

덕홍은 답답한 듯이 말했습니다.

"자네처럼 어수룩한 사람이 송 군의 말을 어떻게 알아들을 수 있겠나?

상대방이 잘하는데도 일부러 소리쳐 가면서 꾸짖으면, 그의 명예는 더욱 높아질 거야. 노여움은 사랑에서 나오고 인정도 나무라는 데에서 나오는 것이니, 한 집안사람들은 아무리 잔소리를 늘어놓아도 싫어하지 않는 법이네. 이미 친한 사이인데도 적당한 거리를 두고 지낸다면 더할 수 없이 친해지게 되고, 이미 믿으면서도 오히려 의심스러운 듯이 행동한다면 더할 수 없이 미덥게 된다네.

술에 취하고 밤은 깊어서 다른 사람들은 모두 쓰러져 자는데, 친한 벗 두 사람만이 깨어 있다고 생각해 보게. 말없이 마주 쳐다보며 취기에 몸을 맡기고 슬픔에 잠겨 있다면 그 누가 처연하게 감동하지 않겠는가? 그러므로 벗을 사귈 때에는 서로 그 마음을 알아주는 것보다 더 귀한 방법이 없지. 서로 상대방의 마음을 감동시키는 것보다 더 즐거운 것도 없다네.

또 성질이 급한 사람의 노여운 마음을 풀거나 사나운 사람의 원망스러운 마음을 푸는 데에는 울음보다 더 빠른 방법이 없네. 나도 남과 사귈 때에 가끔 울고 싶은 적이 없지 않았네. 하지만 울려고 해도 좀처럼 눈물이 흘러내리지 않더군. 지금까지 온 나라 곳곳을 떠돌아다닌 지 삼십일 년이나 되었지만 아직 참된 친구가 하나도 없는 것이 이것 때문은 아닐까?"

탑타는 잠시 생각하다가 두 사람에게 물었습니다.

"만약 내가 충성스럽게 벗을 사귀며 의로움을 기준으로 벗을 정한다면 그것은 어떻겠나?"

그 말을 들은 덕홍은 침을 뱉으며 꾸짖었습니다.

"에이, 더럽다. 자네는 그것을 말이라고 하는가? 내 말을 한번 들어 보게. 대체로 가난한 사람은 바라는 것이 많기 때문에 의로움을 한없이 그리워하기 마련일세. 그래서 저 하늘을 쳐다봐야 막막하기만 한데, 혹시 비가 오듯 곡식이라도 쏟아져 내리지 않을까 바라고, 남의 기침소리만 들어도 무엇이 생기지 않나 목을 석 자나 뽑는 것이네. 그러나 재산을 쌓아 놓은 사람은 어떻겠나? 인색하다는 평판쯤은 부끄러워하지도 않으니, 이는 남이 자기에게 무엇을 바라는 생각조차 갖지 못하도록 하는 것일세.

의로움이 그런 것이라면 충성스러움도 한번 따져 볼까? 천한 사람은 아낄 것이 없으니 한번 충성하려고 하면 어떤 어려운 일이라도 사양하지 않는 법이네. 그렇지 않은가? 가난한 사람이 물을 건널 때에 옷을 걷지 않는 까닭은 다 떨어진 홑바지를 입었기 때문이네. 반면 수레를 타는 사람이 가죽신 위에다 덧버선을 신는 까닭은 진흙이 스며들까 봐 걱정하기 때문이지. 가죽신 밑창까지도 아끼는 사람이 제 몸뚱이야 오죽하겠는가?

충성스러움이니 의로움이니 부르짖는 것은 가난하고 비천한 사람들의 이야깃거리일 뿐일세. 부귀를 누리는 사람들이 구태여 그것들을 논할 이유가 있겠는가?"

탑타는 처량하게 얼굴빛을 붉히면서 말했습니다.

"내가 정말 이 세상에서 벗을 한 사람도 사귀지 못할지언정, '군자의 사귐'은 도저히 못 하겠네."

문답을 마친 세 사람은 서로 갓을 망가뜨리고 옷을 찢어 버렸습니다. 그리고는 때 묻은 얼굴에 흐트러진 머리를 하고 새끼줄을 허리띠 삼아 졸라매고는 시장 바닥을 돌아다니며 노래를 불렀답니다.

이 이야기를 전해 들은 골계 선생[7]은 '우정론'이라는 글을 지었는데요, 그 내용은 다음과 같답니다.

나무쪽을 붙이는 데에는 물고기 부레를 녹여 만든 풀이 제일이고, 쇠끝을 맞붙이는 데에는 붕사[8]가 그만이다. 사슴 가죽이나 말가죽을

---

7 골계 선생(滑稽先生) : 해학(諧謔)을 잘하는 사람. 여기서는 작가인 연암 박지원이 자기 자신을 가리키는 말

붙이는 데에는 찹쌀 밥풀보다 잘 붙는 것이 없다.

벗을 사귐에 있어서는 '틈'이 가장 중요하다. 연나라와 월나라 사이가 멀다지만, 그런 틈이 아니다. 산과 냇물이 그 사이를 가로막고 있다고 하는, 그 틈이 아니다. 두 사람이 무릎을 맞대고 자리에 나란히 앉았다고 해서 무조건 밀접하다고 말할 수 없고, 어깨를 치며 소매를 붙잡았다고 해서 완전히 합쳤다고 말할 수는 없다. 그 사이에는 틈이 있기 때문이다. 틈이란 그런 것이다.

옛날에 위앙9이 장황하게 이야기를 늘어놓자 진나라 효공은 못 들은 척하며 졸았다. 또 응후10가 하나도 노여워하지 않는 척하니 채택은 벙어리처럼 말을 못 했다.11 그러므로 마음에 있는 것을 겉으로 드러내어 남을 꾸짖는 것도 그럴 만한 처지에 있는 사람의 일이고,

---

8 붕사(鵬砂) : 붕소의 화합물. 접착제로 쓰임.
9 위앙 : 위앙(衛鞅)은 중국 진나라 때의 정치가 상앙(商鞅)을 일컫는 말이다. 공손앙(公孫鞅)이라고도 불린다. 그는 원래 위나라 공족 출신이었는데 법학을 공부한 후 진나라의 효공(孝公) 밑에서 개혁정치를 폈고, 그 결과 진나라를 융성하게 만들었다. 그가 처음 효공을 만나서 나랏일을 이야기할 때, 효공은 자주 졸았다고 한다.
10 응후(應侯) : 범저(范雎)를 이르는 말이다. 전국 시대 위나라 사람으로 자는 '숙(叔)'이다. 변설에 능했는데, 위나라에서 일하다가 모함으로 태형을 당해 허리뼈가 부러진 뒤 이름을 장록(張祿)으로 고치고, 진나라로 달아나 재상에까지 올랐다. 원교근공(遠交近攻) 정책을 제안해 큰 성공을 거뒀는데, 이것이 나중에 진나라가 육국(六國)을 통일하게 되는 기초가 되었다. 응(應)에 봉해져 응후(應侯)라고도 부른다.
11 채택은 벙어리처럼 ~ 말을 못 했다 : 채택(蔡澤)이 진나라에 들어가 재상 자리를 대신하겠다고 하여 범저를 노하게 하려 했으나 범저는 아무런 내색을 하지 않았다고 한다.

큰소리를 치면서 남을 노엽게 만드는 것도 반드시 그럴 만한 처지에 있는 사람이 할 수 있는 일이다.

옛날 조나라 공자[12] 조승[13]이 소개한 성안후와 상산왕도 틈이 없이 사귀었다.[14] 하지만 한번 틈이 벌어진 후에는, 아무도 그 틈을 막아 볼 도리가 없었다. 그러니 중요하게 여겨야 할 것도 틈이고, 두렵게 여겨야 할 것도 틈이다. 아첨도 틈을 타서 결합시키는 일이며, 고자질도 틈을 파고들어 벌어지게 만드는 일이다. 그러므로 남을 잘 사귀는 사람은 먼저 그 틈을 잘 이용하는 것이며, 남을 잘 사귀지 못하는 사람은 틈을 어떻게 타는 것인지 모르는 것이다.

대체로 강직한 사람은 자신을 굽혀 가면서까지 남에게 나아가지 않고, 돌려 말하는 법도 모른다. 한번 말을 꺼냈다가 의견이 일치하지 않으면 남이 그를 이간질하지 않아도 제풀에 막히고 만다.

속담에 이르기를 '열 번 찍어서 넘어가지 않는 나무가 없다' 한 것과, '아랫목에 잘 보이기보다는 아궁이에 먼저 잘 보여라' 한 것은 이

---

12 공자(公子) : 제후(諸侯)의 자제(子弟)

13 조승(趙勝) : 중국 전국 시대 말기에 살았던 조나라의 공자. 조나라 혜문왕의 동생이며 평원에 봉하여졌으므로 평원군(平原君)이라 하였다. 진나라 군대가 조나라의 서울 한단을 포위하여 공격하자 초나라의 춘신군 및 위나라의 신릉군 등의 원조를 받아 진나라 군대를 물리쳤다.

14 성안후와 상산왕도 틈없이 사귀었다 : 성안군(成安君) 진여(陳餘)와 상산왕(常山王) 장이(張耳)는 위나라 사람이다. 두 사람은 평민일 때 몹시 친했는데 왕과 제후로 봉해진 뒤 결국 서로 잡아먹으려 하는 사이가 되었다는 이야기가 사마천(司馬遷)의 『사기(史記)』 「열전(列傳)」에 나온다.

를 두고 한 말이다.

　아첨하는 방법에도 세 가지 등급이 있다. 첫째, 자기 몸을 가다듬고 얼굴을 꾸민 뒤에 말씨도 얌전히 하는 것, 명예와 이익 앞에 담담하며 남들과 사귀기를 즐기지 않는 사람인 척해서 자기의 아름다움을 드러내는 것이 상급 아첨이다. 둘째, 바른 말을 간곡하게 함으로써 자기의 진실한 마음을 나타내되, 틈을 잘 이용하여 제 뜻을 통하게 하는 것이 중급 아첨이다. 셋째, 말발굽이 다 닳도록 찾아가서 아침저녁으로 문안하고 돗자리가 해지도록 뭉개고 앉아서 그의 입술과 얼굴빛을 살피는 것, 그가 무슨 말을 하든 덮어놓고 칭찬하며 그가 무슨 행동을 하든 무조건 아름답다고 하는 것이다. 그러면 상대방은 처음 들을 때에야 기뻐하겠지만 그것이 오래될수록 싫증을 내며, 싫증이 나면 더럽게 여기게 된다. 결국은 '저놈이 나를 놀리는 것이 아닌가?'하고 의심하는 법이니 이는 하급 아첨이다.

　일찍이 관중은 아홉 번이나 제후들을 규합했고, 소진은 여섯 나라를 연맹하게 했으니 과연 '천하에 가장 커다란 사귐'이라고 할 만하다. 그러나 송욱과 탑타는 길에서 밥을 빌어먹고 덕홍은 시장 바닥에서 미친 듯이 노래를 부를지언정, 최소한 말 거간꾼의 야비한 술법을 쓰지는 않았다. 하물며 글 읽는 군자라면 더 말할 나위가 있겠는가?

열녀함양박씨전

 '열녀는 두 남편을 섬기지 않는다.'

중국 제나라 사람이 그런 말을 했습니다. 『시경』
에 실린 「백주(柏舟)」[1]라는 노래도 같은 주제를 담
고 있습니다.

우리나라 법전인 『경국대전』에도 '시집을 두 번 간 여자의 자손
에게는 벼슬을 주지 말라'고 하였습니다. 하지만 이것은 농사짓는
사람들이나 평범한 백성들에게 하는 말은 아닐 것입니다.

그런데도 우리 조선 왕조가 사백 년이나 이어 오는 동안에 백성
들은 이 가르침을 깊이 받아들였습니다. 그래서 여자는 귀하거나
천하거나, 집안이 높거나 낮거나 가리지 않고 과부가 되면 재혼하
지 않고 절개를 지키는 것이 당연한 일로 여겨졌습니다. 왜 그것

---

1 백주(柏舟) : 중국 위나라 장공의 부인 장강(莊姜)이 지었다는 노래이다. 장강이 장
공에게 버림받고 홀로 자신의 신세를 한탄하며 불렀다고 한다. '백주'는 잣나무로
만든 배를 의미한다. 배는 튼튼하고 아름다운데 주인이 돌보지 않는다는 뜻을 담았
다.

이름 없는 사람들을 기리는 이야기

이 당연한지 따지지도 않은 채 나라 전체의 풍속이 되어 버린 것이지요.

오늘날의 과부란 과부는 죄다 옛날로 치면 열녀들인 셈입니다. 농촌의 나이 어린 아낙이든, 도회지의 젊은 과부들이든 혼자 과부로 살아가는 것만으로는 깨끗이 절개를 지킨다 하기에 부족하다고 여기게 되었습니다. 그러다 보니 친정 부모가 억지로 다시 시집을 보내려 하는 것도 아니고, 자손의 벼슬길이 막히게 된 것도 아닌데, 대낮의 촛불처럼 무의미한 인생을 스스로 끝내 버리기까지 합니다.

그 여인들은 그저 남편 곁에 묻히기만을 바라는 것 같습니다. 물에 빠져 죽거나 불 속에 몸을 던지기도 합니다. 독약을 마시거나 목을 매다는 사람들도 있지요. 그렇게 저승길 가는 것을 마치 극락이라도 가듯 생각합니다. 열녀지요. 참으로 열녀라 하지 않을 수 없습니다. 하지만 이것은 아무리 봐도 지나친 일입니다.

옛날 이름 없는 과부 이야기

옛날에 이름난 벼슬아치 형제가 있었습니다.

어느 날 형제는 어머니가 계신 방에서 누구누구의 벼슬길을 막자는 의논을 하고 있었습니다. 곁에서 듣고 있던 어머니가 물었습니다.

"그 사람에게 무슨 잘못이 있기에 그렇게 남의 벼슬길을 막으려 하느냐?"

아들이 대답합니다.

"그의 조상 중에 과부가 된 부인이 있었답니다. 그런데 그 부인에 관한 좋지 않은 소문이 떠돌고 있답니다."

어머니는 놀라며 다시 물었습니다.

"남의 집 안방에서 일어난 일을 바깥에서 어떻게 안다는 말이냐?"

아들은 대수롭지 않은 듯 대답했습니다.

"그저 바람처럼 떠도는 소문이지요."

어머니는 형제의 얼굴을 물끄러미 바라보다가 입을 열었습니다.

"바람이란 소리만 있고 모습은 없는 것이다. 눈으로 보려 해도 보이지 않고, 손으로 잡으려 해도 잡히지 않는다. 공중에서 일어나서 온갖 것을 흔들어 놓는 것이 바람 아니겠느냐? 그런데 바람처럼 떠도는 소문을 믿는다는 말이냐?

더군다나 너희들도 과부의 자식이 아니냐? 과부의 자식이 과부에 대해 이러니저러니 해서야 되겠느냐? 거기들 앉아라. 내가 너희에게 보여 줄 게 있다."

어머니는 품 안에서 엽전 한 닢을 꺼내 놓았습니다.

"한번 보아라. 이 엽전에 테두리가 있느냐?"

형제는 어머니가 내어놓은 엽전을 자세히 들여다보았습니다.

"없습니다."

"그러면 엽전에 새겨진 글자가 남아 있느냐?"

"없습니다."

무슨 영문인지 모르는 형제 앞에서 어머니는 갑자기 눈물을 흘리기 시작했습니다. 형제는 몹시 당황했습니다.

"어머니, 왜 갑자기 눈물을 흘리십니까? 이 엽전에 무슨 사연이라도 있는 것입니까?"

어머니는 눈물을 그치지 못하고 말했습니다.

"이것은 이 어미가 죽음을 참아 낸 부적과도 같다. 십 년 동안을 만지고 만져서 테두리와 글자가 다 닳아 없어진 것이다. 사람의 혈기라는 것은 음양에 뿌리를 두고 있는 것이다. 그리고 정욕은 혈기가 돌아 만들어지는 것이다. 생각이란 고독한 데서 나오고 슬픔은 이런저런 생각에서 생겨나는 것이다.

생각해 보아라. 과부야말로 고독한 처지에 있고 슬픔이 지극한 사람이다. 때때로 혈기가 왕성해지는데 어찌 과부라고 정욕이 없겠느냐? 가물거리는 등잔불 아래 자신의 그림자와 마주보고 서로 위로하며 외로운 밤을 지새울 수밖에 없다. 그것은 참으로 괴로운 일이다.

처마 끝에 빗방울이 뚝뚝 떨어지는 밤, 창에 달빛이 하얗게 어른거리는 밤이며, 오동잎 하나가 뜰에 툭 떨어지는 밤에도 위로가 되어 줄 사람은 없었다. 외기러기가 먼 하늘로 울며 날아가고, 어디선가 들려오던 닭 울음소리도 끊긴 밤, 어린 종년은 세상모르고 코를 고는데, 나만 홀로 잠을 이루지 못했구나. 그 괴로움을 누구에게 호소할 수 있었겠느냐?

그때마다 내가 이 엽전을 굴렸느니라. 이걸 굴려 놓고 어두운 방 안을 두루 더듬어 찾는 것이다. 한 번 굴리면 둥근 놈이 도르르 잘 구르다가도 결국은 어느 구석에 부딪쳐 쓰러지곤 하지. 그러면 그걸 찾아내어서 다시 굴리고, 굴리고 하는 것이다. 그렇게 보통 대여섯 차례 굴리고 나면 먼동이 뿌옇게 터 오더구나.

과부가 되고 십 년 동안 해마다 굴리는 횟수가 조금씩 줄어들더니, 십 년이 지나고부터는 닷새에 한 번 굴리기도 하고 열흘에 한 번 굴리기도 하게 되었다. 그러고는 늙어 혈기가 시들어지고 나서야 엽전을 굴리지 않게 되었단다.

더 이상 엽전 굴릴 일이 없어진 후에도 나는 이것을 겹겹이 싸서 이십 년이나 간직해 왔다. 왜 그랬겠느냐? 수십 년을 함께한 엽전의 고마움을 잊지 않으려는 뜻도 있고, 또한 내 스스로 경계하는 마음을 잊지 않으려는 뜻이다."

형제는 어머니의 말씀이 이어지는 동안 점점 고개가 숙여지고 코끝이 찡하게 시려 오는 것을 느꼈습니다. 눈가가 발갛게 달아올라 서로 쳐다볼 수도 없었습니다. 어머니의 외로움을 알지 못하고

이름 없는 사람들을 기리는 이야기

절개를 지키는 것을 당연하게만 여겼던 자신이 부끄럽고 한없이 미안했던 탓이겠지요.

누가 먼저인지 모르게 눈물이 솟구쳐 흐느끼기 시작하자 마침내 어머니와 아들들은 모두 서로 부둥켜안고 한참을 울었습니다.

군자라면 이렇게 말하겠지요.

"이야말로 열녀로다."

백 마디 말로 칭찬하는 것은 오히려 어렵지 않지요. 그러나 이 얼마나 슬픈 일입니까? 이처럼 곧은 절개와 맑은 행실을 어렵게 지켜 낸 과부들의 이름과 사연은 당시에도 별로 드러나지 않고 뒷날에도 거의 전해지지 않습니다.

이것이 다 과부가 수절하는 일이 흔해져 버린 탓입니다. 온 나라의 과부란 과부는 누구나 하는 일이기 때문입니다. 그러니 이제는 목숨을 끊지 않고서야 과부의 절개가 표도 나지 않는 시대가 된 것이지요.

함양 박씨 과부 이야기

내가 경상도 안의 고을2의 현감으로 간 지 두 해째 되던 계축년

---

2 **경상도 안의 고을** : 지금의 경남 함양군 안의면·서하면·서상면, 거창군 마리면·위천

(1793년, 정조 17년)의 일입니다.

어느 날 새벽 동이 틀 무렵에 어렴풋이 잠에서 깨었는데, 마루 앞에서 사람들이 수군거리는 말소리가 들려왔습니다. 개중에는 마음이 아파 한숨 짓는 소리도 섞여 있었습니다. 무언가 급히 알릴 일이 있나 본데, 행여 내 잠을 깨울까 봐 조심하는 듯했습니다. 나는 밖에 있는 사람들에게 물었습니다.

"닭이 울었느냐?"

아랫사람들이 대답했습니다.

"벌써 서너 홰나 울었습니다."

사람들은 무언가 조심스러운 듯 계속 우물쭈물하고 있었습니다.

"밖에 무슨 일이 있느냐?"

그제야 한 사람이 기다렸다는 듯이 사정을 이야기합니다.

"통인3 박상효의 조카딸이 함양으로 시집을 갔었는데요, 어린 나이에 과부가 되었습니다. 이제 삼년상을 마쳤는데, 그러자마자 독약을 마셔 다 죽게 되었다고 합니다. 얼른 와서 돌보아 달라는 기별을 받았으나 마침 상효가 오늘 당번이라 가지도 못하고 어쩔 줄 모르고 있습니다."

면·북상면 일대

3 **통인(通引)** : 조선 시대, 지방관아에 딸려 수령의 잔심부름을 하던 사람

이름 없는 사람들을 기리는 이야기

근무 중이라 내 허락이 없이는 길을 떠나지 못하겠다는 뜻입니다. 나는 마음이 아팠습니다. 바깥으로 나가 보지 않은 채 얼른 지시했습니다.

"괜찮으니 어서 가 보라고 일러라."

박상효라는 통인의 내력을 자세히 알지는 못하지만, 그의 조카딸이 얼마나 많은 고통을 받았을지 짐작되어 하루 종일 마음이 무거웠습니다.

저녁나절이 되어서 나는 눈에 보이는 하인을 불러 넌지시 물어보았습니다.

"함양 과부가 어떻게 되었느냐? 살아났다는 소식은 오지 않았느냐?"

하인은 고개를 숙이고 살짝 저으면서 대답합니다.

"웬걸요, 아까 전갈이 오기를 벌써 죽었다고 합니다."

혹시나 하는 기대를 품고 물어보았던 나는 갑자기 마음이 쓸쓸해졌습니다.

"열녀로구나. 이 여자 또한 열녀로구나."

나는 길게 탄식하며 말하고 나서 아전들을 불러 물었습니다.

"함양의 그 열녀가 안의 고을 태생이라지? 그의 나이가 얼마나 되었는지, 함양의 어느 집으로 시집을 갔는지 아느냐? 어려서부터 마음씨며 행실이 어떠했는지 너희 중에 아는 사람이 있으면 대답해 보아라."

아전들은 저마다 한숨을 지었습니다. 대부분 죽은 박씨를 잘 알고 있는 눈치였습니다.

"대대로 이 고을에서 아전을 해온 박씨 집안의 딸입니다. 그 아비는 박상일인데, 이 딸 하나를 두고 일찍 죽었습니다. 불행하게도 그 어미도 일찍 죽었지요. 할 수 없이 어려서부터 조부모 손에서 자랐는데 효성이 지극하여 여러 사람의 칭찬을 들었습니다.

나이 열아홉에 시집을 가서 함양 임술증의 아내가 되었습니다. 그쪽도 아전 집안입니다. 그런데 임술증은 원체 몸이 허약한 사람이었습니다. 혼인 예식을 치르고 반년도 되지 못해서 죽고 말았으니까요.

박씨가 정성을 다해 남편의 초상을 치르고, 시부모를 섬기는 데도 며느리의 도리를 다했다고 합니다. 두 고을의 친척과 이웃들이 모두 어질다고 칭찬이 자자했습니다. 그런데 오늘 이런 일이 생기고 보니 과연 그 칭찬의 말이 조금도 틀리지 않았습니다."

아무 말 없이 동료가 하는 말을 묵묵히 듣고 있던 늙은 아전 한 사람이 비탄에 잠긴 목소리로 이야기하기 시작했습니다.

"박씨 여인이 시집가기 두어 달 전의 일입니다. 남편이 될 임술증의 건강이 심상치 않다는 소문이 이미 널리 퍼져 있었습니다. 한 이웃이 넌지시 일러 주기도 했습니다. '술증의 병이 이미 골수에 퍼졌다오. 남편 구실을 할 가망이 없다고 하는데 어쩌자고 혼

이름 없는 사람들을 기리는 이야기

인 약속을 물리지 않소?' 그렇게 말입니다.

박씨의 할아버지 할머니라고 왜 걱정이 없었겠습니까? 손녀를 불러 조용히 타일렀지요. 하지만 박씨 여인은 입을 굳게 다물고 대답하지 않더랍니다.

혼인날이 다가오자 박씨 집에서 사람을 시켜 신랑 될 사람을 보고 오게 했습니다. 심부름을 하고 돌아온 이가, '신랑 될 사람이 생긴 것은 잘생겼지만 폐병에 시달리며 기침을 해 대는 모양이 마치 버섯이 서 있고 그림자가 걸어 다니는 것 같더군요'라고 했답니다.

소문이 거짓이 아니었음을 확인한 신부 집에서는 그만 겁이 더럭 났겠지요. 그래서 혼처를 달리 알아보려고 했답니다. 그런데 그 처녀가 얼굴빛을 가다듬고 이렇게 말했다지요.

'저번에 지어 놓은 옷들은 누구의 몸에 맞추어 지은 것입니까? 누구의 옷이라고 하겠습니까? 저는 처음 바느질을 한 옷을 지키고 싶습니다.'

조부모뿐 아니라 집안의 어른들도 박씨의 뜻을 끝내 꺾지 못했습니다. 그래서 처음 정했던 대로 사위를 맞았던 것입니다. 혼인을 했다고는 하지만 말뿐이지요. 사실은 허수아비와 같이 지낸 셈이고, 그저 빈 옷만 지킨 것이나 다름이 없습니다."

모인 사람들은 혀를 끌끌 차는 것도 조심스러워했습니다. 한 젊은 여인의 희생이 열녀라는 칭송으로 갚아질 리 없다는 것은 누구나 느끼고 있었을 테지요.

 얼마 후 함양 군수인 윤광석이 밤에 이상한 꿈을 꾸고 느낀 것
이 있어 『열부전』을 지었다는 이야기를 들었습니다. 산청 현감 이
면제도 박 여인을 기리는 전기를 지었다고 합니다. 거창에 사는
신동항이라는 선비도 글 쓰는 사람답게 박씨의 절개를 정성스러
운 문장으로 기렸다 합니다.

 대체 박씨의 마음이란 어떠한 것이었을까요? 시간이 지날수록
이런 마음이 들었던 건 아닐까요?

 '새파란 나이에 과부가 되어 살고 있으면 친척들이 오죽이나 나
를 가엾이 여길까? 이웃들이 이러쿵저러쿵하는 소리도 틀림없이
들려올 테지? 그러느니 차라리 이 몸을 죽여 서둘러 없어지는 편
이 나을 것 같아.'

 나 혼자 짐작을 해 볼 뿐입니다.

 생각할수록 슬픈 일입니다.

 그 여인이 초상4을 치를 때 죽지 않은 것은 남편의 장사를 지낼
일이 남아 있었기 때문입니다.

---

4 초상(初喪) : 사람이 죽어서 장사 지낼 때까지의 동안을 의미하며, 상례(喪禮)의 첫
 절차

장사를 치르고 나서도 죽지 않았던 것은 소상5을 치러야 했기 때문입니다.

소상을 다 지내고도 죽지 않았던 것은 대상이 남았기 때문이었습니다. 대상6을 치르고 나야 삼년상이 끝나는 것입니다.

그래서 처음에 마음먹은 대로 소상 대상의 삼년상을 다 치르고 나서 죽은 것이니, 남편보다 이 년을 더 살다 죽은 것이 아니라 남편과 한날한시에 죽은 것이라고 하겠습니다.

이 사람이 열녀가 아니면 무엇이겠습니까?

---

5 소상(小喪) : 사망한 날로부터 1년이 지난 뒤에 지내는 상례의 한 절차
6 대상(大喪) : 사망한 날로부터 만 2년이 되는 두 번째 기일(忌日)에 지내는 상례의 한 절차

박지원과 그의 작품 세계에 대하여

연암 박지원(朴趾源, 1737-1805)은 조선 후기의 실학자이자 청나라의 선진 문물을 배우고 실천하려고 하였던 북학 운동의 선두 주자였으며 많은 문장을 후세에 남긴 작가이기도 하다. 서울에서 출생하여 자랐으며, 할아버지는 지돈녕부사(知敦寧府事) 박필균(朴弼均)이고, 아버지는 박사유(朴師愈)이며, 어머니는 함평 이씨이다. 아버지가 벼슬 없는 선비로 지냈기 때문에 할아버지 박필균이 양육하였다.

1752년(영조 28년) 전주 이씨 이보천(李輔天)의 딸과 혼인하면서 『맹자(孟子)』를 중심으로 학문에 정진하였다고 한다. 특히 이보천의 아우 이양천(李亮天)에게서 역사 지식과 문장 쓰는 법을 배웠고, 처남 이재성(李在誠)과는 평생 글벗으로 지내면서 그의 학문에 충실한 조언자가 되었다고 한다.

1760년 할아버지 박필균의 별세 후 박지원의 생활은 곤궁해졌다. 1765년 처음 과거에 응시하였으나 뜻을 이루지 못하자 이후로는 과거나 벼슬에 뜻을 두지 않고 오직 학문과 저술에만 전념하였다. 박제가(朴齊家), 이서구(李書九), 서상수(徐常修), 유득공(柳得恭), 유금(柳琴) 등과 이웃하면서 학문적으로 깊은 교유를 가졌다.

홍대용(洪大容), 이덕무(李德懋), 정철조(鄭喆祚) 등과 '이용후생'[1]

---

1 **이용후생**(利用厚生) : 백성이 사용하는 기구 따위를 편리하게 하고 의식을 넉넉하게 하여 생활을 윤택하게 한다는 뜻으로, 홍대용(洪大容), 박지원(朴趾源), 박제가(朴齊

에 대해 자주 토론했으며, 이 무렵 유득공, 이덕무 등과 서부 지방을 여행하였다. 생활이 어려워지고 파벌 싸움의 여파까지 겹쳐 황해도 금천의 연암협으로 은거했는데 여기서 박지원의 아호인 연암이 유래한 것으로 전해진다.

1780년(정조 4년) 친척인 박명원(朴明源)이 사신으로 북경에 가게 되자 수행원이 되어 6월부터 10월까지 북경과 열하를 여행하고 돌아왔다. 이때의 견문을 정리해 쓴 책이 『열하일기(熱河日記)』이며, 이 속에서 평소의 이용후생에 대한 생각을 구체적으로 표현하였다. 이 저술로 인해 문명이 일시에 드날리기도 했으나 동시에 호된 비판을 받기도 하였다.

1786년에 뒤늦게 선공감감역에 제수된 것을 시작으로 1789년 평시서주부, 사복시주부, 1791년 한성부판관, 1792년 안의현감, 1797년 면천군수, 1800년 양양부사를 끝으로 관직에서 물러났다.

박지원이 『열하일기(熱河日記)』에서 강조했던 것은 당시 중국 중심의 세계관 속에서 청나라의 번창한 문물을 받아들여 낙후한 조선의 현실을 개혁하는 일이었다. 이때는 명나라에 대한 의리를 주장하며 청나라를 배격하는 풍조가 만연하던 시기였다. 그런 분위기 속에서 박지원의 주장은 수용되기 어려웠으나 당시의 위정자

家) 등 북학파(北學派) 사상가들이 강조한 실학 이념

나 지식인들에게 강한 자극을 불러일으키는 결과를 낳았다.

북학사상(北學思想)으로 불리는 박지원의 주장은 비록 청나라에 적대적 감정이 쌓여 있더라도 그들의 문명을 수용해 우리의 현실이 개혁되고 풍요해진다면 과감하게 받아들여야 한다는 것이었다. 나아가 박지원은 서학(西學)에도 관심을 표명하였으며, 당시를 풍미하던 주자학(朱子學)의 사변적 세계를 반성하면서 이론의 현실적 적용, 즉 유학의 본질 속에서 개혁의 이론적 근거를 찾는 노력을 지속하였다.

박지원의 실학사상은 이론에 그치지 않고 구체적 실천 방안의 모색에까지 나아갔다. 이는 정치, 경제, 사회, 군사, 천문, 지리, 문학 분야를 망라하고 있으며, 특히 경제 문제에 관해서는 토지개혁 정책, 화폐 정책, 중상주의 정책 등을 제창하며 현실의 문제를 개혁하지 않고는 미래의 비전을 찾기 힘들다는 점을 강조하고 있다.

박지원이 남긴 문학 작품 속에도 이러한 생각이 잘 나타나고 있다. 그는 당시 문단의 복고적 풍조에서 벗어나 시대의 문제를 가장 첨예하게 수렴할 수 있는 주제와 표현의 방법을 깊이 탐구하였다.

박지원의 문학 정신은 '법고창신'(法古創新)이라는 말로 잘 요약된다. 옛것을 본받아 새로운 것을 만들어 낸다는 뜻이다. 그러한 노력 끝에 나타난 절제된 문장과 사실적인 표현 등은 박지원이 생각한 당대 현실과 문학의 접점을 이끌어 내는 방법이었다.

박지원의 저술은 모두 『연암집(燕巖集)』에 수록되었다. 박지원이 지녔던 생각들이 당대의 주류적 사고와는 많은 차이를 내포하고 있었던 까닭에, 공식적으로 간행되는 데는 어려움이 있었다. 1900년에 이르러서야 처음 축약본의 형식으로 출판되었는데, 박지원의 손자 박규수(朴珪壽)가 우의정을 지냈으면서도 할아버지의 문집을 전면적으로 간행하지 못한 것을 보면, 그 내용이 얼마나 파격적이었는가를 짐작할 수 있을 것이다.

1910년(순조 4년)에 좌찬성에 추증되고, 문도공(文度公)의 시호를 받았다.

「허생전」은 박지원의 실학적 경륜을 볼 수 있는 작품으로 평가된다. '북벌'이라는 허울 좋은 구호를 내걸고 국민 모두의 관심을 그것에 집중시켜 국내의 각종 병폐에는 눈감아 버리게 한 당대 위정자의 무능과 허위를 꼬집어 풍자한 작품이다.

작중인물 허생이 이완에게 제시한 인재 등용, 훈척들의 추방 및 명나라 후예와의 결탁, 유학과 무역 등의 과제는 결국 무능한 북벌론자들을 비판하고 오히려 북학론을 주장하는 데 효과적으로 기여하고 있다.

「허생전」의 '허생 이야기'는 박지원 스스로가 윤영이라는 이름의 인물에게서 들은 이야기라고 밝히고 있다. 그래서 민담을 소설

화한 것으로 보는 견해도 있다. 그러나 이야기를 들려주었다는 윤영이라는 인물의 정체를 모호하게 처리한 점, 심지어 허생의 성인 허씨조차 확실하지 않다고 한 점 등을 고려하면 작가 박지원이 자신의 작품임을 숨겨서 당대 사람들의 비난을 모면하려 하였다는 견해 또한 설득력을 얻을 수 있다.

「허생전」은 사회 병리를 통찰하고 그 개혁안을 제시하는 의의를 획득한 작품이다. 이것을 실천할 열정을 가졌던 이상주의자 허생을 형상화하였다는 점에서 한국소설사의 새 장을 열었다는 평가를 받는다.

「호질」은 그 소재 및 구성, 수사 기법 등에서 독특한 면모를 보이는 작품으로서, 박지원 풍자문학의 대표작으로 평가된다. 작품의 전후에 각각 작자의 말이 붙어 있다. 앞 이야기에는 이 작품을 우연한 기회에 보고 기록하게 된 내력을 전하고 있다. 여기서 박지원은 자기가 이것을 지은 것이 아니라 중국 소주의 가게에 들렀을 때 벽에 걸려 있는 것을 베껴 온 것이라고 밝혔다.

이 기록에 의거하여 「호질」의 지은이를 박지원으로 보는 데 대한 논란이 있었으나, 이는 박지원의 창작 기법의 하나로 보는 견해가 지배적이다.

본 이야기의 줄거리는 크게 세 단락으로 구성되어 있는데, 첫째 단락에서는 범의 속성 및 범과 인간과의 관계를 이야기하고 있다. 여기서 서술자는 범의 신령스러움과 용맹함을 칭송하면서 범이

인간 이상의 능력을 갖추고 있음을 주장한다.

둘째 단락에서는 북곽 선생이라는 유학자의 위선적인 모습을 보여준다. 그는 점잖고 학식이 높은 것처럼 행세하지만 밤이면 동리자라는 과부의 집을 찾아다니다가 어느 날 그녀의 아들들에게 들켜 도망쳐 나온다. 여기서 북곽 선생은 당대의 부도덕한 지배 세력을 대변한다.

셋째 단락에서는 동리자의 집에서 도망쳐 나오다가 거름 구덩이에 빠진 북곽 선생이 범을 만나 꾸지람을 듣는 내용이다. 범은 유학자들의 이념이었던 성리학의 모순점과 그들의 허위의식과 이중적 생활태도 등을 들어서 신랄하게 비판한다. 꾸짖기를 마친 범은 선비를 더럽다고 하여 잡아먹지도 않고 길가에 버려둔 채 돌아간다.

작품의 뒷이야기에서는 지은이가 이 작품을 읽고 난 감상을 덧붙이고 있는데, 여기서 그는 다시 한번 당대의 고루한 선비들을 비판한다. 이 작품은 조선 후기 실학사상의 큰 과제였던 인성론을 이해하는 데 중요한 자료가 되기도 한다.

「양반전」은 조선 후기 신분제의 동요와 새로운 평민 계층의 등장이라는 사회상을 반영하고 있다. 이러한 사회상은 농업 기술과 상공업의 발달에 따른 것으로, 이를 통해 새롭게 부를 축적한 부농층, 신흥 상공인 계층이 등장하게 된다. 이들은 경제적으로 높은 지위를 차지하게 되자 점차 신분 상승을 꾀하게 되었다.

이런 평민 계층의 성장과 달리 양반 계층은 임진왜란과 병자호란을 거치면서 점차 경제적으로 몰락하는 경우가 발생하게 되었다. 이런 과정에서 나라에서는 부족한 국가 재정을 마련하기 위해 새롭게 성장한 신흥 부자인 평민들에게 돈을 받고서 양반으로 신분을 올려 주기도 했다. 이 작품은 이러한 신분제의 동요와 양반의 몰락이라는 사회 현실을 통해 양반층의 허위의식과 부패상을 풍자하면서 현실을 개혁하고자 하는 작가의 생각을 반영한 것이라고 할 수 있다.

작가는 양반 신분을 팔고 사는 과정이 드러난 이 작품을 통해 무능력하게 무위도식2하면서 평민들에게 횡포를 부리는 양반을 통렬하게 비판 및 풍자하고 있다. 그리고 이와 더불어 양반의 특권 의식을 선망하여 신분 상승을 노리는 평민 계급에 대한 비판 의식도 함께 드러내고 있다.

따라서 「양반전」은 조선 후기 양반 사회를 신랄하게 풍자한 단편 소설로 연암의 작가 의식을 잘 드러낸 그의 대표적인 작품 중 하나로 꼽힌다.

작가의 이러한 비판에는 양반 계층이 몰락하고 신분 질서가 흔들리던 당시 사회상을 적나라하게 보여 주고자 하는 투철한 실학

---

2 무위도식(無爲徒食) : 일하지 아니하고 빈둥빈둥 놀고먹음.

정신과, 양반의 참모습을 찾고자 하는 절박한 심정이 담겨 있다고 할 수 있다.

「광문자전」은 미천한 신분과 추한 외모를 가진 거지 광문을 주인공으로 하고 있다. 거지인 광문은 사람으로서의 도리를 알고 마음씨가 따뜻하며 욕심 없고 소탈한 성품을 지닌 인물로 묘사되는데, 연암 박지원에 의해 창조된 새로운 인간형이라 할 수 있다. 이러한 인물 설정은 인간성을 중시하고 남녀 귀천에 관계없이 인간은 모두 제 나름의 가치가 있다고 생각한 연암의 근대적인 가치관이 반영된 것이라고 할 수 있다.

연암은 이러한 광문의 인간적인 모습을 통해 권모술수가 판치는 당대의 위선적인 양반 사회를 풍자한다.

그리고 사람의 가치를 평가할 때 가문이나 권력, 지위나 재산, 외모보다는 신의와 따뜻한 인간애가 더 중시되어야 한다는 인식을 보여 주고 있다.

또한 이 작품에서 광문은 '남자나 여자나 잘생긴 사람을 원하기는 마찬가지이므로 못생긴 자신을 원할 이가 없다'는 말을 하는데, 이러한 사고방식은 유교적 관습이 팽배한 남성 중심의 사회에서는 획기적인 것이라고 평가할 수 있다. 성별은 물론 당대의 조선 사회에서 자행되던 온갖 차별에 문제를 제기하는 작가의 진보적 인식이 반영된 것이라고 판단된다.

박지원과 그의 작품 세계에 대하여

「예덕선생전」은 똥 지게꾼 엄 행수 이야기이다. 박지원은 선귤자라는 작중인물의 입을 통하여 비천한 생활 속에서도 자신의 일을 즐기며 살아가는 한 인간을 제시한다.

엄 행수와 같은 소외되기 쉬운 서민을 등장시킨 것에서 작가의 진정한 인간 사랑의 단면을 읽을 수 있다. 예덕 선생이 분뇨를 나르는 사람이라는 점에 착안하여 이 작품이 농사를 천하게 여기는 사상을 비판한 것이라고 보는 견해도 있다.

그러나 이 작품에서 예덕 선생이 가지는 의미는 농부나 막일꾼으로 제한되는 것이 아니다. 자기의 분수를 알고 그 속에서 즐거움을 가지는 모든 사람들과 그들의 생활상으로 그 의미가 확대될 때 진정한 작품의 가치가 드러나게 되는 것이다.

이 작품은 스승인 선귤자와 제자 자목의 대화를 중심으로 한 문답 형식을 통해 주제를 구현하고 있다. 자목의 물음을 통해서는 당시 양반들의 허위의식과 위선에 대한 비판과 풍자를, 선귤자의 대답을 통해서는 사회적으로 성장하고 있던 서민 계급에 대한 긍정적인 의식과 작가가 생각하는 바람직한 인간상을 드러내고 있다.

「민옹전」은 실존 인물인 민유신을 대상으로 한 전기문이다. 민유신은 성품이 곧고 정직하며 낙천적인 인물로 『주역』에 밝고 노자의 글을 좋아했다고 전해진다. 박지원은 이와 같이 뛰어난 인물이 불우하게 살다 간 것을 안타깝게 여겨 그를 기리기 위해 이 글을 썼다고 한다.

이 작품에서는 민 노인의 행적을 일인칭 서술 방식으로 서술하면서, 유능한 재주와 포부를 가지고 있으면서도 자신의 능력을 펼 수 없었던 사람들을 안타깝게 조명한다. 그리고 그 구체적 형상으로 민유신과 같은 조선 말기 무관(武官)의 모습을 그려서 사회 현실을 풍자하고 있다.

작품의 서술자인 연암은 민 노인의 이야기를 듣고 그 가운데 가치 있다고 여겨지는 것들을 추려 내어 전달하는 역할을 수행하고 있다. 작품의 내용에서 민 노인의 이야기가 중요한 비중을 차지하는 것을 보았을 때, 민 노인은 작가가 지닌 문제의식, 즉 당시 세태에 대한 비판 의식을 대변하는 인물로 볼 수 있다.

「김신선전」은 작가인 연암을 지칭하는 '나'의 우울증을 치료하기 위해 신선이라 일컬어지는 김홍기라는 인물과 그의 기이한 행적을 추적해 가는 과정을 통해 이야기가 전개된다. 탐문(探問)과 문답(問答)의 과정을 통해 김 신선의 정체를 드러내고 이를 우회적, 암시적으로 펼쳐 나가는 서술방식은 절묘하다.

이 작품의 주제 의식은 작가가 작품 말미에 신선에 대한 자신의 견해를 피력하는 부분을 통해 파악될 수 있다. 세상에서 뜻을 펼 수 있는 능력이 있음에도 불구하고 술과 풍류로 지내는 무리들이 바로 당대 사회의 신선과 같은 무리라는 말이다. 결국 이들은 당대의 양반 위주 지배이데올로기에 영합하지 못하고 살아가는 사람들이라는 뜻이다. 말하자면 이 작품은 방외인적(方外人的) 시각에서 당대 사회 질서의 병폐와 모순을 '신선'을 찾아가는 과정을 통해 형상화함으로써, 그 이면에 사회비판적 주제를 강하게 내포하고 있다고 할 수 있다.

그렇다면 작가 연암은 신선의 존재 자체에 대해 언급하고 싶었던 것이 아니라 신선과 같은 존재 또는 이러한 부류의 사람들이 사회 곳곳에 존재하고 있고, 이를 신선을 찾아가는 과정을 통해 형상화함으로써 당대의 사회 현실과 중심부에서 소외된 부류들에 대한 이야기를 하고 싶었던 것으로 보인다.

연암 이전에 창작된 허균의 「남궁선생전」이나 「장산인전」의 뒤를 이어 신선의 존재를 추적하거나 신선을 방불케 하는 이인, 기인 등을 등장인물로 삼은 작품의 계보를 형성한다고 할 수 있다. 그리고 이 계보는 이후 정약용, 유본학, 이옥 등의 작품으로 이어진다.

「마장전」은 송욱, 조탑타, 장덕홍 세 사람이 벗을 사귀는 법에 대해 논한 내용을 중심으로 엮은 작품이다. 소외되기 쉬운 서울의 하류층 인물인 세 사람을 등장시켜 당대의 '군자의 사귐'을 비판하였다. 그리고 이들이 옷과 갓을 찢고 허리에 새끼줄을 매고 거리에서 노래하게 하는 것으로 끝을 맺음으로써 그 풍자 효과를 극

대화하고 있다.

세 사람의 대화가 끝난 후에 작가의 말을 덧붙이고 있는데, 현대인들에게 익숙하지 않은 역사 속 인물이나 이야기를 빈번하게 차용하고, 풍유적이거나 반어적인 서술도 많아서 주제를 명료하게 파악하기가 쉽지 않은 작품이다.

작품의 속내를 잘 들여다보면 작중인물 중 탑타가 주로 질문하는 위치에, 송욱이 가르치는 위치에 놓여 있고, 덕홍은 송욱을 거들거나 말 속의 숨은 뜻을 풀어 주는 역할을 하고 있다. 이렇게 보면 덕홍이 말 그대로 두 사람의 사이를 이어 주는 거간꾼의 역할을 한다고 할 수 있다. 선비에 버금가는 지식을 갖고 있는 송욱, 우직하고 순수하며 앎에 대한 열망이 있는 탑타, 그 둘 사이의 사귐을 돕는 덕홍 모두 군자보다 나은 사귐을 실천하고 있는 사람들이다.

「열녀함양박씨전」은 세 부분으로 내용이 나뉘어 있다. 첫 번째 부분에서 작가는 과부에게 무조건적인 수절을 요구하는 당대의 세태를 비판한다. 두 번째 부분은 어느 이름 없는 과부 어머니가 벼슬을 하는 두 형제를 훈계하는 내용이다. 세 번째 부분은 함양 박씨가 과부 된 사연과 자결로써 절개를 지킨 이야기를 듣고 안타까워하는 내용을 담았다.

지위의 고하와 신분의 귀천을 막론하고 과부의 수절을 당연시

하는 풍조가 작가의 주된 비판 대상이 된다. 목숨을 끊지 않고서야 과부의 절개가 표도 나지 않는 상황은 분명 지나치다는 작가의 의식이다.

자기 어머니가 과부인데도 과부와 그의 자식들이 감당해야 하는 처지를 이해하지 못하는 형제에게 백 마디 말보다 다 닳은 동전 하나를 내보이며 가르치는 어머니의 모습, 병든 남편에게 시집가서 새파란 나이에 과부가 된 후 삼년상을 다 치르고서야 자결한 함양 박씨의 사연을 듣고 마음 아파하는 목민관의 모습이 감동적으로 그려져 있다.

박지원은 백성들의 삶을 바로 옆에서 지켜보며 현실의 문제를 인식하고 그것을 타개하기 위해 자신이 생각한 방도를 직접 실험해 보는 실천적인 삶을 살았다. 그의 사상적 한계를 지적하는 것은 쉬운 일이지만 행동하는 지식인으로서의 치열한 태도는 결코 폄하될 수 없는 것이다.

실천적인 삶을 통해 생생히 체득한 현실적인 경험과 치열한 모색의 과정이 연암 작품의 소재가 된 것은 그러므로 우연이 아니다. 그가 작품을 통해 양반의 위선과 허위의식을 비판하고 풍자한 이면에는 바로 하층민의 문제가 도사리고 있다.

그가 직접 만난 평범하고 가난한 백성들의 선량하고 솔직한 긍정성은 양반인 작가 자신의 반성을 촉발하였을 것이다. 그러니 그가 작품 속에 지배층으로서의 양반이 놀고먹는 부류임을 드러내면서 맞은편에 그들보다 어질고 의로운 백성들을 묘사하여 대조한 것은 의미심장하다.

선비의 지위는 신분제적 특권이 아니라 백성을 올바르게 지도하여 이끄는 소임을 다하기 위해 필요한 것이라는 박지원의 생각이 여기서 잘 드러난다. 그와 더불어 이들 작품을 더욱 빛나게 하는 것은 기득권 비판의 건너편에 자리한 연암 특유의 애민 정신일 것이다.